Les petits meurtres du mardi

DE LA MÊME AUTRICE

Le Secret de la Truyère, Les Éditions du bord du Lot, 2010 ; 2013 ; Éditions De Borée, coll. « Terre de Poche », 2020.

L'Étrange Locataire de Madame Eliot, Les Éditions du bord du Lot, 2012 ; Éditions De Borée, 2024 ; coll. « Terre de Poche », 2022.

Les Justicières de Saint-Flour, Les Éditions du bord du Lot, 2012 ; réédition sous le titre *Deux justicières*, Éditions De Borée, 2022.

Le Silence des Hautes-Terres, Les Éditions du bord du Lot, 2013 (prix du roman Claude Favre de Vaugelas 2014) ; Éditions De Borée, coll. « Terre de Poche », 2018.

Un été à Rochegonde, Calmann-Lévy, 2014.

Les Ruchers de la colère, Calmann-Lévy, 2015 (prix du salon La Plume et la Lettre 2015) ; Le Livre de Poche, 2016.

L'Auberge du pont de Tréboul, Calmann-Lévy, 2016.

L'Héritière des Fajoux, Calmann-Lévy, 2017 (prix Arverne 2017 ; prix Lucien-Gachon 2018).

Rendez-vous à Bélinay, Calmann-Lévy, 2018.

Le Cercle des derniers libraires, Éditions De Borée, 2018 ; J'ai lu, 2020.

Terminus Garabit, Calmann-Lévy, 2019.

Le parapluie de la discorde (initialement paru sous le titre Un coin de parapluie), Calmann-Lévy, 2020 ; J'ai lu, 2021.

Le pacte des filles du volcan (initialement paru sous le titre Impasse des demoiselles), Éditions De Borée, 2020 ; J'ai lu, 2022.

Une miss pas comme les autres, Calmann-Lévy, 2021.

Des noces en or, Calmann-Lévy, 2022 ; J'ai lu, 2023.

Les Petits Meurtres du tricot-club, tome 1 – *Un hôte bien encombrant*, Calmann-Lévy, 2023.

Les Petits Meurtres du tricot-club, tome 2 – *Une affaire de cœurs*, Calmann-Lévy, 2024.

SYLVIE BARON

Les petits meurtres du mardi

ROMAN

J'AI LU

Ouvrage paru sous la direction de Julie Fallon

Pour ma fille Claire.
Et mes trois petits Suisses, détectives en herbe.

Les membres du Club du mardi

Odile Lavergne, médiathécaire
Pierrette Bozoul, la doyenne
Philippe Dessart, professeur à la retraite
Archibald de La Rochette, châtelain
Bernard Poisson, pharmacien
Iris Santoire, femme au foyer
Joanne Servier, employée à La Galoche du Cantal
Son frère Eliot, lycéen

1

Quand on travaille dans la médiathèque d'une petite ville, on finit par connaître les secrets de tout le monde.

Odile Lavergne le sait bien, il ne lui a pas fallu longtemps pour deviner, en raison des ouvrages empruntés, les peines de cœur, les rêves d'amour, les angoisses hypocondriaques, les nostalgies du temps d'avant, les désirs de vengeance ou tout simplement le besoin éperdu de reconnaissance de certains de ses concitoyens.

Il faut ajouter qu'Odile a le don de savoir écouter les autres, de faire preuve d'empathie et d'encourager les confidences.

— Bonjour, vous êtes bien à la médiathèque de Marcolès, que puis-je faire pour vous ?

Cette simple annonce qu'elle distille plusieurs fois par jour de sa voix chantante au téléphone met tout de suite à l'aise son interlocuteur. Dans un monde où tout va trop vite, comment ne pas apprécier cette pause offerte qui permet de prendre son temps et de le perdre sans aucune culpabilité ?

Odile multiplie aussi les petites phrases pleines de compassion.

« C'est vraiment désolant ! »

« Si ce n'est pas malheureux, tout de même. »

« Il faut bien du courage pour supporter tout cela. »

Cette dernière est sa préférée, celle qui fait mouche à tous les coups car du courage, tout le monde aimerait en avoir, mais personne n'en a vraiment.

C'est beau le courage, ça suppose de la force de cœur, de la fermeté de caractère.

En tout cas, ça ne se refuse pas si on vous en prête. L'impétrant ainsi valorisé peut rougir ou relever la tête, il se sent subitement meilleur, un flot nouveau court dans ses artères pour l'exhorter à passer à l'action.

Odile est naturellement bienveillante, elle a les pieds sur terre et un cœur gros comme un mammouth. La quarantaine, célibataire, elle a gardé une silhouette d'enfant, petite et fluette. Ses yeux bleus sont immenses et toujours empreints de bonté, comme son sourire. À la voir s'agiter entre les rangées de livres ou derrière son bureau d'accueil, on dirait une petite fille en train de jouer.

C'est exactement le cas, en fait. Ses lecteurs sont ses poupées qu'elle conseille, console et n'hésite pas à morigéner quand il le faut. Elle aimerait tellement pouvoir organiser leurs vies pour les rendre meilleures.

Odile est une manipulatrice qui s'ignore.

Avec son sourire, ses tasses de thé brûlant, son sirop de citron et ses gâteaux maison, elle a su se rendre indispensable et faire de la médiathèque un cocon feutré qui attire les âmes en peine aussi sûrement qu'une lanterne brillante fascine les moustiques un soir d'été.

Des âmes en peine, on en trouve partout, autant à Marcolès que dans les autres bourgades. Des timides, des rejetés, des incompris, des solitaires, des aigris, des gens qui s'ennuient et ont tout simplement besoin d'exister. Ceux-là mêmes que captent en général les réseaux sociaux.

Ici, à Marcolès, c'est naturellement autour d'Odile qu'ils se réunissent. Tous les mardis, à 20 heures précises, en référence au fameux Club du mardi qui, dans la nouvelle d'Agatha Christie du même nom, réunit autour de son héroïne Miss Marple un groupe de détectives amateurs.

Car Odile est une fan de la grande dame du crime. Elle connaît son œuvre par cœur. À la médiathèque, un coin spécial lui est consacré. Tous ses romans sont mis en valeur sur une étagère recouverte de velours noir, en plusieurs volumes pour les plus importants, sans oublier les éditions avec gros caractères pour les malvoyants et même quelques adaptations en bandes dessinées pour ceux qui ont une préférence pour le genre.

C'est bien sûr l'autrice qu'elle recommande le plus.

Sa devise phare, « Un coup de moins bien, un Agatha et ça repart », est bien connue des habitués des lieux. Certains s'en moquent discrètement, mais ici, à Marcolès, la Duchesse de la mort a de nombreux adeptes et le Club du mardi rassemble un groupe de passionnés qui ne manqueraient sous aucun prétexte cette réunion hebdomadaire.

Un brin hétéroclite tout de même, ce Club du mardi, il faut bien le reconnaître. Huit membres en tout, en comptant Odile, à bénéficier de l'appellation privilégiée de « fidèles ».

La sémillante Pierrette Bozoul fait figure de doyenne. Un titre qui s'accorde à ses quatre-vingts printemps et à son antique fauteuil roulant, mais qui paraît légèrement usurpé au regard de sa vivacité d'esprit, de sa langue toujours bien pendue et de ses petits yeux fureteurs derrière ses lunettes d'écaille qui semblent percer jusqu'aux moindres de vos secrets intimes.

Des secrets, justement, elle en connaît beaucoup, des vrais, des fabriqués et des presque faux. Dans son ancienne vie, Pierrette tenait l'épicerie familiale, autant dire le « grand magasin », aujourd'hui remplacé par une supérette à la sortie du bourg. Une épicerie-mercerie-chausseur à l'ancienne qui était alors le cœur du village, en un temps révolu où le client ne pouvait se servir seul sans avoir auparavant dialogué longuement avec la boutiquière. Pierrette a gardé de ces années-là le goût des histoires de famille et une connaissance de la nature humaine qui l'a persuadée que tout le monde au final avait quelque chose à cacher.

Marcolès est une petite cité de caractère de six cents âmes aux confins de la Châtaigneraie cantalienne et du Midi déjà proche. Elle était au XVIe siècle une des dix bonnes villes de Haute-Auvergne. Ses habitants avaient alors le titre de bourgeois. Si elle a perdu ses murailles, la ville a conservé ses portes et beaucoup de ses vieilles maisons à l'architecture médiévale aussi élégantes que surprenantes.

C'est pour ce passé historique et l'harmonie d'un bâti valorisé par l'absence de tout réseau électrique aérien que Philippe Dessart, professeur à la retraite, est venu s'installer avec sa mère dans la Rue-Longue, dans une demeure avec fenêtres à meneaux et cave voûtée, rien de moins.

C'est sans nul doute le membre le plus éminent du Club du mardi, il se plaît en tout cas à le croire. Grand, mince, l'air sombre, des yeux enfoncés sous des sourcils broussailleux qui semblent mépriser le vulgaire néophyte, oubliant facilement qu'il officiait autrefois dans un collège de banlieue, il se présente volontiers comme un chercheur, un érudit, et se donne des airs de gentleman anglais. Ce qu'il réussit assez bien d'ailleurs, surtout quand il est contrarié car son teint prend alors la couleur d'un vrai bon steak tartare d'outre-Manche.

S'il intervient peu dans les réunions, ses propos sont toujours précis, argumentés et bien sûr indiscutables. Grand féru de l'époque victorienne, c'est par cette porte qu'il a acquis sa stature d'historien au sein du club. Il apporte ses connaissances, souvent piochées sur Wikipédia, pour rendre encore plus proche et plus concret le monde décrit dans les différentes énigmes. Un monde qui n'est plus. Hélas ! Le monde actuel, selon lui, est terriblement déprimant. Tout le groupe respecte Philippe, personne ne l'aime vraiment, c'est un homme qui garde ses distances.

Curieusement, il n'en est pas de même avec Archie. Archibald de La Rochette de son vrai nom. L'aristocrate du club. Le chéri de ces dames, l'ami dont on se recommande non sans une certaine fierté. Archie habite un château, un vrai, un d'époque. Il a un blason, des armoiries et toute une série d'austères portraits d'ancêtres accrochés dans l'escalier. Certes la bâtisse est en mauvais état, le toit fuit, l'humidité menace les tapisseries. Orties et ronces envahissent le parc dont les murs d'enceinte s'écroulent. Mais Archie n'en loge pas moins dans une ancienne demeure seigneuriale et peu de gens peuvent s'enorgueillir d'en posséder une. Archie, d'ailleurs, ne considère pas cela comme un privilège ; à l'entendre, c'est un endroit sombre, triste et froid. Un pis-aller selon lui. Il n'a pas les moyens de le rénover, encore moins d'aller ailleurs et ne se sent pas le droit de le vendre.

Ce château en réalité fait corps avec lui, c'est son sanctuaire, sa mémoire, son étendard, sa fierté, sa vie. Archie peut passer au choix pour un poète, un marginal ou un fainéant. À quarante-cinq ans, il n'a jamais vraiment travaillé. Il prétend être dans les affaires, c'est vague, ça rassure certains, ça fait glousser les autres. Peu lui importe. Le sang bleu qui coule dans ses veines lui permet d'ignorer les sarcasmes. Il élève des chats, des chartreux, en vend quelques-uns, en garde beaucoup d'autres. Archie est un homme heureux. Il vit au jour le jour, sans commencement ni fin, ne se pose pas de questions embarrassantes et arpente la campagne d'un pas léger.

Lire pour lui est un refuge, surtout Agatha Christie. Une littérature policière, certes, mais réconfortante parce que le suspense est modéré, les cadavres sont bien peignés, les figures connues, l'écriture polie et le cadre policé, avec juste cette pointe acide des raisonnements un peu alambiqués qui conduisent à la solution des énigmes et qui permettent de débattre pendant des heures.

D'une constitution vigoureuse marquée par la vie au grand air, Archie a dans ses yeux bleus une lueur qui capte le regard de son interlocuteur et pare d'un éclat singulier son visage plutôt banal. Archie aime les femmes, elles le lui rendent bien. Courtois, raffiné, amusant, il sait plaire. Après avoir multiplié un temps les aventures pour trouver l'âme sœur, il s'est assagi sans pour autant renoncer à perpétuer un jour la lignée des vénérables de La Rochette. Archie est un peu la mascotte du club, il l'honore de son nom, l'anime par ses bons mots et ses bouteilles de vin cachetées, aux arômes voluptueux qui délient les langues.

Le troisième homme du groupe est Bernard Poisson, pharmacien de son état. Son patronyme lui va bien car il parle peu, tout en ayant la fâcheuse habitude d'entrouvrir légèrement les lèvres quand on s'adresse à lui. Ce qui donne l'impression pour le moins étrange qu'il entend avec sa bouche. Une façon probablement de supporter les litanies des malades décrivant dans son officine leurs symptômes plus ou moins accablants. Lui aussi sait écouter ses concitoyens. L'œil rivé sur ses étagères et ses tiroirs, il se tient prêt à dégainer la gélule idoine ou le sirop magique et à l'agrémenter de quelque dentifrice ou lotion capillaire afin de rendre la vente plus rentable.

Bernard est un homme calme, compétent, rassurant. Sa blouse blanche accentue son teint laiteux mais cache avantageusement son ventre légèrement rebondi. Un bien pour un mal. S'il se tenait plus droit, avec ses cheveux grisonnants et ses yeux mouillés de cocker, il pourrait être attirant. Enfin presque. De toute façon, il ne pourrait pas se tenir droit. Ça fait partie de sa personnalité de ne jamais se mettre en avant. Cette courbure naturelle chez lui, c'est comme pour s'excuser. De quoi ? On ne sait pas, peut-être simplement d'être bien portant et du bon côté du comptoir.

Bernard est apprécié de sa clientèle, il sait toujours faire la part des choses, peser le plus et le moins, ne pas en dire trop mais suffisamment pour calmer les angoisses maladives sans aller jusqu'à prendre la moindre responsabilité dans la réussite ou non des traitements.

Bernard est veuf depuis trois ans à cause d'un malencontreux accident de voiture. À quarante-cinq ans, ce veuvage lui va bien car, de l'avis de tous, son épouse était vraiment insupportable, une Parisienne qui prenait tout le monde de haut et se plaignait de la vie culturelle étriquée du village. Celle-là, les réunions du mardi ne risquaient pas de l'intéresser. C'est d'ailleurs après sa disparition que Bernard a rejoint le club, la perspective de longues soirées solitaires l'ayant aidé à franchir le pas et à pousser la porte de la médiathèque pour répondre aux sollicitations empressées d'Odile.

Sa marotte à lui, ce sont les poisons. Fatalement, avec son métier, il les connaît bien et voue une admiration sans borne à Agatha Christie qui a su si habilement les distiller dans son œuvre.

Pour contrebalancer la brochette de retraités, célibataires ou veufs que nous venons de décrire, il faut au moins une solide figure féminine et familiale. Iris Santoire en est l'incarnation parfaite. Seule membre mariée du groupe, elle rayonne sur celui-ci en tant que femme au foyer, fière de l'être. Un rôle qu'elle assume totalement et sans complexe à l'ère #MeToo. Ce n'est pas de sa faute, elle n'a toujours eu qu'un seul rêve : avoir une grande maison remplie d'enfants, et un mari, bien sûr, accessoirement. Un rêve finalement assez facile à réaliser.

À trente-six ans, elle habite une jolie maison de caractère en pierres apparentes au cœur du village, près de l'église Saint-Martin. Quatre enfants dont les âges respectifs vont de six à quatorze ans occupent l'essentiel de ses journées, tandis que ses nuits sont réservées à son mari, Jean-Paul, un placide artisan plombier. Enfin, une partie de ses nuits seulement, et pas toutes, car avant d'être mère, épouse ou propriétaire, Iris est avant tout une mordue de lecture. Une vraie, de celles qui lisent et relisent, se mettent dans la peau des personnages, ont peur avec les victimes, furètent avec les détectives, brûlent d'amour avec les fiancées éperdues.

Iris en sait au moins autant qu'Odile en ce qui concerne la Reine du crime. Ce qu'elle recherche par-dessus tout dans ses romans, ce sont les atmosphères. Elle peut se perdre des heures entières dans ces grandes maisons de famille, ces châteaux aux corridors sans fin, ces croisières somptueuses en bateau sur le Nil ou ces longs voyages en trains-couchettes. Ces décors la plongent dans des univers éloignés du sien sans être pour autant déconcertants, car à force de les fréquenter dans les livres, elle en connaît ou croit en maîtriser tous les codes.

Iris est une incorrigible rêveuse, une héroïne romantique, sensible comme un panaris. Ses yeux se mouillent facilement au détour d'une phrase, elle ne peut s'empêcher de laisser échapper un soupir mélancolique quand se termine la dernière. Avec ses cheveux blonds ondulés, sa peau parfaite et son regard caressant, Iris en déstabilise encore plus d'un, même si elle a perdu un peu de sa sveltesse au fil de ses grossesses répétées.

Le mardi soir est son jardin secret. Le seul moment de son existence qui n'appartienne vraiment qu'à elle. Le reste du temps, parce qu'ils n'arrêtent pas de se disputer, s'égratignent les genoux, réclament leur goûter ou une quelconque aide scolaire, il ne se passe pas dix minutes avant que ses enfants ne l'obligent à renoncer à ses lectures. Pareil pour son mari quand il regarde un match de foot et hurle devant la télévision ou s'installe sans vergogne à la table du salon pour faire la comptabilité de l'entreprise. Elle joue alors à la mère parfaite et à l'épouse accomplie sans faire d'histoire. Mais le mardi soir, c'est autre chose et tout le monde, chez elle, l'a très vite compris.

Une fois, Iris a même fêté son anniversaire de mariage un jour en avance pour ne pas rater sa précieuse réunion à la médiathèque. C'est dire l'importance de la chose pour elle ! C'est sans conteste la plus fidèle de tous, une des plus acharnés aussi à défendre bec et ongles l'œuvre de son idole. Car dans le groupe des huit, l'enthousiasme n'est pas également partagé, certains se montrant plus volontiers critiques que les autres, plus taquins, moins fanatiques en somme.

Joanne Servier, que tout le monde ici appelle Jo, en est la principale représentante. Les autres se méfient de ses jugements, de ses analyses psychologiques et de ses interprétations parfois extravagantes. Si la jeune femme admire sans réserve l'inventivité de l'écrivaine, elle aime mettre le doigt sur ce qui fait mal dans son œuvre, comme une certaine xénophobie, un antisémitisme primaire, des déclarations discutables sur la colonisation ou l'hérédité. Joanne s'intéresse particulièrement aux personnages féminins et se félicite, sans qu'on sache trop pourquoi, que les femmes soient aussi fréquemment meurtrières que les hommes.

Bref, le contraire d'une lectrice de tout repos.

Son coup de pied régulier dans les idées toutes faites apporte sans conteste une certaine fraîcheur à l'assemblée. Et si les autres ne la suivent pas toujours dans ses raisonnements, ils lui pardonnent volontiers sa fougue car Jo est un spécimen à part.

Très à part même.

Le genre de fille à qui on jette malgré soi un coup d'œil supplémentaire quand on la croise pour la première fois par hasard.

Ça tient à des petits riens et à tout un ensemble de choses.

À sa façon de marcher, d'incliner la tête, de sourire, au désordre de sa chevelure flamboyante, à l'originalité de ses vêtements souvent bohèmes et toujours très colorés, à la franchise déconcertante de son regard noisette.

Pas belle, mieux, insaisissable, dérangeante même. Une sorte de lutin malicieux qui descend d'une autre planète et assume son indépendance.

Âgée de trente-quatre ans, on ne lui connaît pas d'homme ni d'aventure amoureuse. C'est une secrète.

Jo s'emploie à La Galoche du Cantal, une fabrique innovante de chaussures à semelle de bois située au centre du bourg, qui a su relancer cette activité artisanale ancestrale. Il faut dix-huit opérations et pas moins de deux heures quinze sur deux jours pour réaliser chaque paire unique en son genre. Jo adore ce métier atypique : travailler le bois de hêtre, le cuir, estampiller, créer de nouveaux modèles. Elle en parle d'une voix un peu voilée, avec un timbre d'amoureuse. C'est ce travail qui l'a amenée ici il y a près de trois ans. Elle s'est installée dans un appartement au-dessus de la forge.

De son passé on ne sait rien, ceux qui ont tenté de l'interroger se sont heurtés à une sorte de sourire narquois semblable à celui des enfants qui sortent vainqueurs d'une longue partie de cache-cache.

Fougueuse, têtue, ensorcelante, avec ses mains calleuses et son visage mobile aux yeux étincelants, la jeune femme reste un mystère, d'autant que ce n'est pas la plus assidue du groupe, loin de là. Elle donne même parfois l'impression de se payer à bon compte la tête des autres. Mais c'est Jo, le piment assuré de la soirée, alors on lui pardonne.

Son frère Eliot est le dernier membre du club. C'est aussi le benjamin, dix-sept ans tout juste, un lycéen aussi secret qu'intuitif. Une intelligence vive, primesautière, curieuse.

Ayant poussé un matin par hasard la porte de la médiathèque, il a été ébloui par l'accueil chaleureux d'Odile. Ballotté jusqu'ici par une vie pas facile, sans cesse sur la défensive, ombrageux, le garçon ne pensait pas qu'un tel lieu puisse encore exister, qu'une personne puisse s'intéresser sincèrement à lui. Apprivoisé par les gâteaux d'Odile, il a été submergé par sa bienveillance. Un petit miracle, une osmose qui a abouti tout naturellement à la découverte d'Agatha. Plaisir de lire, de jouer, de se fondre dans un héros, de se métamorphoser et, surtout, grâce au club, d'analyser.

D'analyser vraiment. Comme ses profs de français au lycée, mais de façon encore plus subtile, moins scolaire, plus vivante, en admettant le débat, en respectant les divergences. Eliot adore cette ambiance, il se sent bien parmi ces adultes pourtant si différents de lui mais qui partagent ses goûts et le considèrent, en apparence du moins, comme l'un des leurs. C'est lui qui ensuite a amené Joanne, après avoir un peu hésité, il faut le reconnaître.

Une décision qu'il ne regrette pas.

Sa sœur, quasiment une mère pour lui, se montre différente lors des réunions du club, elle ne le traite plus en gamin et lui adresse parfois des sourires encourageants, presque complices. Sous l'égide d'Odile qui préside les séances, on lui confie volontiers la lecture des extraits choisis. Même Agatha ne trouverait rien à redire à sa belle voix d'adolescent qui charme l'assemblée.

Eliot est heureux, toujours ponctuel, une partie importante de sa vie est ici et il bouillonne d'idées pour dynamiser ces rencontres.

Comme le répète souvent la doyenne en le regardant du haut de son fauteuil roulant :

— C'est quand même beau d'être jeune !

2

Ce soir-là, tout commence par une réflexion d'Iris.

— Nous savons maintenant tellement de choses sur Agatha Christie que c'est presque dommage de les garder pour nous, vous ne pensez pas ?

À croire que son instinct maternel l'emporte subitement sur son égoïsme naturel de lectrice invétérée. En fait, Iris exprime tout simplement un remords tardif pour avoir dans l'après-midi rabroué sèchement son fils aîné qui lui demandait ce qu'elle lisait. Sa question, anodine en somme, aurait pu en rester là. Sans Jo qui s'empresse de répliquer d'une voix moqueuse :

— Tu veux enregistrer nos conversations, les diffuser sur Radio Cantal ? Tu crois que ça intéresserait vraiment les habitants ?

— De Marcolès ? Pourquoi pas. Ce genre de littérature est tellement apprécié qu'on pourrait faire des heureux.

C'est Odile qui a répondu, ce qui n'est guère étonnant, elle est bien placée pour le savoir. Elle ajoute sans sourciller :

— J'y ai déjà pensé, figurez-vous !

Les regards se tournent vers elle, mi-amusés, mi-intrigués. Elle s'explique en rougissant, plus petite fille que jamais.

— Depuis un bon moment, j'aimerais organiser une manifestation autour de la grande dame du crime. Réaliser une sorte d'exposition de son œuvre, présenter ses divers romans, sa biographie...

— Hum, ça pourrait être intéressant mais ça demande un travail colossal et, bien que passionnés, nous ne sommes pas vraiment des spécialistes...

Comme d'habitude, Bernard a pris un ton dubitatif sans finir sa phrase. Le pharmacien n'imagine que trop bien les moqueries et critiques que provoquerait une telle initiative.

C'est un petit village ici, j'ai une place de notable et je tiens à la garder. Ces réunions du mardi sont fort distrayantes, mais je ne me vois pas en train de pérorer sur tous ces meurtres, somme toute assez horribles même s'ils sont bien écrits, je ne sais pas comment réagirait ma clientèle.

— Ça existe !

L'interruption, cette fois, vient de l'historien. Philippe Dessart a pris cet air supérieur, un peu agaçant, que tous ici connaissent bien.

Les yeux ronds du pharmacien, associés à sa bouche entrouverte, le font plus que jamais ressembler à un poisson de bande dessinée.

Le jeune Eliot retient le fou rire qui monte dans sa gorge tout en s'efforçant de suivre les explications attendues.

— Je veux dire que notre chère Agatha est probablement la romancière qui a nourri le plus de spécialistes. Imaginez un peu le nombre de thèses, d'essais, de biographies qui lui ont été consacrés, sans parler de tous ces universitaires, chercheurs, psychologues et même toxicologues qui ont passé leur existence à décortiquer en long et en travers son œuvre. Sans compter évidemment la pléiade d'écrivains, cinéastes, blogueurs, journalistes ou critiques littéraires qui tournent et vivent autour de ses écrits.

L'historien hoche la tête avec un sourire de contentement.

Je les ai bien mouchés !

Il en sait quelque chose, sa bible Wikipédia regorge de notes et de références à ce sujet.

C'est à ce moment même qu'une pensée saugrenue traverse l'esprit d'Eliot. L'adolescent se concentre pour mieux la capter, la peaufiner avant de la présenter aux autres.

Difficile pour autant de s'extraire du brouhaha des conversations.

Des noms fusent d'un peu toutes les lèvres, chacun semble avoir son spécialiste favori et le jette en pâture à l'assemblée pour se faire mousser.

Sa sœur n'est pas la dernière, elle cite des militants de la *cancel culture* qui souhaitent selon elle réécrire l'œuvre d'Agatha pour en gommer les aspects colonialistes et antisémites. Ce qui bien entendu fait bondir les autres. Sa sœur s'amuse, il le voit bien, il la croit capable d'inventer ce genre d'information pour faire sortir les autres de ce qu'elle appelle « leur trop confortable court-bouillon ».

Odile cette fois semble blessée. Archie compare la *cancel culture* à un nouveau maccarthysme.

Eliot comprend qu'il doit intervenir d'urgence. Tant pis si son idée est encore un tant soit peu brouillonne.

Il se lance.

— Et si on organisait un colloque ?!

Du haut de son fauteuil, Pierrette applaudit des deux mains.

Colloque, c'est un mot charmant, un mot qu'elle connaît, contrairement à celui de *cancelmachin* qui vient de provoquer tant de remous. L'épicière a tellement colloqué dans sa vie, y compris avec des personnages imaginaires, qu'elle pense que cette proposition doit être retenue.

— Bravo, petit, je trouve en effet plus agréable de discuter avec quelqu'un que de regarder des panneaux soi-disant explicatifs dans une exposition.

Même s'il ne partage pas la définition simpliste donnée par la doyenne du terme de colloque, Philippe paraît immédiatement séduit. Pour lui, ce mot est associé à celui de chercheur et évoque des entretiens entre érudits pour confronter des interprétations et des éclaircissements nécessairement pointus.

Les épaules de Bernard semblent au contraire s'affaisser davantage. Ce mot le terrifie, le ramène des années en arrière. C'est à l'occasion d'un colloque de pharmaciens sur la prévention des allergies, à Clermont-Ferrand, qu'il a rencontré sa femme qui faisait office d'hôtesse d'accueil. Elle n'a plus jamais été aussi avenante que ce jour-là. Il vivait alors une aventure amoureuse. C'est le regret de sa vie, avoir délaissé cette personne qui partageait ses centres d'intérêt pour s'amouracher d'une écervelée aussi prétentieuse que hargneuse qui a passé le reste de son existence à le mépriser.

Si seulement je ne m'étais pas inscrit à ce colloque !

Ah non, pas ça ! On peut trouver autre chose.

Iris n'a jamais participé à rien de tel. C'est un mot pourtant qui l'attire. L'an dernier, son mari est parti deux jours à Rodez pour un séminaire de maintenance en plomberie, il en est revenu à la fois satisfait et coupable. Elle jurerait en son for intérieur qu'il lui a été infidèle. Sans pouvoir le prouver, évidemment. L'expression elle-même a un parfum d'interdit, de badinage, de confession, de rencontre qui tranche avec son côté sérieux. Ça lui fait penser à un poème de Verlaine étudié au lycée, *Colloque sentimental*. Les vers lui échappent mais elle se souvient d'une nostalgie, d'un regret, d'une certaine tendresse qui l'avaient touchée. Elle approuve d'un mouvement de tête.

— C'est un joli terme.

— Ça a de la classe, j'en conviens, mais qu'est-ce qu'on mettrait dedans ?

Archie est pragmatique. Cette histoire le divertit. Colloque ou pas, des rencontres de ce type sur les demeures historiques, il en connaît un rayon. Conservation, valorisation, subvention, inscription, authenticité, architecture, esprit des lieux mais aussi tout ce qui va avec : ronds de jambe, dîner de gala, soutien, fiscalité, politesses exagérées et au mieux ébats amoureux d'un soir. Pour lui, le dernier en date a eu lieu à Paris au palais Brongniart, rien de moins, il a dû ruser pour ne pas payer la cotisation d'entrée et s'est ennuyé à mourir dans une causerie interminable sur le mécénat au secours du patrimoine. Il revoit le programme en lettres d'or, les nombreux conférenciers, les importants sponsors, la ronde des personnalités, les succulents petits fours, et se mord les lèvres.

Comment leur faire comprendre sans être blessant qu'un truc de ce genre ne s'improvise pas ?

Il hausse exagérément ses sourcils pour le suggérer.

— Cela suppose d'inviter plusieurs intervenants.

S'il voulait éteindre l'enthousiasme de l'assemblée, il en est pour ses frais.

Odile, qui se gardait depuis un moment de s'exprimer, reprend la parole.

Ses joues rouges et son ton solennel ne présagent rien de bon.

— Bravo, Eliot, c'est exactement l'idée que je cherchais. Un colloque, ici à Marcolès, avec des spécialistes reconnus d'Agatha Christie ! Vous vous rendez compte ?

Elle sourit, heureuse, insouciante.

Odile est attachante et presque jolie quand ses yeux pétillent de la sorte.

Elle s'imagine déjà saluant les invités forcément tous plus prestigieux les uns que les autres, allant d'une table ronde à une conférence, et surtout apprenant des tas d'anecdotes encore inconnues du grand public sur son idole.

— S'ils sont trop nombreux, il faudra plus d'une semaine pour laisser à chacun cinq minutes de parole !

Jo a voulu redresser la barre sans être méchante. La médiathécaire est bien la seule avec qui elle prenne des gants. Le message malheureusement passe au-dessus d'Odile qui flotte déjà sur un nuage de béatitude.

— Une semaine, oh oui, ce serait l'idéal. On pourrait ainsi leur faire découvrir la région...

Le côté « épicier » de Pierrette se réveille.

— Vous n'y pensez pas, entre le logement et la restauration, ça va coûter une fortune !

Enfin un peu de bon sens !

Le pharmacien saute sur l'occasion pour renchérir.

— Et le transport ! Vous imaginez les coûts du transport ? Tous ces gens-là sont des pros, la plupart viennent de loin, certains même de l'étranger, vous voyez un peu les frais que ça représente ?

Odile ne s'avoue pas vaincue.

Elle secoue sa tête de gauche à droite comme un roseau balancé au vent.

— Il suffit de demander des subventions à la mairie ou au comité des fêtes. On organise bien chaque année dans la commune un critérium cycliste, une nuit du conte, la venue d'un théâtre de rue, une course de motos et un marché artisanal, je ne vois pas pourquoi un colloque littéraire poserait plus de problèmes. Qu'est-ce que tu en penses, Philippe, toi qui es au conseil municipal ?

L'historien soupire, il est partagé. Cette histoire de colloque lui plairait bien, mais l'organiser ici lui semble complètement utopique. Il essaie de s'en sortir avec une pirouette.

— Bien sûr, Odile, la commune participerait, mais ne nous leurrons pas, les montants octroyés restent toujours modestes, ce sont surtout les sponsors qui soutiennent les événements que tu cites. C'est malheureusement plus facile d'en trouver pour une course cycliste que pour la littérature. D'autant plus que, crois-en mon expérience, ces spécialistes ne viendront pas gratuitement. Je dois reconnaître que pour chacune de mes participations à un colloque, on m'a rémunéré, non pas grassement mais de façon suffisamment importante pour m'inciter à accepter.

Ses sourcils frémissent et ses yeux sombres parcourent l'assistance en quête d'une admiration justifiée. Il n'a bien entendu jamais été invité à la moindre conférence, mais les autres ne peuvent pas le savoir. Philippe a constamment besoin de se réinventer une vie pour exister.

Un sourire moqueur flotte sur les lèvres de la sabotière. Cette femme l'exaspère, elle lui rappelle certains élèves insolents.

Pour qui se prend-elle ? Qu'a-t-elle de plus que nous ?

Elle porte aujourd'hui des baskets mauves, comme un contrepoint visuel en bas de sa silhouette pour rappeler qu'elle est une femme libre, rebelle aux conventions étriquées de l'habillement.

Pour sa part, il trouve ça complètement puéril et, subitement, l'idée même du colloque s'éloigne.

Impossible d'organiser un truc qui tienne la route avec des hurluberlus pareils !

Pour clore définitivement la question, il ne peut s'empêcher de pérorer.

— En fin de compte, mes amis, ce n'est peut-être pas une si bonne idée. Quand on parle de colloque, ça ne manque pas d'évoquer en moi le fameux colloque de Poissy où L'Hospital eut la fâcheuse idée de convoquer évêques et ministres pour rapprocher les religions catholique et protestante, et qui se termina comme chacun sait par une violente querelle. Les spécialistes entre eux se contredisent toujours ; à mon avis, mieux vaut, pour nos finances et la paix des ménages, n'en inviter qu'un seul.

C'est la douche froide pour Odile, son regard s'embue, une sorte d'engourdissement la pénètre.

Son colloque part en fumée, une banale causerie n'aura jamais le même panache.

Archie se sent obligé de voler à son secours. Il a toujours respecté Odile et n'hésite pas à la comparer, en tout bien tout honneur, à une bouillotte, comme celle que sa mère glissait dans son lit les soirs d'hiver. Une bouillotte de bienfaisance qui enveloppe les autres de sa chaleur humaine. L'idée de voir couler de grosses larmes sur les joues de la bouillotte lui est insupportable.

Tant pis si cette proposition de colloque est débile, on doit bien pouvoir faire quelque chose !

C'est évidemment à l'historien qu'il s'adresse, certain que, dans l'assemblée, personne n'a rien compris à cette histoire de Poissy.

— Je ne suis pas d'accord avec toi, Philippe. Puisque tu évoques Poissy, rappelle-toi que les réformateurs ont au contraire toujours considéré ce colloque comme une victoire pour leur camp. La Réforme, auparavant clandestine, devient à partir de ce moment une religion reconnue dont les représentants vont pouvoir traiter d'égal à égal avec les prélats de l'Église catholique. On pourrait donc considérer que ce colloque, au fond, a tout de même été utile. En outre, il ne s'agit pas pour nous de confronter des opinions divergentes mais, bien au contraire, de réunir d'éminents adeptes de la Reine du crime. Loin de nous l'intention de les voir s'entredéchirer !

Philippe lui lance un regard circonspect, il évite en général les joutes oratoires avec l'aristo, comme il l'appelle. C'est le seul ici capable de le contredire et en général il s'abstient de le faire, par flegme ou indifférence. Inutile avec lui de jouer à la supériorité du sachant. Il a été plusieurs fois surpris par l'érudition naturelle d'Archibald, sa culture d'aristocrate qui, loin d'empiler comme lui les connaissances, les combine avec aisance et subtilité. Il préfère s'incliner.

— Bien sûr, vu comme ça, on peut concevoir quelque chose de plus consensuel. Toutefois, ça reste trop ambitieux pour une commune comme la nôtre, il vaudrait mieux l'envisager au niveau départemental.

Odile respire, ses rides de sourire reviennent au coin des yeux, mais elle tient à son idée première.

— La culture s'invente sur le terrain, on ne peut pas se contenter d'être des consommateurs passifs, c'est ici que ça doit avoir lieu, avec nous, par nous, pour nous !

— Mais qui va payer ? reprend la doyenne qui, tel un brave roquet, ne lâche jamais prise.

Depuis tout à l'heure, le projet d'une telle manifestation a si bien gonflé dans l'imagination romanesque d'Iris qu'elle refuse d'y renoncer pour de basses raisons financières. Elle répond du tac au tac :

— Pendant le critérium cycliste, la plupart des participants sont logés chez l'habitant. Si chacun y met du sien, on doit pouvoir accueillir chez nous les membres du colloque, non ? Après tout, personne ne nous oblige à réserver des chambres à l'Auberge de la Tour.

Elle fait allusion au très chic hôtel-restaurant étoilé de Marcolès, réputé pour sa gastronomie.

— Tu veux aussi qu'ils y prennent leurs repas, peut-être ? Une semaine, c'est long, surtout à la fin, ironise Jo qui commence à trouver cette idée de plus en plus absurde.

L'historien tape alors sur la table tout en se levant pour mieux se faire entendre. Un rare sourire étire ses lèvres, il tient sa revanche sur l'aristo et se garde bien de regarder dans sa direction.

— Et que diriez-vous d'un week-end ? Deux jours seulement, certes, mais avec des participants bien choisis et pas n'importe où ! Ce sera notre point fort. Excuse-moi, Iris, mais les personnalités qu'on vise ne sont pas des entraîneurs cyclistes, il faut les séduire, piquer leur curiosité, les choyer, les accueillir en grand seigneur, quoi ! Après, ils n'oseront même plus nous demander le remboursement de leur voyage.

— À quoi penses-tu donc ?

Ils ont tous cette question en tête.

— Un château, bien sûr !

En susurrant ces mots, Philippe est certain de son coup.

Tous les visages sont désormais tournés vers Archie qui reste impassible. En apparence seulement.

Non, cet imbécile ne va pas oser, tout de même !

Philippe ose pourtant en se permettant même un zeste de triomphe dans la voix.

— Un colloque de deux jours sur Agatha Christie au château de La Rochette, avouez que ça aurait de la classe !

Coincé, je suis coincé et ils me regardent tous comme si j'étais le Jésus de la crèche !

Un coup d'œil à Odile suffit à le convaincre. Crainte et ravissement se disputent dans son regard.

Impossible maintenant de faire marche arrière sans passer pour le mufle de service. Mon seul espoir, c'est qu'on ne trouve aucun intervenant. Cochon de Philippe, tu me le paieras !

Saluant alors l'assemblée d'une révérence parfaite, avec une distinction toute aristocratique, Archie se résout à accepter.

— Ce sera pour moi un honneur, mais le confort de ma demeure est rustique. Je vous préviens honnêtement, il faudra votre concours à tous pour le rendre acceptable.

La joyeuse cacophonie qui s'ensuit lui prouve que personne n'a la moindre idée de l'incommodité, voire de l'insalubrité de son logis, la fin de sa phrase et le burlesque de la situation leur échappent totalement. Parce qu'ils ont trouvé le lieu approprié, l'idée même de colloque devient possible. De tout son discours, ils ne veulent retenir que son accord. Les réticences s'estompent. Pour l'ancienne épicière, le château est un sésame, il serait trivial désormais de parler de coût.

Tout en répondant nonchalamment à leurs sourires, Archie pense aux fuites de sa toiture, aux casseroles dans les chambres, aux cheminées qui refoulent, à l'humidité qui s'étend, à toutes ces pièces fermées qui doivent sentir plus ou moins le moisi. Bien qu'amis de lui, aucun d'eux n'a jusqu'ici franchi la porte de son château, et pour cause, il s'est bien gardé de la leur ouvrir.

Devant cet engouement collectif, il se dit que l'humain est décidément une espèce bien moutonnière. Il repense à cette expérience de psychologie sociale si intéressante où un meneur prétend que de deux lignes tracées sur un tableau, l'une est plus longue que l'autre alors que manifestement c'est l'inverse qui est vrai. Le groupe, très souvent, se rallie à son opinion alors qu'il voit qu'elle est fausse. Chacun ici sait qu'organiser avec si peu de moyens une manifestation de cette envergure à Marcolès est au mieux une erreur, au pire une folie. Personne pourtant ne prend conscience de son aveuglement. Toutefois, Archie se trompe, lui aussi.

À peine réunis dans le véhicule qui les ramène à la forge, Joanne apostrophe vertement son frère.

— Franchement, Eliot, je me demande ce qui t'a pris de leur parler de colloque, nous voilà embarqués par ta faute dans une histoire impossible, je reste persuadée que c'est une très mauvaise idée !

3

Une très mauvaise idée !

C'est ce qu'Archie n'arrête pas de se répéter depuis près de deux mois que dure cette affaire, espérant vaguement que ce projet insensé ne se réalisera pas.

Il veut toujours croire qu'Odile finira par constater d'elle-même l'impossibilité de la chose. Elle sera déçue, certes, mais bien moins que si elle s'était vue d'emblée interdire cette manifestation.

C'est pour elle qu'il a accepté.

C'est irréalisable, ça ne se fera pas !

Chaque mardi, il s'attend à une renonciation et commence sérieusement à s'inquiéter. Il a bien compris que certains « acharnés » sont décidés, pour une raison ou une autre, à aller jusqu'au bout.

Odile en tête de liste. Elle a d'ailleurs déjà obtenu un accord de principe pour une subvention municipale et demandé le soutien du département. Afin d'augmenter leur pactole, Iris, elle, bat, sans relâche le rappel des artisans et commerçants, ce qu'elle nomme d'un air gourmand « nos sponsors ». Eliot, c'est de son âge, préfère se déchaîner sur les réseaux sociaux en multipliant les *posts* à tout va. Quant à l'historien, vu ses innombrables lettres d'invitation, il doit probablement avoir déjà explosé, rien qu'en affranchissements, leur budget initial. La doyenne s'active à sa manière en préparant et congelant suffisamment de tartes, quiches et tourtes pour nourrir tout un régiment d'affamés.

Jo se contente de chercher des films qu'on pourrait visionner pendant le colloque. Autant dire qu'elle ne fait pas grand-chose. Archie sent obscurément qu'elle est, comme lui, plutôt contre. Cette absence de réaction et de franchise, si peu conforme à sa pugnacité habituelle, ne cesse de l'intriguer. Mais le plus réfractaire semble être Bernard, chargé avec lui par les autres, en raison de leur manque évident d'implication, de « l'organisation ».

Un mot ambitieux qui pour l'instant ne veut rien dire, puisque celle-ci dépendra au final du nombre réel de participants.

Le pharmacien, qui prend toujours les choses très au sérieux, a cependant créé un tableau complexe sur Excel qui permet de connaître aussi bien la quantité de pain que le nombre de sièges ou les temps de parole à prévoir pour les intervenants. Et plein d'autres paramètres encore.

— Impressionnant !

Archie le félicite d'un ton railleur.

Tant que ce tableau reste vierge, je ne crains rien !

Il s'aperçoit aujourd'hui avec effroi qu'un nom occupe la toute première ligne.

Maud Travers.

— C'est qui ?

— Ah ! tu ne savais pas ! Philippe ne t'a donc rien dit ? Il a reçu sa réponse hier.

— C'est qui ? répète bêtement Archie qui sent l'inévitable se rapprocher à grands pas.

Ce symbolique nom de Travers ouvre la voie du pire, il l'associe immédiatement à des hauts de côtelettes de porc ou à de l'aloyau. Rien de bien folichon. À entendre Bernard, ce n'est pourtant pas d'une bouchère qu'il s'agit mais bien d'une véritable spécialiste du crime, psychologue de surcroît, conférencière à ses heures perdues sur l'importance du meurtre familial dans l'œuvre d'Agatha Christie.

— Elle est enchantée et libre tout le week-end de Pâques. À ce propos, Dessart pense qu'il serait peut-être judicieux de prolonger le colloque d'une journée et d'englober ainsi le lundi qui est férié.

Archie répond assez vertement qu'il faudrait plus probablement songer à annuler la manifestation si cette bonne femme était la seule à venir.

Les épaules de Bernard semblent s'affaisser davantage. Il prend un air dramatique pour annoncer que la dame arrivera la veille et qu'il revient aux organisateurs, à eux deux donc, de prévoir son repas du vendredi soir. Archie lève les yeux au ciel, retrouvant sa coutumière bonne humeur.

Après tout pourquoi pas, c'est ça, la porte de sortie. Si Travers est seule à venir, on trouvera bien de quoi lui payer un séjour à l'Auberge de la Tour et l'histoire sera vite réglée.

Malheureusement pour lui, les participations semblent enfin se concrétiser. Odile leur annonce avec la fierté d'une poule pondeuse la présence d'un toxicologue réputé, d'une journaliste spécialisée, d'un universitaire d'outre-Manche et même, cerise sur le gâteau, sous réserve toutefois, la venue d'un membre de l'éminente famille de l'écrivaine.

Philippe plastronne, rejette sa tête en arrière, ses sourcils en bataille se dressent d'un air avantageux. C'est le résultat de ses recherches, de son travail de fourmi laborieuse et tenace. Persuadé que personne d'autre que lui n'y serait parvenu, il ne peut s'empêcher de prendre un air supérieur, celui que ses comparses exècrent, même si les plus indulgents d'entre eux lui accordent plus de timidité que d'orgueil.

Après la crainte d'un fiasco, c'est l'euphorie, les questions se bousculent avec une préoccupation inverse.

— Que faire s'il y a trop d'intervenants ?

— Comment éviter les conférences redondantes ?

— Quel temps de parole accorder à chacun ?

— Faudra-t-il établir des préséances ?

Pour finir par l'inévitable :

— De combien de chambres peux-tu disposer, Archie ?

Le dernier comte de La Rochette s'y attendait. Pragmatique, il réalise que son sort est scellé.

— Mes amis, comprenez-moi, il ne s'agit pas tellement d'un problème de nombre mais plutôt d'acceptabilité d'un certain inconfort, avoue-t-il vaincu.

Bon prince, il ajoute :

— Venez donc vous rendre compte par vous-mêmes.

Cette invitation, acceptée sur-le-champ avec une certaine célérité jubilatoire, est une porte ouverte sur son jardin secret.

Porte ouverte à quoi ?

Ma déchéance ? Ils doivent bien savoir que je ne roule pas sur l'or.

Son regard passe d'Odile à Pierrette, de Jo à Eliot, ses préférés.

Je ne risque pas grand-chose : si la visite du domaine me fait perdre leur amitié, c'est qu'ils ne la méritaient pas.

Moi non plus d'ailleurs !

Une honte aussi subite qu'inhabituelle l'envahit et le conduit à repousser cette visite de quelques jours. Le temps illusoire de faire un peu de rangement, de nettoyer un minimum ce qui doit l'être, de ranger ce qui peut encore se cacher, de mettre un peu de décorum sur la misère.

Il relève la tête, invulnérable à nouveau, sous le coup d'un de ces curieux revirements de conscience qui lui sont familiers. Après tout, peu importent les critiques, il les assumera avec la fierté de sa race. Sa demeure, comme lui, fait corps avec le paysage auvergnat, elle en a le visage, l'accent et la force. Il saura la défendre. Son château est chargé d'histoire et de légendes. À sa façon, il a su résister au temps grâce à la solidité du granit, cette indestructible pierre du pays qui ne s'effrite ni ne se désagrège et que le gel ne fait pas éclater comme le vulgaire calcaire tendre de Bourgogne. Malgré son isolement, la Haute-Auvergne regorge de châteaux de ce type, elle fut depuis toujours le réduit ultime des luttes qui se livraient dans le pays. S'il est forcé de l'ouvrir au public, Archie décide qu'il fera honneur à ses plus glorieux prédécesseurs qui comptent entre autres un chevalier de Malte, un terrible commandeur pourfendeur d'huguenots et un chanoine fin lettré. Avec une telle lignée, il se doit de résister, tête haute, à l'envahisseur.

Le rendez-vous a été programmé pour le lundi suivant, jour de fermeture de la médiathèque. Odile devait au préalable s'y rendre avec Iris, et Joanne s'est ajoutée aux visiteuses au dernier moment. Si Archie craint davantage son œil acéré, il se rassure en pensant qu'elle doit toutefois être moins méticuleuse que les deux autres du point de vue de la propreté.

La météo est avec lui en ce début de mars plutôt clément. Il veut y voir un signe de mansuétude. Qu'elles soient natives ou non d'ici, ses invitées ont toutes en commun un amour puissant pour cette région pittoresque dans ce qu'elle renferme à la fois de sauvage et d'humain. Bénéficiant d'une altitude moyenne et d'un climat doux et régulier, la Châtaigneraie cantalienne, pays des rivières roses et des ravins gris, suscite toujours une impression de paix et de grandeur. Admirablement situé à mi-côte à la sortie de Marcolès, le château de La Rochette, entouré d'un bois de sapins et de feuillus, en impose par son allure seigneuriale et aristocratique. Depuis la route, ses toitures émergent des frondaisons. La grille d'entrée toujours ouverte, la rouille l'empêchant de tourner sur ses gonds, invite les visiteurs à emprunter une grande allée bordée de tilleuls, assez majestueuse pour susciter leur enthousiasme et les mettre en condition. Le chemin d'accès croise un peu plus loin le ruisseau du Garouste alimentant les douves, un pont en pierre enjambe celui-ci pour aboutir enfin sur la cour dite d'honneur.

La demeure elle-même se compose d'un grand corps de logis mansardé avec deux pavillons faisant saillie aux extrémités. À l'un des angles, une tour carrée plus élevée et encastrée dans le bâtiment contient un pigeonnier. Elle provient de l'ancienne construction datant du XVIe siècle et relève davantage de l'architecture militaire. La ligne asymétrique et discontinue des toits est ornée de cheminées et pignons de tailles diverses au gré des suppressions, rajouts ou reconstructions des propriétaires successifs. L'ensemble est assez disparate mais la diversité forme un tout imposant qui n'a rien de choquant, et le mélange des styles reste curieusement assez harmonieux. Inutile toutefois de chercher une exceptionnelle beauté architecturale ou une richesse de l'ornementation, La Rochette est une construction très sobre avec un agréable équilibre des proportions et une harmonieuse insertion dans son environnement. Sur la porte d'entrée, un écusson d'azur avec trois coquilles d'argent rappelle sa position géographique sur la route de Conques et de Saint-Jacques-de-Compostelle.

Archie les attend dans le hall d'où part une immense cage d'escalier qui s'enfuit pour disparaître dans la plus profonde obscurité vers les étages supérieurs. Dans une niche, sur la droite, une imposante statue de femme, en lave de Volvic, les fixe d'un regard réprobateur. Elle semble dotée de plus d'yeux qu'il n'est généralement nécessaire. Jo en dénombre au moins huit, tous plus glacials les uns que les autres.

— Tout à fait ambiance de crime ! s'exclame Odile d'un ton joyeux.

Une convaincue d'avance, ça ne compte pas !

Iris, de son côté, lorgne vers les diverses bassines, disposées habilement aux endroits stratégiques, qui lui font penser à des cuvettes emplies de poissons rouges lors des fêtes enfantines. Elle ne peut s'empêcher d'en examiner discrètement le contenu qui ne recèle que quelques gouttes révélatrices.

Archie les pousse subtilement vers le salon, sa pièce préférée après la cuisine. Également la plus confortable du château en raison de la grande et vénérable cheminée à large foyer et à manteau élevé qui apporte une chaleur appréciable. Une cheminée de granit dont les deux montants parallèles empiètent sur le parquet avec des pattes de lion aux griffes redoutables.

— Très kitch, n'est-ce pas ?

Le petit relent exotique qui émane de la cheminée s'allie mal en effet avec la sobriété du décor et les fauteuils Régence qui meublent la pièce. Odile acquiesce, enchantée par le charme désuet qui se dégage de l'endroit. Elle ne semble voir ni le papier peint décoloré, ni les tapis à la trame usée, ni le jeu d'échecs dont certaines pièces ont été curieusement remplacées par des noyaux de cerise, ni même les empreintes trop visibles sur les murs, provenant probablement d'anciens tableaux ou tapisseries dont le propriétaire a dû se défaire.

Alors qu'Iris semble subjuguée par une vitrine regorgeant de tout un tas d'objets hétéroclites – pistolets, poignards, tabatières, camées, médailles et parchemins – en souvenir de la gloire passée des La Rochette, Jo a la gorge serrée devant le simple bouquet de narcisses qui agrémente la table basse en verre.

Ainsi Archie a pris le temps de cueillir ces fleurs pour nous, par simple gentillesse, par élégance innée. Quel homme étonnant, tout de même ! Comment peut-il vivre dans un tel mausolée ? Accepter un tel dénuement, renoncer à tout travail ?

C'est ce qui l'étonne le plus, elle qui a conquis si durement son indépendance en acceptant tant de tâches ingrates avant de s'imposer dans une voie qui n'est pas facile mais pleine de noblesse.

Archie, qui la regarde, croit lire sur son visage mobile la presque totalité de ses réflexions. Sous le coup de la vexation, il se redresse et, tout en versant le thé dans de délicates tasses de porcelaine, qu'il a pris soin de choisir non ébréchées, il se fait presque cassant.

— Alors qu'en pensez-vous, Mesdames ? Soyez franches. Ça suffira pour accueillir nos illustres intervenants ou préférez-vous finalement réserver la salle des fêtes du village ?

Odile, qui pourtant n'a pas mis de sucre, agite la cuillère dans sa tasse en provoquant un véritable tsunami de darjeeling.

— Enfin, Archie, tu plaisantes ! Cette pièce est suffisamment grande pour y organiser toutes les conférences. Il y a si peu de meubles, il sera aisé de les repousser, d'installer des chaises, une estrade et un pupitre. Philippe a dit qu'il se chargerait de la sono. Je suppose qu'il y a des prises électriques, mais oui, bien sûr, suis-je bête !

Le comte de La Rochette ne peut que sourire malgré les mots qui font mal : « si peu de meubles », c'est ce qu'elle a dit sans même noter la noble distinction des rares rescapés. Il préfère toutefois cette naïveté un peu bêtasse à la compassion réprobatrice.

La bonté d'Odile a toujours eu sur lui un effet apaisant. Il s'est déjà demandé plusieurs fois si, dans la vie de la médiathécaire, quelque chose a pu la faire douter du bonheur et de la bienveillance humaine. Il sait pourtant que son existence n'a pas toujours été facile entre une mère partie trop vite et un père acariâtre.

Sitôt le thé avalé, ils entreprennent la visite des chambres. Le premier escalier débouche sur un corridor obscur qui sent l'humidité. Différentes bassines là encore agrémentent le décor. Après avoir désigné, sans plus d'explications, une pièce « condamnée », Archie ouvre sans mot dire la porte de six chambres. Les lits sont immenses, un plafond en forme de dôme s'élève au-dessus d'eux, des armoires monumentales et grinçantes constituent à peu près le seul mobilier.

Il fait un froid glacial. Les filles ne peuvent s'empêcher de grelotter, mais depuis les fenêtres en ogive, sans rideaux, la vue est magnifique. Au-delà du parc endormi, on aperçoit les landes couvertes de bruyères teintées d'améthyste, les bois de bouleaux qui bruissent au moindre souffle du vent et les étendues herbeuses parsemées de blocs erratiques et d'austères genévriers.

Archie loge aussi à cet étage qui ne dispose par ailleurs que d'une seule salle de bains. Très imposante au demeurant, avec son grand carrelage blanc et sa baignoire en fonte émaillée à pattes de lion, surmontée d'un réservoir en cuivre laissant présager une miraculeuse arrivée d'eau chaude.

Sous son poncho rouge, Jo sent le froid la traverser, elle espère pour lui qu'Archie dispose dans sa propre chambre d'un radiateur électrique ou tout au moins d'une cheminée en état de marche. En refermant derrière elle la porte de la salle de bains, elle aperçoit une clé à molette sur le rebord de l'antique lavabo, à côté du robinet d'eau chaude, étonnamment sans tête.

Quel capharnaüm !

Elle se dépêche de rejoindre les autres. Leur guide toujours muet semble maintenant pressé d'en finir.

L'escalier menant au deuxième étage est d'une raideur épouvantable, les marches sont étroites, irrégulières, tournantes, interminables.

Sûr qu'en cas d'incendie, les conférenciers finiront tous rôtis !

Une dizaine de chambres se répartissent autour d'un palier pour le moins « grinçant ». Sûrement réservés autrefois au personnel, les lits en fer n'ont aucune grâce, les fenêtres sont plus étroites, leurs encadrements en bois rongés par l'humidité, et partout la peinture d'un gris sale est écaillée.

L'aménagement est des plus rustiques : commodes bancales et chaises en bois dépareillées. Aucune trace de salle de bains ou commodités de ce genre à l'étage.

— Pas fameux, n'est-ce pas ?

Archie retrouve sa voix en même temps que le hall.

— Les six chambres du premier étage devraient suffire, s'empresse d'affirmer Iris, qui ajoute d'un ton guilleret : Puisqu'on en est là, j'en profite pour vous annoncer que la plomberie Santoire, en tant que mécène officiel de notre colloque, fournira gratuitement pour l'occasion des radiateurs électriques. Jean-Paul, mon mari, passera dans la semaine pour vérifier l'état des installations sanitaires.

Odile devait être au courant car elle se contente de sourire béatement. Archie a tiqué, Joanne s'attendait à une explosion de fierté. Il n'en fait rien, se contentant d'ouvrir la porte de la bibliothèque en poussant même la magnanimité jusqu'à proposer :

— J'ai pensé qu'on pourrait exposer ici les différents ouvrages d'Agatha.

Cette petite pièce est un véritable bijou qui rachète toutes les autres. Les armoiries des La Rochette ornent le plafond. Une structure en bois à deux niveaux forme l'essentiel du décor, un escalier permet d'accéder à la coursive supérieure. Des volumes anciens mais aussi des cartes, plans et registres d'archives remplissent les étagères avec toutefois quelques trous suspects.

Les tisons qui se consument encore dans la cheminée, le fauteuil Voltaire et le bureau à cylindre chargé de papiers épars donnent à penser qu'il s'agit de l'endroit privilégié du maître des lieux. À l'entendre pourtant, c'est la cuisine qui remporte ses faveurs, la salle à manger étant présentée comme « impraticable », d'un ton qui ne supporte aucune discussion. Jo se plaît malicieusement à imaginer le pire concernant cette pièce « non montrable ».

La cuisine, c'est avant tout le royaume des chats, trois chartreux nonchalants les accueillent en plissant leurs yeux d'or. C'est en effet une très belle pièce, vaste, dotée de poutres au plafond et éclairée par la lumière naturelle qui se reflète dans les douves dont l'eau s'écoule dans un tendre friselis sous les fenêtres basses de cette partie du bâtiment. L'immense cheminée, qui sépare presque la salle en deux, attire tous les regards. Munie d'un tournebroche actionné par une poulie et un jeu compliqué de chaînes, elle a dû servir de rôtissoire pour de grosses pièces de gibier ou de viande, comme en attestent les larges traces noires de graisse fondue. Les murs sont recouverts jusqu'au plafond de carreaux bleus et jaunes dont quelques-uns font malheureusement défaut.

Une énorme horloge encastrée dans un robuste vaisselier en bois a ses aiguilles arrêtées sur le douze.

— Minuit, l'heure du crime, c'est un signe, minaude Odile, une fois de plus charmée.

Une longue table, capable de réunir une vingtaine de convives, trône dans la plus grande partie de la pièce. Les chartreux occupent des places privilégiées, car recouvertes de coussins, sur les bancs de bois rugueux qui jouxtent chacun de ses côtés. De larges dalles de pierre séparées par des lattes de parquet recouvrent le sol.

Iris résume la situation.

— C'est magnifique, on pourra manger ici et réchauffer toutes les spécialités de Pierrette.

Archie lui répond d'une remarque sibylline.

— Il faudra pour cela obtenir l'avis de Marple, Poirot et Parker Pyne !

— Oh, Archie, c'est vraiment le nom de tes chats ? s'exclame Odile charmée de cette étrange triade très « christienne ».

— Bien sûr, l'année des M pour la mère et des P pour ses petits. En tant que membre du Club du mardi, je ne pouvais pas faire moins.

Un rictus presque sardonique éclaire son visage.

Jo garde un silence prudent.

Solliciter l'avis des chats, oui ! Mais le point de vue d'Archie, on ne l'a pas vraiment demandé !

4

Les explications d'Iris sur sa visite au château de La Rochette laissent Pierrette quelque peu perplexe. Pour tous les membres du club, la doyenne est surtout la mémoire du village. Celle qui a connu les parents d'Archie et est donc mieux à même de comprendre sa situation. Et justement, Pierrette ne comprend pas. Pas du tout. Les gens du château, comme on les appelait, ont toujours vécu dans l'aisance. Ils avaient au moins trois domestiques et le petit Archibald, chaque dimanche à la sortie de la messe, lui tendait fièrement un billet avant de plonger une main avide dans le bocal à bonbons.

— Des gens pas fiers pour un sou et tellement gentils.

Ensuite, ses souvenirs sont plus diffus, elle se rappelle très bien la grande cérémonie d'enterrement à la mort du comte, avec l'église Saint-Martin pleine à craquer. Un moment aussi émouvant que solennel, suivi de près par le départ de sa veuve chez des cousins parisiens où la pauvre femme est d'ailleurs décédée peu de temps après. Le château est ensuite resté fermé plusieurs années. Archie bourlinguait beaucoup à cette époque. Bourlinguer est un mot réprobateur dans la bouche de Pierrette, synonyme de voyages, d'aventures mais surtout de misère, de mauvaises fréquentations et de batifolages plus ou moins scabreux. L'épicière, qui n'est pour ainsi dire jamais sortie de Marcolès, considère la bourlingue d'un mauvais œil. Heureusement, depuis une dizaine d'années, Archie a regagné le berceau familial et semble même, depuis la fameuse épidémie de Covid, vouloir y rester.

— Vois-tu, ça fait près de vingt ans que j'ai fermé le magasin, alors je suis moins au courant des faits du village. Avant, ma boutique était un peu le confessionnal de tout Marcolès. Entre les sans-gêne, les discrets, les pas-pressés, les curieux, les pipelettes et les fouineurs, on peut dire que j'étais servie. Il ne faut pas croire cependant que j'ai perdu tout relationnel. Eh bien, je n'ai jamais entendu dire que le comte actuel tirait le diable par la queue. Il faut bien comprendre que ces gens-là ne vivent pas comme nous, ils n'auront jamais la même notion du beau, de l'utile ou du confort.

Iris fait la moue.

— Pas de télé à la rigueur, mais pas de lave-vaisselle tout de même ! Et tu verrais la salle de bains, immense, d'accord, mais plus que sommaire. Voilà d'ailleurs qui va poser un sacré problème aux invités. Jean-Paul, qui s'y connaît, dit que le réservoir d'eau chaude ne permet pas plus d'une, voire maximum deux douches de suite.

Pierrette ne se démonte pas pour autant, se laver au lavabo lui a toujours semblé beaucoup plus raisonnable.

— Ça les mettra dans l'ambiance « christienne » ! Je me souviens de plusieurs romans où Hercule Poirot quitte la capitale pour des maisons de campagne glaciales et sans aucun confort. Les intellectuels sont aussi une espèce à part, va. Ils ne s'arrêteront pas à ce détail.

La mère de famille se rebiffe.

— Moi, je suis incapable d'une pensée cohérente si j'ai froid aux pieds !

Au sourire en coin de son interlocutrice, elle comprend que celle-ci justement ne la considère pas comme une intellectuelle.

Quelle vieille toupie, toujours à admirer les aristos ou les intellos. Elle oublie que ce sont les artisans et les commerçants comme nous qui font marcher un pays !

Iris n'hésite plus dès lors à enfoncer le clou avec une certaine délectation.

— Pour les chambres, les radiateurs électriques feront l'affaire mais un sérieux nettoyage de la literie ne serait pas superflu. Aucune de nous n'a osé poser la question, c'est délicat.

— Ne t'inquiète pas pour ça, je connais Archie depuis qu'il est en culottes courtes. Je suis comme une vieille tante pour lui, je peux presque tout me permettre, il ne s'offusquera pas. À mon avis, les draps ne poseront pas de problème. Contrairement à la saloperie qu'on trouve maintenant, une étoffe de qualité résiste au temps, tu verras comment un bon lavage suffira à restaurer tout leur lustre.

Pour rabattre le caquet de l'épicière, la jeune femme persiste en prenant un air dégoûté.

— Attends-toi aussi à repriser, ça doit grouiller de souris là-dedans !

— Allons, Iris, ça ne risque pas avec tous ces chats !

L'évocation des chartreux ramène à de meilleurs sentiments la mère de famille, séduite autant par leur pelage gris-bleu un peu laineux, leurs yeux cuivrés et leur tête arrondie à l'expression rieuse, que par ce qu'en a dit Archie, qui prétend que ses chats sont restés si longtemps dans le silence des abbayes qu'ils ne miaulent plus qu'en cas d'extrême nécessité.

— C'est vrai qu'ils sont beaux, Archie a promis de m'en réserver un de la prochaine portée.

— Là, tu vois ! C'est bien le signe qu'il n'est pas dans le besoin, une bestiole comme ça vaut bien plus de mille euros.

— Tu en es sûre ?

Iris a posé la question pour la forme. En ce qui concerne les questions d'argent, elle fait entièrement confiance à Pierrette. Celle-ci est imbattable en calcul mental depuis l'époque où elle était une supérette entière à elle toute seule : épicerie, mercerie, droguerie, quincaillerie, fromagerie, papeterie, confiserie, matériel de pêche et chaussures. La plupart des articles étant alors vendus au détail, au poids ou au mètre et évidemment sans caisse enregistreuse ou balance électronique, ça demandait une sacrée agilité des neurones.

D'ailleurs, Iris, native de Marcolès, n'a aucun mal à se rappeler le magasin qu'elle a connu dans sa petite enfance. Il lui semble entendre encore la musique des conversations aux sonorités chantantes et l'odeur ineffable du café torréfié sur place. Le local a été transformé en cette salle de séjour où Pierrette la reçoit aujourd'hui.

Un logement trop grand et si peu intime à cause des larges fenêtres qui ne parviennent pas à faire oublier l'ancienne devanture. Le seul point positif, c'est que le fauteuil de la propriétaire y pivote en tous sens sans rencontrer d'obstacle.

Ça doit être difficile pour elle de vivre ici avec tant de souvenirs !

Surtout celui de sa chute qui a accéléré la fermeture de la boutique en la condamnant à ce satané fauteuil. Elle n'en parle jamais, ni ne se plaint. Un accident idiot dû à un matou qui s'est faufilé dans ses jambes alors qu'elle descendait au cellier.

C'est peut-être pour ça qu'elle n'a pas de chat !

La doyenne ne semble pourtant pas tenir rigueur à la gent animale puisque, par un curieux détour de pensée, elle engage une discussion portant justement sur le rôle des bêtes dans les romans d'Agatha.

— Je crois bien qu'à titre personnel elle préférait les chiens aux chats. Elle en a possédé plusieurs dont deux Manchester terriers devenus célèbres. Pour ce qui est des chiens dans ses romans, j'ai en tête le fox-terrier Bob, héros et soutien d'Hercule Poirot dans *Témoin muet*, et bien sûr Hannibal, le Manchester terrier du *Cheval à bascule*.

Ce roman, le dernier écrit mais non le dernier publié, n'est pas le préféré d'Iris, et les deux passionnées s'empressent d'échanger leurs points de vue.

Elles sont interrompues par le son aigrelet du carillon de la porte du magasin, conservé probablement par pur sentimentalisme vu son bruit exécrable. Il les avertit de l'arrivée de Bernard, avant même que celui-ci n'en franchisse réellement le seuil.

Comme d'habitude, Poisson s'excuse piteusement du dérangement alors qu'il apporte des médicaments pour éviter à Pierrette de se rendre à la pharmacie. Marcolès a beaucoup de charme, mais certaines de ses rues pavées et en pente ne conviennent guère à la circulation d'un fauteuil roulant. Bernard est un homme prévenant, gentil mais aussi pusillanime qu'un lapin.

Son entrée en matière est un véritable délice. Il égoutte son imperméable, secoue méticuleusement son parapluie, s'assied dessus, se relève, montre de l'affolement, s'excuse, se moque, s'embrouille dans des formules maladroites. Un membre du club, sûrement Jo, l'a comparé un soir à quelqu'un qui aurait oublié sa tête sous l'oreiller. C'est aujourd'hui plus vrai que jamais. Comme tous les timides, perclus de scrupules et de réticences, il arrive en général à maîtriser le ton de sa voix mais n'en tremble pas moins de tout son intérieur.

— Je suis bien content de vous trouver toutes les deux, j'ai un cas, disons de conscience, à vous soumettre.

Il rit d'un air niais en empaillant son sourire dans l'attente d'une réaction qui ne vient pas. Le silence attentif de ses compagnes l'affole, il regrette déjà son audacieuse ingérence. Iris, qui a un certain respect pour sa fonction, n'ose pas intervenir mais Pierrette, plus brusque, le pousse dans ses retranchements.

— Vas-y, bon sang, de quoi s'agit-il ?

La doyenne adore les cas de conscience, souvent porteurs de révélations croustillantes. Ses yeux d'écureuil pétillent derrière les lunettes d'écaille. Rien qu'en décryptant les ordonnances, un pharmacien avisé peut découvrir et deviner bien des choses sur l'intimité des gens. Elle doute néanmoins de la capacité de Bernard à savoir réellement les exploiter. Quant à les confier, c'est encore plus improbable, l'homme doit être peu enclin à trahir la déontologie.

Elle affiche un sourire encourageant qui porte ses fruits, puisque Bernard se lance enfin tout en tortillant nerveusement les manches trop longues de son pull à col roulé.

— Eh bien voilà, j'ai reçu un coup de fil d'un ami, enfin une de mes connaissances qui date de la faculté. Il a eu vent, par Facebook, je crois, de notre idée de colloque. C'est un grand admirateur d'Agatha Christie et il voudrait y participer.

Pierrette est déçue.

Rien de bien scabreux là-dedans, à moins que ce cruchot n'ait couru les filles avec son comparse.

— C'est très bien, il nous faut du monde pour assister à toutes ces conférences. C'est ce que je disais encore hier à Philippe : c'est bien beau de rechercher des intervenants, mais encore faut-il des gens pour les écouter !

— Justement, reprend Bernard embarrassé, c'est en tant qu'intervenant qu'il veut intervenir.

L'effet comique de la répétition lui échappe à moitié. Il prend son air de glaçon endeuillé et se liquéfie presque de confusion. Iris retient son rire. Son instinct maternel, tout comme, il faut le reconnaître, les yeux de cocker, la conduisent à demander gentiment des explications.

Il ressort des propos alambiqués du pharmacien que sa « connaissance » veut faire partie des orateurs. Bien qu'il ne soit pas un spécialiste à proprement parler d'Agatha Christie, il peut se prévaloir d'une connaissance approfondie de cette auteure et d'un regard très avisé sur son œuvre. À ce propos d'ailleurs, cet ami lui a fait remarquer que la romancière anglaise préférait l'expression « Duchesse de la mort » à celle de « Reine du crime ». Il serait dès lors judicieux d'employer la première plutôt que la seconde dans leur communication.

— Eh bien, il ne se mouche pas du coude celui-là ! s'offusque la doyenne. S'il n'a rien à dire de plus que nous autres, je ne vois pas pourquoi on le propulserait de l'autre côté du pupitre ! Un sacré culot, tout de même, ta connaissance, elle voudrait peut-être aussi être logée au château avec les honneurs qui vont avec !

— Sa remarque est juste, toutefois, s'interpose Iris. S'il peut nous éviter certaines erreurs...

— C'est une question de crédibilité, on ne peut pas accepter n'importe qui !

Bernard reste muet, navré. Sa bouche entrouverte montre qu'il suit le débat avec appréhension. Profitant d'un silence, il trouve enfin la force de préciser.

— Si c'est un problème de logement, je peux l'héberger chez moi...

Pierrette hausse ses maigres épaules. Elle lui trouve le même air embarrassé qu'avaient autrefois les représentants déballant leurs lourdes sacoches pleines d'échantillons. Ils savaient qu'il n'était pas question pour elle de leur laisser vanter un article qu'elle ne désirait pas. « Je n'en ai pas la vente », disait-elle alors d'un ton sans réplique. Eux au moins comprenaient ce qu'elle voulait dire.

Allons bon, je vais devoir une fois de plus faire ma méchante puisque l'autre paillasson d'Iris n'ose pas parler franchement.

— Non, non, Bernard, ne l'invite pas chez toi, il va croire que c'est gagné. Il faut lui dire non tout de suite ! Ton ami doit comprendre que ce n'est pas possible. Si on commence à accepter que des non-spécialistes prennent la parole, ce ne sera plus un colloque mais une cour de récréation. On ne peut pas laisser dire n'importe quoi !

Bernard bredouille.

— Bien sûr, oui, c'est dommage, c'est une personne qui m'a paru très calée, mais c'est vrai qu'il y a toujours un risque avec les gens qu'on ne connaît pas, encore que là je le connais, enfin je veux dire que je le connaissais. Les gens changent aussi, il faut en tenir compte, on ne peut jamais être sûr...

Pierrette le laisse s'empêtrer en serrant les freins. Pour elle, l'affaire est close. Iris, toujours arrangeante quand il s'agit de réconforter un cocker, propose alors une solution de compromis.

— Si ton ami est aussi calé que tu le dis, ce serait peut-être dommage de se passer de ses conseils. Après tout, nous ne sommes pas si nombreux que ça pour faire face à tous les problèmes qui se poseront fatalement le jour J. On pourrait peut-être l'utiliser pour retranscrire les discussions ou pour accueillir la presse, ou, tenez, lui confier le rôle d'attaché de presse. Comme ça, il aurait un pied dedans, un pied dehors...

— La meilleure façon de se casser le coccyx, réplique vertement l'épicière.

Elle rajoute, perfide :

— Pour l'attaché de presse, de toute façon, vous pouvez faire une croix dessus. Philippe tient à ce rôle par-dessus tout. Il l'assume d'ailleurs déjà puisqu'il a contacté plusieurs journalistes. Vous le connaissez aussi bien que moi, il ne laissera pas sa place facilement, même si « Monsieur Calé » est très sympathique. S'il veut vraiment être utile à quelque chose, ton ami pourra toujours servir l'apéritif ou distribuer les brochures.

Iris rebondit sur le mot.

— La brochure ! Voilà un travail qu'on pourrait lui confier. À la dernière réunion, on s'est mis d'accord sur ce terme, beaucoup plus approprié que prospectus. On a décidé de rédiger un texte sur Agatha Christie qui sortirait de la banalité tout en disant l'essentiel. C'est très beau tout ça, sauf qu'on n'en a pas encore écrit une seule ligne. Si Monsieur Compétent, en suivant nos instructions naturellement, nous pond le texte de la brochure, on pourra même inscrire son nom en petits caractères au dos.

Iris est contente d'elle. Avec sa progéniture, elle a acquis une expérience certaine de résolution des conflits dont elle peut maintenant se prévaloir.

Il faut juste lâcher un peu de lest, c'est tout !

Les remerciements tardent. Bernard est en apnée, c'est trop. Ces femmes sont redoutables, en dix minutes elles ont transformé son petit cas de conscience en une épouvantable affaire d'État. Il sollicitait un conseil, s'attendait à de l'indulgence, et voilà qu'on lui retourne des propositions d'emplois toutes plus grotesques les unes que les autres. Leurs saillies résonnent dans sa tête.

« Servir des petits fours, écrire un texte dicté d'avance, Monsieur Calé, Monsieur Compétent... »

Bon Dieu, quel mépris ! Du mépris, c'est ça, ce n'est que du mépris. Pour qui se prennent-elles donc ? Qu'est-ce que je vais faire, moi, maintenant, avec Dominique ? Il sait que je fais partie des organisateurs, je lui ai déjà dit oui sur le principe, il était tellement enthousiaste. Je vais avoir l'air de quoi ? Je ne peux tout de même pas revenir en arrière...

Iris s'attendait à un remerciement de sa part. Elle est déçue de son peu d'enthousiasme et se dépêche de conclure.

— De toute façon, ce n'est pas à nous de décider, on en discutera demain à la réunion du club, Odile saura quoi te conseiller. Vous savez, ajoute-t-elle d'un ton volontairement plus joyeux pour bien mettre fin à cette discussion oiseuse, il nous reste un mois et demi pile avant le colloque. Philippe doit avoir maintenant toutes les réponses, on pourra enfin avoir la liste des intervenants.

Pierrette s'agite sur son fauteuil.

— Quel travail nous attend, mes enfants ! Allons, Bernard, ne fais pas cette tête, avoue que ce serait magnifique si on nous confirme demain la présence d'un membre de la famille d'Agatha. Ça nous donnerait une sacrée crédibilité, et quel prestige ! Mieux qu'une vague connaissance, non ?

Bernard encaisse sans rien dire et préfère prendre congé. Quand Bernard encaisse, ses épaules s'affaissent, son dos se voûte davantage. Ce que les autres ignorent, c'est qu'une frustration énorme monte en lui, alimentée par tous ses espoirs déçus, ses désirs sans cesse refoulés et ses attentes trop souvent incomprises. Une frustration qui engendre comme toujours une espèce de noirceur. Une noirceur qui lui fait peur. Il a l'impression de se noyer dans des toiles d'araignées poisseuses et ressent encore plus puissamment sa solitude. La rue est vide à cette heure tardive, son pas glisse sur les pavés mouillés, il se sent incompris, rejeté, raillé par les siens. Malheureux aussi.

En raison de la déclivité du village, les caves marcolésiennes, avec leurs belles voûtes, sont ici presque aussi nombreuses que les pièces à vivre. Par le soupirail ouvert de la boulangerie, une bouffée de pain chaud l'enveloppe brusquement de ses effluves réconfortants. Heureuse diversion qui sur l'instant met fin à son désarroi. Le visage de Dominique s'impose à lui, il se souvient de ces baguettes craquantes qu'ils partageaient tous deux en riant dans leur chambre d'étudiants. Il entend sa voix sourde, un peu railleuse, une voix qui l'a toujours bouleversé. *À quoi ressemble-t-il aujourd'hui ? Au téléphone, il avait encore les inflexions de ses vingt ans.* Bernard a tant de fois voulu le joindre, lui faire signe, le retrouver. Sans pour autant l'oser, en se traitant d'incapable et, pire, de poltron. Et là, miracle, par le biais d'Agatha c'est Dominique qui fait le premier pas, reprend contact, sollicite son aide. L'odeur du pain le bouleverse, des larmes de souvenirs heureux brûlent ses yeux.

Tant pis, l'occasion est trop belle. Cette fois, je ne me laisserai pas faire !

5

Il y a bien longtemps que les vieilles pierres de La Rochette n'ont vu une telle effervescence. C'est un peu le réveil du château de la Belle au bois dormant, même si Archie n'a qu'une lointaine ressemblance avec un prince charmant. Depuis plusieurs jours, en effet, le Club du mardi s'active avec l'ardeur des néophytes à l'approche du week-end de Pâques. Odile, Bernard, Iris et Jo font partie de ceux qui ne craignent pas de retrousser leurs manches pour balayer, frotter, récurer, chasser la poussière ailleurs que sous les tapis et tenter d'aérer les lieux en ouvrant les fenêtres, quand les battants de celles-ci veulent bien coopérer. Le printemps s'installe toujours tardivement dans la Châtaigneraie cantalienne et même s'il est plus doux, le pâle soleil d'avril ne parvient pas à chasser l'humidité lourde qui traîne au ras du sol dans les pièces inhabitées.

Comme promis, Pierrette s'est occupée des draps, toujours aussi rêches mais d'une propreté éclatante. Ils attendent maintenant sur une desserte, prêts à servir.

Philippe, qu'un malencontreux « tour de reins » retient chez lui, téléphone à intervalles réguliers pour prendre le pouls des opérations, ce qui bien entendu énerve tous les officiants.

Archie et Eliot sont censés s'occuper de l'extérieur. Monsieur le comte est aujourd'hui d'une cordialité bougonne, il croit comprendre ce que pouvaient ressentir ses ancêtres quand les huguenots s'emparaient du pays. Il n'a d'ailleurs qu'une seule idée en tête.

Que cette comédie se termine au plus vite !

Il participe peu, a juste pris soin de mettre ses précieux chartreux à l'abri. Archie a hésité un instant entre sa chambre et le pigeonnier, pour choisir finalement ce dernier qui permettra aux félins d'être ramenés à leurs occupations primitives en chassant des souris. La Rochette a pour eux les soins attentifs et un peu ridicules d'un nouveau père, surtout envers Marple, primée dans plusieurs concours, qui reste sa préférée. Fidèle à la race, elle a une relation presque fusionnelle avec son maître qui ne peut cependant la prendre dans ses bras que si elle-même l'a décidé.

Sociable mais indépendant, le chartreux, un peu comme moi. Quelle ironie, voilà où m'amène ma sociabilité !

Sa mauvaise humeur retombe en voyant Eliot ratisser la cour d'honneur. Le garçon y met tout son cœur mais l'herbe a envahi depuis trop longtemps les graviers et rend sa tâche difficile.

— Laisse donc ! À quoi bon, c'est un travail de titan ! J'ai remarqué que ceux qui viennent ici ont plutôt le nez en l'air. Les gens en général ne regardent pas où ils mettent les pieds et puis dis-toi bien que c'est un gazon aristocratique, le fouler est un honneur !

Le jeune homme lui retourne un sourire embarrassé.

— Jo a dit que...

— Laisse ta sœur et ses conseils. Quand elle en aura fini avec l'intérieur, crois-moi, elle n'aura pas plus que les autres l'idée de regarder où elle marche.

Il prend une pose un peu théâtrale en faisant un geste large de la main pour clamer avec emphase :

— Franchement, tu ne trouves pas que c'est très bien comme ça : un château d'époque, un parc romantique, des narcisses sauvages et le bourdonnement du ruisseau en prime ! Si on s'avise de nettoyer le tableau, on ne peut que le gâcher. La seule chose à faire, mon gars, c'est de s'assurer qu'il y ait suffisamment de bûches pour alimenter les cheminées le temps du concile.

— Pourquoi concile ?

— Parce que je peux bien t'avouer à toi que j'en ai un peu marre de tout ce cirque et que Philippe ressemble de plus en plus à un pape. Alors, pape, grand-messe, concile, ça va ensemble selon moi !

Tout en suivant son guide jusqu'au tas de bois, Eliot s'amuse. Avec la même franchise un peu rude que sa sœur, mais l'excuse de la jeunesse en plus, il pose spontanément la seule question qui vaille.

— Pourquoi as-tu accepté qu'on fasse le colloque ici si ça t'ennuie autant ?

Archie prend le temps de répondre.

— À cause d'Odile, sûrement, et je n'en suis pas fier, je n'ai tout simplement pas pu dire non, comme un lapin pris dans un piège, tu vois ? Une chose bien curieuse qui t'est peut-être déjà arrivée : tu sens que tu vas faire une connerie mais tu ne t'arrêtes pas pour autant, au contraire tu fonces.

— Je comprends, c'est comme Jo quand elle a participé à ce cambrio...

Les deux hommes s'arrêtent brusquement, presque aussi confus l'un que l'autre. Le plus jeune cherche désespérément à rattraper sa bévue, son aîné comprend qu'il touche là à un point sensible et sûrement essentiel de la personnalité de Joanne.

Un point qui ouvre des milliers de perspectives, un point qu'il aurait surtout aimé apprendre d'une autre manière et qui va, avec certitude, le tourmenter à l'avenir.

Refusant cependant de mettre en porte-à-faux son interlocuteur, il lui serre le bras en assurant.

— Je n'ai rien entendu, d'accord ?

— Il ne faut surtout pas en parler à Jo. Elle serait furieuse si...

— De quoi ? Je ne risque pas d'en parler puisque je n'ai rien entendu. Ne te fais pas de bile pour ça, mon garçon.

Il manque du bois et ça tombe bien, car après cet intermède pour le moins gênant, les deux hommes ont besoin de se défouler. Archie fend les bûches, Eliot les met en tas. Tous deux travaillent en silence, on pourrait presque entendre leurs pensées ronronner. Eliot se mord les joues, ses gestes sont saccadés, comme contraints par une torture invisible.

Quel imbécile ! Si Jo l'apprend, elle va me tuer. Il a juré qu'il ne dirait rien, mais il peut quand même en parler aux autres sans le vouloir, comme moi. Merde, qu'est-ce qui m'a pris ? J'étais en confiance, c'est à cause de ça, Jo dit toujours qu'il faut rester sur ses gardes, qu'on ne peut faire confiance à personne. Pauvre Jo, si elle savait.

Archie a l'habitude de ce mouvement qui consiste à lever la hache et à l'abattre pour séparer d'un coup sec les billes de bois en deux. Aujourd'hui, il ne ménage ni sa cadence ni sa force, ses poings sont serrés sur le manche, les copeaux volent en tous sens, les entailles sur le billot se font de plus en plus profondes.

Cambrio... cambriolage, de quoi, de qui, avec qui ? Quand ? Avant d'arriver ici, bien sûr, ou pourquoi pas récemment pendant qu'on y est ? Elle a peut-être peur, elle regrette... Ce n'est pas un simple vol, un cambriolage, ça suppose l'effraction, la préméditation même... Bon sang, comment une fille comme Jo a-t-elle pu se retrouver dans une telle galère ?

— Bien, on peut arrêter, mon gars. Ça suffit maintenant, même s'ils s'incrustent tous au château, on a de quoi chauffer leurs précieuses miches pendant plus d'une semaine.

Les craintes d'Eliot retombent devant la bonhomie affichée de son compagnon.

Et puis zut, ça ne sert à rien de s'inquiéter, Archie n'est pas n'importe qui, ce mec a de la classe, il saura tenir sa langue !

Il se tourne vers lui en secouant la tête.

— Mon pauvre monsieur, il faut bien du courage pour supporter tout ça !

C'est la phrase fétiche d'Odile et ça les fait sourire d'autant plus qu'Eliot a réussi à imiter à merveille la voix douce et un peu chantante de la médiathécaire.

— Tu ne crois pas si bien dire, attention la voilà !

Odile s'avance en effet vers eux d'un pas dansant. Son visage reflète cependant la fatigue de tous ces préparatifs épuisants des derniers jours, pour lesquels elle s'est crue obligée de se donner à fond.

Archie a presque honte de son manque d'engagement personnel. D'autant plus qu'impressionnée par le tas de bûches, la jeune femme s'empresse de les féliciter pour l'immense travail accompli.

— Je vous cherchais. Pierrette a décongelé une de ses tourtes et réussi le miracle de maîtriser ton affreuse cuisinière. Sans elle, on mangeait froid, j'avais renoncé.

— Elle n'obéit pas facilement, je te l'accorde, la plupart du temps je me contente du réchaud à gaz.

— Pierrette dit qu'entre vieilles, elles sont parvenues à s'entendre !

Laissant Eliot les précéder de son pas juvénile, Archie prend le temps de ranger les outils. Comme un gamin pris en faute, il se sent obligé de lui dire qu'ils se sont abstenus de ratisser la cour.

Pourquoi je lui raconte ça ? Elle ne l'aurait même pas vu !

Odile répond d'elle-même à sa question muette puisqu'elle assure aussitôt que c'est mieux ainsi.

Une bouillotte, une bouillotte qui m'admire, m'absout et me déculpabilise.

Est-ce cela le bonheur ?

Ils reviennent à travers le parc. Si elle ne dit rien, la bouillotte pousse de temps en temps des petits cris insolites quand les orties printanières piquent ses mollets ou qu'une ronce belliqueuse s'agrippe obstinément à sa parka. Partout, des ifs échevelés et des bordures de buis, émancipés de la stricte discipline de l'art topiaire, rappellent les vestiges d'un noble parc à la française. Quelques arbustes printaniers, forsythias, lilas, magnolias à demi sauvages, laissent deviner entre deux petits bassins ronds, verdis par une mousse tenace, la structure des anciens parterres.

Plusieurs statues ornent le parc, auxquelles manquent le plus souvent bras, nez, et parfois même visage. Un charmant Cupidon de bronze sur le corps duquel s'étendent de longues traînées de vert-de-gris attire le regard d'Odile. Du côté sud, une allée relativement entretenue descend sensiblement vers un petit étang entouré de noisetiers dont les tendres chatons laineux se balancent au vent. Malgré le manque criant d'entretien, sous la lumière printanière, le parc de La Rochette ne manque pas de charme. Une sorte de beauté fantastique et onirique l'emporte sur la nostalgie et les regrets d'un temps révolu.

Archie ne doute pas que certains visiteurs seront plus sévères qu'Odile. Celle-ci ne voit jamais la laideur.

— Oh, Archie, c'est magnifique et dramatique à la fois, on se croirait presque dans la propriété décrite dans *Le Vallon* par Agatha.

Il ne voit pas trop pourquoi, mais la médiathécaire poursuit d'un ton un peu exalté.

— Ce roman où, je cite de mémoire, elle parle si bien de la mort : « On est mort, on ne se préoccupe plus de rien, on n'a plus de soucis. Les ennuis, c'est pour ceux qui restent, pour les parents qui se demandent s'ils porteront le deuil ou non et qui se disputent autour de l'héritage... » Ça m'a toujours semblé si vrai. Tes parents t'ont laissé tout le poids de cette propriété, je comprends mieux maintenant combien cela peut parfois te peser. C'est tellement injuste !

L'humour d'Archie allié à une certaine franchise ne peut s'empêcher de prendre le dessus.

— N'exagérons rien, c'est encore plus injuste de ne rien hériter, tu ne crois pas ?

Elle persiste en secouant la tête.

— Oh non ! Vois-tu, je n'ai pour ma part rien reçu. Pas d'argent, peut-être, mais pas de fardeau, de mémoire, d'obligations. Je suis libre tandis que toi tu es lié à tout cela...

Archie la suit en silence dans le château, un château qui ne semble plus lui appartenir, avec toutes ces abeilles butineuses qui s'activent dans sa cuisine. Un château qu'il voit brusquement d'un œil neuf. Un regard qu'il préfère ne pas approfondir, une vision qui lui fait un peu peur.

Philippe les a rejoints pour le déjeuner. Maintenant que les gros travaux sont terminés, son mal de dos est devenu moins douloureux.

En d'autres temps, on l'aurait traité de tire-au-flanc ou de tartuffe !

Archie lui en veut d'autant plus qu'il lui doit la fameuse idée du « colloque au château ».

Sans le savoir, ou intuitivement, Dessart a pris la place d'honneur, celle qu'Archie occupe quand il est seul. Près de la cheminée, face aux fenêtres qui laissent entrevoir l'eau claire des douves. Pour un peu, le châtelain se sentirait dépossédé, comme un enfant gâté qu'on a obligé à prêter ses jouets.

C'est ridicule !

Le comte s'efforce de se mettre au diapason, l'excellence de la cuisine de Pierrette lui permet d'entrer sans trop de mal dans les conversations. Malheureusement, un hasard place Joanne en face de lui. La jeune femme est particulièrement jolie aujourd'hui, avec ce rayon de lumière facétieux qui joue à cache-cache sur son visage et nimbe tous ses gestes d'une sorte de grâce mystérieuse.

Troublé par les révélations d'Eliot à propos de sa sœur qui lui reviennent en boomerang, le châtelain perd pied de nouveau.

— Qu'est-ce que tu en penses, Archie ? C'est à toi de décider !

La question le surprend, le prend au piège de ses propres égarements.

Comment répondre sans faire preuve d'impolitesse ?

La déférence chez Archie est une seconde nature, il cherche toujours à ménager les autres, comme pour faire oublier son statut supposément supérieur. Paradoxalement, c'est Jo, l'objet de ses pensées, qui lui vient en aide. Elle seule, peut-être parce qu'il la fixait intensément, a remarqué sa coupable inattention. Des précisions sont les bienvenues, mais sa voix légèrement moqueuse montre qu'elle n'est pas dupe.

— Si je peux me permettre, je connais le bourdonnement insupportable de ce genre de commodités quand le broyeur se met en marche. Qu'on installe des toilettes chimiques dans le parc pour le public à la rigueur, mais c'est beaucoup plus discutable à l'étage. Maintenant, c'est à toi de choisir.

Elle lui jette un regard espiègle. Archie ne peut s'empêcher de rougir.

Elle me sauve la mise mais se fout bien de moi ! Des toilettes chimiques et puis quoi encore !

— Il n'en est pas question, même dans le parc, je préfère encore voir quelques culs nus égaillés dans mes buissons qu'une horrible latrine en plastique dans la cour d'honneur.

Les puristes l'emportent sur les hygiénistes, Pierrette et Odile approuvent en applaudissant, Eliot rit de la formule, Iris fait la moue, l'idée venait d'elle, Philippe trouve dommage de se priver du confort moderne. Bernard, quant à lui, se promet de ne rien boire ces jours-là, de se retenir coûte que coûte afin d'éviter de se retrouver dans une queue interminable pour assouvir un besoin pressant. Archie qui, cette fois, n'a pas ménagé son vocabulaire, s'empresse d'enchaîner sur la composition des menus en espérant un terrain plus consensuel.

Odile se lève alors pour mieux se faire entendre. Elle a une idée. Une idée merveilleuse. Tout le monde craint le pire, les idées de la médiathécaire sont toujours pleines de bonnes intentions mais parfois complètement irréalisables.

— Les préparations de Pierrette nous permettent d'assurer les déjeuners, mais le point d'orgue du colloque, vous serez d'accord avec moi, sera sans nul doute le dîner du samedi soir. Tous nos intervenants seront là et nous devons non seulement les remercier mais aussi les surprendre. Alors j'ai pensé qu'on pourrait s'inspirer de la cuisine d'Agatha. On sait tous qu'elle aimait la vie, les bonnes choses, qu'elle était réputée pour son excellente tenue à table et sa voracité sans borne en matière de crème double du Devonshire.

— Sans oublier les pommes ! intervient Eliot.

— C'est vrai, on retrouve aussi de nombreuses descriptions de repas dans ses romans. Je me suis donc dit qu'à partir de celles-ci, il devrait être possible de concocter un souper très « christien ».

Pas facile à mettre en œuvre, mais l'idée n'est pas mauvaise. Chacun en convient. Les souvenirs livresques se bousculent. Entre le *tea time* de Miss Marple, les *breakfasts* à Torquay, le chocolat chaud et les *crumpets* bien carrés d'Hercule Poirot, les canapés au beurre de poisson d'Elinor dans *Je ne suis pas coupable*, les rognons que dévorait Nigel dans *L'Heure zéro*, le dry martini de *Meurtre au soleil*, les scones au citron d'*Une poignée de seigle* ou le *bread and butter pudding* du *Major parlait trop*, les propositions, malgré certaines incompatibilités gustatives évidentes, promettent de joyeuses agapes.

Le souper du samedi est loin d'être établi quand eux-mêmes terminent leur repas, mais le principe d'un double *breakfast* anglais et continental est acquis.

Odile se lève à nouveau pour rappeler fort à propos qu'elle doit remettre à l'imprimeur le programme définitif le soir même. En raison de sa petite taille, cette position verticale lui semble toujours préférable quand elle veut convaincre l'auditoire. Ses yeux bleus recèlent plus de crainte que de bienveillance quand elle fait le tour de l'assemblée. Ils s'arrêtent sur Philippe qui, à chaque fois que cette question est posée, en retarde systématiquement la réponse.

Le moment de vérité semble avoir sonné. Il tripote ses papiers, plisse son regard pour mieux le cacher derrière l'infranchissable forêt de Tronçais que constituent ses sourcils broussailleux, toussote pour s'éclaircir la voix et prend une pose marmoréenne.

— Les bonnes nouvelles d'abord. Nous pouvons compter de façon certaine sur quatre intervenants qui ont confirmé leur venue, je dirais même mieux, reconfirmé, et que j'ai donc validé en votre nom à tous.

Odile pense que tant de circonvolutions n'augurent rien de bon, tandis qu'Archie se rassure à l'énoncé du chiffre quatre.

— Nous avons donc : Maud Travers qui fera une conférence, voyons, sur, hum, disons, « L'œuvre d'Agatha Christie » de façon générale. Cette dame arrivera le vendredi au train de 16 h 50 à la gare d'Aurillac.

Jo l'interrompt en gloussant.

— Il y a un train à 16 h 50 ? Tu es sûr ? Ce ne serait pas plutôt un canular en référence au roman du même nom ?

Embarrassé, Philippe qui n'a pas fait le rapprochement se rassure en répliquant d'un ton agacé qu'une personnalité aussi connue ne s'amuserait pas à faire des plaisanteries de ce type. Personne ne connaît Maud Travers, personne pour autant n'a envie de se montrer ignorant. Si le doute subsiste dans l'esprit de quelques-uns, ceux-ci préfèrent se taire. Philippe poursuit sa présentation d'un ton morne.

— René Tropor accompagné de sa femme. Il arrivera le samedi matin...

— L'acteur de théâtre ? s'exclame Pierrette. Je l'ai vu dans une retransmission à la télé, oh, il y a bien de ça dix ans déjà, il ne doit plus être tout jeune, qu'est-ce qu'il vient faire ? Et sa femme, elle est connue ?

Dessart, que ces interruptions ennuient d'autant plus qu'il ne dispose que d'une partie des réponses, les prie assez sèchement de le laisser finir.

— C'est justement parce qu'il a joué dans des pièces d'Agatha Christie qu'il peut en parler. Son intervention portera donc sur le théâtre. Il ne conduit plus, sa femme lui sert de chauffeur, ils arriveront, comme je le disais, en voiture le samedi matin.

Il déplace ses papiers pour se donner une contenance. Cette séance de présentation s'avère plus pénible que prévu, elle lui rappelle curieusement le chahut des salles de classe et ses difficultés d'alors pour se faire aussi bien entendre que respecter des collégiens.

Ne pas perdre le fil avec ces potaches relève de l'exploit, ils ne se rendent même pas compte ! Bon, passons à la suivante, au moins celle-là est connue, ça devrait les calmer.

— Annabelle Fontange, probablement la meilleure biographe d'Agatha. Elle présentera son dernier livre et compte même en dédicacer quelques exemplaires. Il faudrait à ce propos se mettre en rapport avec la librairie Point-Virgule d'Aurillac et la Maison de la Presse de Maurs pour acheminer ici une centaine d'ouvrages, ça devrait suffire. Sa santé est assez fragile d'après ce que j'ai compris au téléphone, elle arrive le vendredi de Paris au train de 22 h 33. Ce qui nécessite évidemment qu'un de nous fasse encore le chauffeur. Comme nous avons déjà eu plusieurs contacts, je veux bien m'en charger. Vu l'heure tardive, j'imagine qu'une collation à son arrivée devrait suffire.

Il garde le meilleur pour la fin, le statut d'étranger du dernier intervenant le rendant à ses yeux plus précieux que les autres.

— Enfin, John McGregor nous arrive d'Édimbourg. Son avion se posera à l'aéroport d'Aurillac à 21 h 25 le vendredi, avec pour lui une escale de près de six heures à Charles-de-Gaulle et, à moins de lui envoyer un taxi, l'un de nous devra aller l'accueillir. C'est la moindre des choses. Quant au dîner je m'interroge, une collation fera peut-être l'affaire. Je comprends combien toutes ces arrivées échelonnées sont ennuyeuses, mais c'est un peu la rançon du succès, non ? Pour en revenir à McGregor, ce grand psychologue a une approche très originale de la géographie des lieux du crime. Il faudra lui installer un écran avec vidéoprojecteur. Les autres ne m'ont rien demandé de particulier, ils s'en tiendront probablement à une conférence plus traditionnelle.

À peine a-t-il terminé que les questions fusent à nouveau, trahissant la déception, l'ironie ou l'embarras.

— Et la proche parente d'Agatha que nous attendions ? ose Odile d'une voix tremblotante.

— C'est en effet la mauvaise nouvelle, elle ne viendra pas.

— Allons, quatre intervenants de cette qualité, nous devrions nous réjouir ! s'exclame Archie en réprimant un sourire.

Jo lui lance un coup d'œil assassin tandis que la médiathécaire se contente de hocher la tête.

— Ça nous permettra d'essuyer les plâtres pour cette fois et de faire mieux l'année prochaine. Par contre, ce qui me gêne un peu, c'est que leurs interventions sont, somme toute, assez semblables, non ?

Philippe sent qu'il doit reprendre le contrôle de la situation.

— Voyons, comment peut-il en être autrement puisque le colloque porte sur Agatha ? Nul doute qu'ils adapteront leurs discours pour éviter les redondances. Ce sera d'ailleurs à nous d'y veiller. Je propose que chacun prenne en charge une personnalité et, puisque j'accueille Mlle Fontange, je vous laisse le soin de répartir entre vous les autres.

Archie essaie de garder son sérieux. Savoir que l'étage supérieur ne sera pas utilisé suffit à lui remonter le moral.

J'aimerais que cette Fontange au prénom prometteur ait une verrue sur le nez, ce serait bien fait pour lui !

Bernard prend son courage à deux mains, c'est le moment qu'il attendait, les plats ne repassent pas deux fois, il doit absolument se forcer et prendre la parole maintenant.

— Vous vous rappelez l'ami dont je vous ai parlé mardi dernier, celui qui a eu cette remarque judicieuse sur la Duchesse de la mort ? Étant donné le nombre réduit d'intervenants, on pourrait peut-être l'accepter ?

— Bien sûr !

C'est Odile qui acquiesce immédiatement par pure gentillesse. Archie renchérit pour le plaisir de contrarier Philippe. Jo et son frère lui emboîtent le pas pour une raison similaire. Iris s'attribue un peu le mérite de cette décision que Pierrette semble par ailleurs toujours réprouver.

Philippe capitule et ressort ses précieuses notes en soupirant.

Après tout, je m'en fiche !

— On inscrit quoi, alors ? Quelle est sa spécialité ?

Si près du but, Bernard a peur de tout gâcher. Psychologie et biographie sont déjà au programme, il doit absolument trouver autre chose.

— Toxicologie, lâche-t-il dans un souffle, se fondant en dernier recours sur sa propre compétence. Bien entendu, il logera chez moi, rajoute-t-il pour faire bonne figure, ça facilitera les choses et il viendra par ses propres moyens.

La tension est trop forte pour le pharmacien qui s'affaisse sur son banc afin de reprendre souffle. Cette opportunité est tellement inespérée que des larmes de soulagement lui viennent aux yeux.

— Bien, et il s'appelle comment, ton spécialiste ?

C'est le coup de grâce, mais il faut en passer par là. Il s'y attendait. Bernard déglutit, l'émotion le fait bafouiller.

— Dominique, Dominique Poisson, c'est son nom.

6

En se garant dans la cour du château, Joanne réalise que celle-ci ne pourra pas servir de parking pour le colloque.

Trop petite, trop difficile d'accès puisqu'il faut d'abord franchir l'étroit pont de pierre, trop cahoteuse avec ses pavés irréguliers et surtout bien trop charmante pour être dénaturée.

La véhémence de son propriétaire pour la protéger des « vulgaires latrines en plastique » lui revient immédiatement à l'esprit.

Ce matin, elle comprend mieux cette sortie pleine d'arrogance. Il ne s'agit plus d'une défense archaïque des privilèges mais bien d'un dernier et noble rempart face aux assauts de la laideur et de la modernité.

Comme il a raison ! Cet endroit est tellement hors du temps, une sorte d'îlot immuable qui ignore les changements dérisoires des mentalités, de la mode, de l'histoire et des hommes.

C'est aujourd'hui la veille du jour J.

Une triomphante lumière de printemps réveille en fanfare les statues du parc, s'alanguit sur les toits bleutés, ruisselle sur le lichen doré des vieilles pierres. Le vitrail du ciel est d'un bleu cantalien, cette nuance pure et intense qu'on ne trouve qu'ici, dans cette nature préservée, « sauvagement tendance », comme aime à le dire Eliot qui est encore plus enthousiaste qu'elle vis-à-vis de leur terre d'accueil.

Heureusement, le temps est avec nous !

Dix jours qu'elle suit, comme les autres, la météo avec l'anxiété d'un agriculteur en espérant pouvoir, le moment venu, escamoter les différentes bassines disgracieuses.

Elle se dépêche de téléphoner à Odile avant d'entrer dans le château, aucun portable ne passant à l'intérieur de la demeure.

Depuis le début, ce colloque, c'est le bébé d'Odile, qui joue la cheffe d'orchestre pour régler les différents problèmes. Rien ne se décide sans son avis, même Philippe s'est plié à cette règle implicite.

Comme Jo le pensait, Madame Solution trouve rapidement la parade aux difficultés de stationnement.

— L'allée qui mène au château est suffisamment large pour garer les véhicules. Je m'occupe de faire les panneaux, Eliot est près de moi, il ira les poser.

Odile enchaîne, en cachant mal son excitation.

— Tu te rends compte qu'à cette heure, John McGregor est dans l'avion pour Roissy, tout le puzzle se met en marche, c'est formidable !

Jo abonde dans son sens, mais la médiathécaire, malgré ou à cause de sa gentillesse, lui fait un peu pitié. Sa propre expérience lui a plusieurs fois appris qu'un tel investissement dans une cause, quelle qu'elle soit, révèle en fait une sorte de manque, en tout cas un besoin anormal de reconnaissance.

Poursuivant son idée jusqu'au bout, Odile reprend joyeusement :

— Comme dirait le superintendant Battle, nous approchons de « l'heure zéro », le point culminant d'une série d'éléments circonstanciels qui, tous, convergent vers un moment donné, en un lieu donné. Évidemment, il s'agit cette fois de notre colloque et pas d'un meurtre !

Son rire de petite fille finit d'exaspérer Joanne dont les craintes au contraire ne cessent de grandir.

Tant d'amateurisme et de naïveté, si elle croit que ça va être une sinécure !

Il reste encore tellement de choses à régler, qu'elle préfère ne pas les énumérer. Pour une raison inconnue, Jo se sent stressée, elle a mal dormi et voudrait que ce fichu week-end soit déjà terminé. Accueillir les intervenants lui semble au-dessus de ses forces. Elle s'imagine mal en courbettes et salamalecs, ce qu'elle suppose nécessaire à cette tâche ingrate. Heureusement, les autres se sont dévoués. Philippe avec la « célébrité », puisque c'est ainsi qu'il avait présenté la biographe, et Bernard avec sa non moins fameuse « connaissance ». Il semblait dès lors évident qu'Odile réceptionnerait le brillant McGregor, un honneur qui lui revenait de droit.

On se rendit vite compte d'un problème de taille qui tenait à l'ignorance du degré exact de maîtrise du français de ce dernier, Philippe ayant malencontreusement oublié de le questionner à ce sujet. La réponse écrite du psychologue étant par ailleurs aussi courte que correcte, il était bien difficile d'en tirer des certitudes. Personne n'osait imaginer une conférence en anglais. Odile ne parlant pas cette langue, elle préféra passer la main à Iris. Malgré l'heure tardive de l'arrivée prévue à l'aéroport, la mère de famille a accepté sans se faire prier, au grand soulagement de Jo, parfaitement bilingue.

— Je n'ai pas pratiqué depuis le lycée mais je ne m'en sortais pas trop mal, j'ai toujours eu la moyenne, je vous rassure.

Nul doute qu'Iris, toujours contente d'elle-même et romantique en diable, s'imaginait déjà sur le tarmac en train de conquérir, en tout bien tout honneur, le bel Écossais.

Dévouée comme toujours et ne marquant aucun signe de dépit, Odile s'était alors proposée pour servir de guide à l'acteur et son épouse. Disposant de leur propre véhicule, ces derniers semblaient *a priori* les plus faciles à encadrer. Jo ayant déclaré qu'elle devait impérativement tenir la boutique de galoches le vendredi après-midi et Pierrette, comme Eliot, n'ayant pas le permis de conduire, la charge de Maud Travers était revenue sans discussion à Archie.

Pour s'être défilée ainsi au moment critique et pour se faire un peu pardonner, Jo a proposé d'aider le châtelain pour les derniers préparatifs.

Archie, en ce matin ensoleillé, ne semble pas trop lui tenir rancune. Il lui propose une tasse de café tout en entamant sans vergogne une large fouace, sorte de brioche locale, déposée par Pierrette pour servir « normalement » au petit-déjeuner du lendemain.

— Dis-moi, tu avais raison l'autre jour à propos du train de 16 h 50, il n'existe pas. Naturellement, il faut que ça tombe sur moi. Cette Travers ne marche pas droit, c'est sûr. Du coup, j'ai le choix entre une arrivée à 15 h 30 ou à 19 h 10. C'est vraiment dommage que tu doives tenir la boutique cet après-midi…

Jo préfère ignorer la fin de la phrase.

— On n'a pas ses coordonnées, tu ne peux pas lui téléphoner ?

— Philippe était peut-être un bon prof mais il fait un très mauvais secrétaire, je n'ai pas le moindre début de 06 et aucune réponse au mail envoyé il y a deux jours. J'ai donc décidé d'arriver à 16 h 50, après tout l'erreur vient d'elle. Si elle veut jouer au plus malin, c'est gagné.

— Il ne faudrait pas la froisser, tout de même ! C'est peut-être une vieille dame.

— Qui te dit qu'elle est vieille ? En tout cas, pas Internet. Il n'y a absolument rien sur elle sur le Web, je trouve ça d'ailleurs fort étonnant pour une spécialiste.

— Tu as demandé à Philippe comment il l'a dégotée ?

Archie lui lance un regard faussement désespéré.

— Ses explications sont oiseuses. Je crois deviner que la dame s'est présentée d'elle-même en ayant eu vent de notre colloque par je ne sais quel moyen, les réseaux sociaux sûrement.

— Un genre d'imposteur, ce serait drôle, non ?

La remarque d'Archie est sibylline.

— On est toujours l'imposteur de quelqu'un, non ?

Jo refuse d'entrer dans ce jeu mais elle rebondit sur un de ces problèmes qui ont peuplé son insomnie.

— Au fait, as-tu des choses précieuses ici ? Je veux dire des objets qui ont de la valeur, car je me suis rendu compte qu'il n'y avait aucun système d'alarme. On sera tous bien trop occupés pour surveiller les faits et gestes du public. En outre, on ne sait pas vraiment qui viendra, il ne faudrait pas que quelqu'un de mal intentionné en profite pour te voler ou faire du repérage.

Sans l'indiscrétion involontaire d'Eliot, le châtelain aurait répondu par une de ses boutades familières. Avec Joanne, il se sent facilement sur la même longueur d'onde. Une fille attachante, souvent énervante certes, mais avec juste cette pointe d'excentricité qui amuse et interpelle. Il n'est pas rare que la même intelligence les rassemble dans les discussions, teintée toujours de cette ironie facétieuse qui donne du sel à l'existence. Un humour un peu plus blessant toutefois chez Jo que chez lui.

Parle-t-elle en tant qu'experte du cambriolage ou en amie ? Cherche-t-elle des renseignements à bon compte ou est-elle désintéressée ? Voleuse ou sincère ? Un simple mot, même pas, un demi-mot, ne peut quand même pas changer radicalement mon opinion sur elle ? Sans confiance, rien n'est possible, ni amour ni amitié.

Archie réalise qu'il est davantage blessé par les réticences secrètes de Jo, ce qu'il appelle « ses cachotteries », que par ce qu'elle a pu réellement faire par le passé.

Son silence semble surprendre celle-ci, qui le regarde d'un air de parfaite innocence.

Peut-on vraiment feindre à ce point ?

Archie décide de répondre en toute loyauté, il n'a rien à perdre.

— Comme tu peux le constater, dans le hall il n'y a guère que la Dame aux Mille Regards qui ait de la valeur, et, vu son poids, je pense peu réaliste qu'on me l'escamote.

— Ainsi, c'est le nom de cette statue surprenante ?

Jo désigne la statue de femme en lave de Volvic qui impressionne tant quand on pénètre pour la première fois dans le hall. Trônant dans une niche, elle est munie d'yeux non seulement sur le visage mais aussi sur le cou, la robe, les mains et les pieds…

— Oui, un système de surveillance d'un autre âge, elle voit tout, y compris à l'intérieur de nous-mêmes. Je la dois à un aïeul très jaloux de son épouse, qui pensait ainsi l'effrayer suffisamment pour l'empêcher de batifoler.

— Ça a marché ? demande Jo en riant.

— Hélas, l'histoire familiale ne le dit pas, réplique Archie sur le même ton, mais je compte sur elle pour dissuader les intrus et les mettre en condition dès leur arrivée. Vois par toi-même, dans le salon où se tiendra l'essentiel du colloque, on a déjà retiré tapis, fauteuils et tables diverses pour installer le pupitre, l'écran et les magnifiques chaises en plastique prêtées par la municipalité. Les tableaux sont trop encombrants et trop lourds pour être décrochés et volés sans qu'on s'en aperçoive. En outre, leur valeur est surtout sentimentale, qui voudrait de ces affreuses figures en face de son canapé ?

— Et les objets de la vitrine, vous les avez retirés ?

— Penses-tu ! répond Archie d'un air volontairement benoît, tout en guettant ses réactions. Ils sont trop nombreux, mais la vitrine est fermée à clé, il n'y a rien à craindre. Vois-tu, mon seul souci était plutôt la bibliothèque. Odile a trouvé la parade. Pierrette en gardera l'entrée, limitant les groupes à dix personnes. Depuis son fauteuil roulant, elle contrôlera également les sorties, on peut compter sur son œil perçant et sa langue acérée pour dissuader filous et gangsters de haut vol.

— Ça semble correct, admet Jo en faisant la moue. À condition toutefois de ne pas oublier nos invités. Cette Maud Travers est peut-être plus connue des services de police que du Web, n'oublie pas que c'est toi qui en as la charge, ne la perds pas de vue !

Archie en profite pour la railler.

— Après tout, tu ne t'en sors pas si mal. Si j'ai bien compris, tu ne t'occupes d'aucun intervenant, bravo !

Loin de paraître embarrassée, Jo éclate de rire.

— J'ai tout fait pour me faire oublier, c'est vrai. J'aurais été une très mauvaise accompagnatrice. Tu me connais, je suis incapable de courbettes et de déférence.

— Pourquoi tant d'inhibition ? interroge Archie d'un ton involontairement inquisiteur.

La réplique ne se fait pas attendre. Cette fois, Jo est sérieuse.

— Ce n'est pas de l'inhibition, plutôt le refus d'un certain système trop codé. Ça vient aussi de mon obsession de l'indépendance et de mon goût pour les objets qui déstabilisent, comme mes nouvelles *platform shoes* que je ne quitte plus. Tu vois, c'est plus compliqué !

Elle conclut par une espèce de pirouette en tournant sur ses chaussures, dans un mouvement d'ailleurs fort gracieux.

Il faut tout l'ascendant aristocratique et le flegme d'Archie pour insister.

— Justement, c'est quoi ton truc avec les vêtements ? Tu veux dire « Ne soyons pas nous-mêmes, déguisons-nous intérieurement et extérieurement » ?

— Dis donc, c'est l'heure du psy ou quoi ! Mettre d'autres vêtements, c'est en effet changer de peau. Après tout, les fictions de soi sont la meilleure manière de se connaître, tu ne crois pas ?

Pour mettre fin à cette discussion futile, la jeune femme pose autoritairement la pile de draps dans les bras du châtelain.

— Venez, monsieur le comte, allons dresser les lits de vos hôtes de marque, ça sera plus utile !

Archie se laisse faire tout en réalisant qu'il vient de perdre une occasion unique d'en découvrir plus sur elle.

Jo cultive le secret avec l'agilité d'une marionnettiste.

Bien que lavés et repassés, les draps restent horriblement rêches. Ils ont beau être brodés de monogrammes et pour certains agrémentés de jours Venise, Joanne aurait de loin préféré des draps-housses et des couettes, plus rapides à mettre en place et bien plus confortables.

Archie se moque de son air dépité.

— Eh bien quoi, ce sont de braves draps de famille qui se transmettent de génération en génération. Ceux-là proviennent sûrement du trousseau de ma mère ou même de ma grand-mère !

— Pourquoi du blanc ? C'est d'un triste ! maugrée Jo tout en s'appliquant à vérifier que le drap déborde de façon symétrique de chaque côté du lit.

— Au contraire, c'est le symbole de la propreté mais aussi de la pureté. Archie en profite pour lancer avec un brin de perfidie : j'ai remarqué en effet que tu portes rarement cette couleur. Il s'empresse d'ajouter : c'est surtout le symbole de la paix utilisé sur les champs de bataille depuis au moins le Moyen Âge. Brandir le drap blanc devant son ennemi était un signe d'apaisement et la demande d'un arrêt des hostilités, c'est ainsi qu'aujourd'hui encore les Casques Blancs sont les secouristes sur les zones de guerre.

Jo ne semble entendre que cette dernière partie de la phrase.

— Alors je souhaite au couple Tropor de connaître, grâce à eux, la paix des ménages heureux ! Oh zut, la couverture pend davantage à droite, applique-toi donc au lieu de raconter n'importe quoi.

— Ma marraine disait...

— Tu as une marraine, toi ?

Le regard de Jo est plein d'humour et Archie se perd si bien dans ses yeux qu'il ne sait plus ce qu'il voulait dire.

Ils se retrouvent brusquement soudés par un fil invisible, dans cette position un peu ridicule du soldat au garde-à-vous.

Cette connivence, cette complicité sans réserve, est-ce cela le bonheur ?

Il reprend pied grâce au rire flûté de la jeune femme qui le presse d'une voix un peu troublée.

— Alors, cette marraine ?

— Elle disait à peu de chose près que l'art de faire son lit correspondait à celui de savoir s'habiller, que c'était une chose sérieuse, qu'il fallait donc le faire très sérieusement.

— Tu veux insinuer que je ne sais pas m'habiller, c'est ça ?

Archie capitule.

— Je ne sais plus trop où je voulais en venir. Je constate toutefois, gente dame, que nous venons de préparer en un temps record quatre chambres dans la joie et la bonne humeur. Je crois que je vais laisser au placard les dictons de ma bonne marraine.

Avant de redescendre, Joanne accroche quatre écriteaux sur les poignées des portes.

— C'est pour les différencier, explique-t-elle, que chacun reconnaisse la sienne, on ne peut tout de même pas donner des numéros, ce serait indigne, ça ferait trop hôtel !

À défaut de chiffres, elle a choisi des titres de romans.

— Voyons si je devine, s'amuse Archie, *Drame en trois actes*, facile, c'est pour l'acteur, et *Le Train de 16 h 50* pour ma chère Travers. *La Plume empoisonnée* peut-être pour la biographe Annabelle Machin, c'est cela ? Bon, alors logiquement, *Cartes sur table* revient à l'Écossais, mais je ne saisis pas trop pourquoi…

— D'après Philippe, il s'intéresse à la géographie du crime, alors cartes et géographie…

Archie approuve dans un sifflement d'admiration.

— Bien vu ! Dis-moi, si notre deuxième Poisson avait logé ici, tu aurais mis quoi ?

Jo prend la question au sérieux.

— Laisse-moi réfléchir, *Le Flux et le Reflux* ou encore la pièce de théâtre *La Souricière*.

— Pourquoi ?

— Oh, à cause de Bernard, je crois. Il avait l'air tellement gêné l'autre jour, comme une souris prise au piège, tu ne trouves pas ? Nous étions tous tellement morts de rire que c'était embarrassant.

Tous peut-être pas, mais moi, elle et Eliot, c'est sûr ! Heureusement, Odile était là pour prendre la chose au sérieux.

Jo reprend en riant.

— Tu sais qu'il est arrivé hier. Bernard lui a fait visiter La Galocherie, il a même acheté une paire à sa « connaissance ».

— Arrête de l'appeler comme ça. Alors ils sont vraiment homosexuels, tous les deux ? C'est ce que tu as pensé aussi, n'est-ce pas ?

Jo fait la moue.

— Sur le coup, oui, Bernard se tortillait tellement : « mon ami », « ma connaissance », nien nien nien... pour finir par avouer qu'il s'appelait Poisson et que c'était son cousin, franchement il pouvait faire plus simple ! J'avoue que le Dominique en chair et en os ne ressemble pas à ce que j'imaginais.

— Parce qu'on est pleins de préjugés idiots. Tu imaginais quoi ? Quelqu'un de maniéré, un peu précieux, fragile...

— Pas du tout ! s'exclame Jo outrée. J'ai des amis homosexuels qui ne correspondent pas à cette caricature, je ne suis pas tout à fait de la même génération que toi, j'ai une vision probablement moins étriquée des choses. Je vais même te dire que j'évite d'utiliser le carçan des étiquettes pour parler de l'orientation sexuelle des gens.

— Merci !

Quel imbécile ! Bien fait pour moi. Une génération ! Elle exagère tout de même.

— Ne te vexe pas, c'est la vérité. Bernard a été marié plus de dix ans, je crois. Son homosexualité, si elle existe, a été occultée pendant tant d'années qu'il lui est difficile de reconnaître les choses. À sa décharge, faire son coming-out à Marcolès n'est peut-être pas le plus évident. En invitant Dominique et en s'affichant avec lui, il fait un pas de géant. Du moins, c'est ce que nous avons cru.

— À tort ?

— Je ne sais pas, Poisson numéro deux est encore plus effacé que son cousin. À eux deux, ils se feraient bouffer par le premier piranha qui passe sans même bouger une écaille. C'est la même carte en double, si tu vois ce que je veux dire, et ça me fait presque mal au cœur parce que je ne le vois pas du tout faire une conférence, même devant dix personnes. On court à la catastrophe. Odile doit le rencontrer ce matin, elle s'en rendra peut-être compte, bien qu'avec elle, j'en doute.

Archie, lui, ne doute pas.

— Elle saura quoi faire, elle est d'une génération plus magnanime que la tienne !

Jo lui lance un regard moqueur.

— J'appelle ça plutôt « béni-oui-oui », j'avoue que ce n'est pas non plus mon genre. Bon, je me sauve. On a quand même fait du bon boulot malgré nos digressions. Oh, s'exclame-t-elle en se dirigeant vers la vénérable porte d'entrée en chêne, tu as mis un verrou. Quel cachottier, tu aurais pu me le dire tout à l'heure quand j'ai évoqué la sécurité !

Cette fois, Archie la regarde d'un air vraiment contrarié.

— Ça n'a rien à voir, ou plutôt si. La clé a disparu, tout simplement. Une vieille clé unique en son genre qui doit bien avoir plusieurs siècles, il faudrait changer la serrure. Comme je n'ai pas le temps de trouver un serrurier à l'ancienne, j'ai acheté un verrou à la quincaillerie de Maurs. C'est un pis-aller que je retirerai quand on aura refait une clé. En outre, je suis, comme tu as pu le constater, un piètre bricoleur, je comprends que cette porte ait résisté aux huguenots, elle est aussi dure que la pierre.

— Attends, cette clé, tu la prends avec toi à chaque fois que tu quittes le château ?

— Non, elle est bien trop lourde pour tenir dans une poche. Je la cache dans un endroit secret à l'extérieur, dans une niche du pigeonnier, si tu veux tout savoir, mais je ne te dirai pas laquelle !

— Ce n'est pas drôle. Depuis quand l'as-tu perdue ?

— Je ne l'ai pas perdue pour la bonne raison qu'elle reste toujours sur le pêne. On me l'a prise, subtilisée, volée, tu dois comprendre, non ?

Archie s'énerve, il ne voulait pas dire ça. Pourtant le terme une fois encore ne semble pas émouvoir la jeune femme, beaucoup plus préoccupée par la disparition de la clé.

— C'est arrivé quand ?

— Après la réunion de samedi, c'est une certitude.

— Donc c'est l'un de nous ?

— Ou Jean-Paul Santoire qui est venu aussi ce jour-là. Il n'y a guère d'autres possibilités. À moins d'imaginer que quelqu'un se soit introduit dans le château sans que je l'entende, pendant que j'étais dans une autre pièce. Écoute, ne te fais pas de bile pour ça, le verrou suffira le temps du colloque, on fera plus élégant ensuite.

— Tu pourrais aussi te payer unc boîte aux lettres, dit Jo, faussement dédaigneuse, en ramassant le courrier que le préposé a glissé comme à son habitude dans une anfractuosité d'un des piliers de la grille.

Le temps qu'elle fasse demi-tour avec sa voiture dans un crissement de gravier, Archie l'a rejointe au niveau du pont en lui faisant signe de baisser la vitre.

Elle lui trouve un air bizarre.

— Lis ça !

Il brandit sous son nez une lettre qu'il vient visiblement d'ouvrir puisque l'enveloppe décachetée est encore dans sa main.

Un meurtre sera commis le... samedi 14 avril au château de La Rochette.

AC

Jo sent un grand froid l'envahir.

— Qu'est-ce que ça signifie ? *Un meurtre sera commis le...* est le titre d'un roman d'Agatha[1], mais le reste, la date, le lieu, les initiales AC... ?

1. Dans ce roman d'Agatha Christie, un encart dans le journal de Chipping Cleghorn annonce qu'un meurtre sera commis le 29 octobre à Little Paddocks à 18 h 30. Espérant assister à un spectacle, une nombreuse assistance est réunie à l'heure dite dans le salon de Letitia Blacklock, propriétaire de Little Paddocks, lorsque la lumière s'éteint, la porte s'ouvre et un homme apparaît portant une torche aveuglante. À peine a-t-il intimé à tout le monde l'ordre de lever les mains en l'air que, dans la confusion, des coups de feu retentissent. Quand la lumière revient, Mlle Blacklock est blessée et un homme inconnu gît à terre.

— Je n'en sais pas plus que toi. Ça doit être une plaisanterie, bien sûr, un petit malin qui veut nous prendre à notre propre jeu ou un de ces passionnés d'*escape games* qui veut s'approprier notre colloque. C'est posté d'Aurillac en tout cas. Ne fais pas cette tête d'épouvantail ou je vais regretter de te l'avoir montrée.

— Qu'est-ce qu'on peut faire ?

— Rien, je vais la garder pour nos spécialistes du crime, ça les divertira !

Il se penche à la portière et la rassure d'une boutade.

— Jo, n'en fais pas un drame, nous voilà dans de beaux draps comme on dit... Normal après une matinée pareille, non ?

Bien que soucieuse, la jeune femme prend le parti de sourire. Elle ne peut cependant s'empêcher en partant de jeter un œil dans le rétroviseur.

Archie, cette fois, regarde cette stupide lettre d'un air préoccupé, un air qu'elle ne lui a jamais vu auparavant.

7

Malgré son flegme légendaire, qui selon lui fait partie intégrante des attributs de sa lignée, Archie ne peut s'empêcher d'éprouver une certaine appréhension.

Ce colloque, considéré d'abord comme « ennuyeux », devient presque « inquiétant ».

Pas de quoi fouetter un chartreux certes, mais Odile a reçu une lettre similaire à la sienne à la médiathèque ; pire, une annonce du même genre est parue dans un encadré de *La Dépêche* locale du jour.

— Si ce n'est pas malheureux, tout de même, commente la médiathécaire. C'est d'un très mauvais goût, je te l'accorde, mais ça montre au moins que nous ne sommes pas les seuls à apprécier l'humour présent dans les romans d'Agatha. Le mieux est d'ignorer ces sottises.

Odile veut tellement que tout se passe bien qu'elle refuse de voir le petit grain de sable qui pourrait enrayer sa fête.

Et s'il s'agissait d'une menace sérieuse ?

Archie s'efforce de repousser cette idée mais se promet d'être vigilant. Après tout, son château est le premier visé dans l'affaire, il n'a aucune envie de voir le nom des La Rochette associé à un quelconque traquenard. Traquenard, comédie, bouffonnerie, poisson d'avril en retard... peu importe le terme exact, il refuse qu'on rie à ses dépens.

Qui peut avoir manigancé cette farce grotesque ? Bien sûr, on a fait de la « com » et mis suffisamment d'affiches pour attirer n'importe quel imbécile. Qu'est-ce que celui-ci recherche ? C'est la seule question qui vaille, en fait. S'il veut se faire remarquer, comme on le présume, il y aura un après, une seconde manche. Si je me souviens bien du roman en question, il y a une coupure d'électricité et on tire dans la pièce. Ça promet ! Je vais mettre Eliot en surveillance près du panneau électrique dans le grand placard du hall.

Il est tellement obnubilé par cette histoire loufoque qu'il arrive à la gare d'Aurillac sans avoir prêté plus d'attention à la route qu'au paysage.

Un trajet qu'il apprécie pourtant particulièrement quand, en sortant de Marcolès, on aperçoit, avant la descente dans la Châtaigneraie, le Plomb du Cantal qui montre en cette saison son bout de nez encore blanc. À croire que le géant s'amuse à flairer les collines environnantes.

Peu de monde en cette fin d'après-midi dans la gare rénovée qui lui paraît surdimensionnée, futuriste et peu chaleureuse. Un coup d'œil dans la salle d'attente le conforte dans sa décision.

Pas de Travers en vue, ce qui signifie qu'elle n'est pas arrivée par le train de 15 h 30. Comme il est tout à fait improbable qu'elle débarque par l'inexistant de 16 h 50, il lui reste plus de deux heures à tuer avant l'arrivée du Paris de 19 h 10.

En se dirigeant vers le coffee-shop, Archie ne peut s'empêcher de pester contre Philippe, incapable de concevoir et donner des consignes simples. Il achète une revue et s'installe, résigné, sur un de ces hauts tabourets de bar aussi tendance qu'inconfortable, la banquette qu'il convoitait étant occupée par un groupe de jeunes qui se chamaillent en écoutant de la musique.

Des invectives fusent parfois, plus ou moins grossières.

Indifférente au bruit, une maigrichonne avec des pattes d'araignée dans un jean bien trop ajusté pianote sur son smartphone de façon automatique. Par effet caméléon, sa voisine consulte aussi le sien.

Archie a toujours considéré que la plupart des gens étaient affectés par le comportement des autres, même sans s'en rendre compte. L'usage du portable en est la triste illustration. Il se demande comment Agatha Christie se serait connectée à l'époque actuelle, révolutionnée justement par les smartphones, jeux vidéo, séries télé et Internet. Nul doute cependant que, pour celle qui adorait les huis clos, le confinement vécu avec la crise sanitaire aurait été une source d'inspiration. Il se promet de poser la question à l'un des intervenants.

Histoire d'élever le débat ! J'ai bien peur que nos experts si peu renommés ne soient tous de seconde zone.

Ce qui le ramène naturellement à Travers. Un scrupule tardif le conduit à un nouvel examen de l'assistance. À part les lycéens, quelques voyageurs en transit peuplent la gare, tous réfugiés dans l'espace cafétéria à la décoration plus chaleureuse que le reste du bâtiment. Parmi eux, un couple d'amoureux en démonstration et une jeune femme énervée, cherchant maladroitement à calmer ses deux enfants en bas âge. Ceux-là sont exclus d'office, de même que le vieil homme essoufflé qui examine d'un air dubitatif une affiche publicitaire vantant les mérites d'un déodorant. Reste une femme, assise sur la banquette du fond, qui lui tourne le dos, tellement absorbée par sa lecture qu'elle n'a pas bougé la tête à son arrivée. Un chien genre golden retriever est assoupi à ses pieds, un bol d'eau entre ses pattes. À peine l'a-t-il remarquée à cause du chien.

Un obstacle rédhibitoire.

On ne vient pas faire une conférence avec un chien !

Cette lectrice, tellement plongée dans son roman malgré les bruits ambiants, a quelque chose de réconfortant, d'incongru aussi.

Lectrice, lecture, colloque ?

Archie ne peut s'empêcher de regarder de son côté à chaque fois qu'il tourne la page de son propre magazine, il sursaute presque en la voyant poser enfin son livre pour boire une gorgée de bière. Une version poche de *Cinq petits cochons* d'Agatha Christie ! La coïncidence est trop forte.

Ça ne peut quand même pas être Travers !

Il se rassure en pensant qu'il s'agit probablement d'une fan venue assister au colloque.

Elle doit loger chez des amis dans le coin, qui garderont son chien.

Ce concours de circonstances l'interpelle plus qu'il ne le souhaiterait.

Elle était là à 16 h 50, tout de même !

D'un autre côté, elle n'a pas tourné la tête et s'est mise dans l'endroit le plus reculé. Quand on attend quelqu'un, on se met en position de voir et d'être vu.

Archie se sent un peu ridicule. Il s'approche nonchalamment du distributeur de friandises pour l'examiner de plus près. Elle a repris sa lecture, mais son nouveau poste d'observation lui permet maintenant un meilleur examen. Sans savoir trop pourquoi, probablement à cause de son nom, sujet de plaisanteries stupides avec Jo, pour lui madame Travers est une femme d'un certain âge, aux formes rebondies, comprimée dans un tailleur en tweed et arborant un voile de moustache sur la lèvre supérieure. Pour ce qu'il peut en voir, la lectrice ne correspond pas du tout à cette description. Environ quarante ans, plutôt du genre chevalin, grande, osseuse, avec d'épais cheveux bruns et raides qui tombent sur ses épaules en faisant paraître son visage encore plus long.

Tant pis, je vais lui demander, ce serait trop ridicule de poireauter plus de deux heures pour rien.

S'approchant de la banquette, il l'aborde d'un ton un peu sec qui cache mal son embarras.

— Excusez-moi, madame, vous ne seriez pas Maud Travers par hasard ?

Le casque de cheveux se relève, il découvre enfin son visage.

Sans être une beauté, elle a de grands yeux gris, hardis et pénétrants, une bouche immense, un teint clair et des joues d'un rose délicat.

— Mais oui ! Incroyable, comment avez-vous deviné ?

Le ton est presque narquois, il a l'impression désagréable qu'on se moque de lui.

Elle tapote sur son livre.

— Bien sûr, Agatha ! Oh, mais vous êtes presque à l'heure, poursuit-elle en sortant de sa poche une vieille montre à gousset à l'ancienne.

Archie ne peut s'empêcher de répliquer.

— J'étais là à 16 h 50, mais vous étiez si discrète…

Elle se lève et le toise du regard en écartant exagérément ses sourcils.

— C'est vrai, j'aurais dû m'accrocher une pancarte autour du cou, mais je pensais sincèrement qu'Archibald vous mettrait sur la voie, j'en suis désolée.

Elle n'a pas l'air du tout désolée, elle a d'autre part désigné son chien d'un geste de la main en parlant d'Archibald et le comte du même prénom commence à avoir de sérieux doutes.

— C'est de cet animal que vous parlez ? Pourquoi aurait-il dû me mettre sur la voie ?

— Mais parce que j'ai précisé que je ne me déplaçais jamais sans lui !

Leurs regards s'affrontent. Travers semble s'amuser, en tout cas elle n'a pas froid aux yeux. Archie pense que c'est une sacrée menteuse ou que Philippe est complètement amorti pour avoir géré aussi mal cette affaire en occultant complètement la présence d'un chien. En réalité, ses pensées sont aussi confuses que peu charitables.

Quoi qu'il en soit, ce clébard ne couchera pas au château !

— C'est l'organisation du colloque qui vous envoie, je suppose, taxi ou covoiturage ? s'enquiert

Travers d'un ton distrait en rassemblant ses affaires.

Cette fois, Archie perd tout son flegme.

Il s'en étranglerait presque. Parce qu'il sent que la présentation qui va suivre le placera dans une posture ridicule, il se tient raide comme un relevé fiscal, on pourrait presque entendre le sang bouillir dans ses veines.

— Non, madame, je suis le comte Archibald de La Rochette et je fais partie des organisateurs, comme vous dites. Il n'a jamais été question de chien et aucun train n'arrive à 16 h 50. Je vous ai envoyé plusieurs mails à ce sujet sans obtenir de réponse. Permettez-moi de vous dire que votre désinvolture dépasse les limites du raisonnable.

Elle secoue sa crinière en partant d'un rire sincère qui découvre de trop grandes gencives.

— Vous avez vraiment dit Archibald, comme mon chien ? C'est une plaisanterie ou une coïncidence ?

— Je dirais plutôt que votre chien s'appelle comme moi, rectifie froidement La Rochette.

Cette rencontre est un cauchemar, un vaudeville qui vire au grotesque. Archibald n'a jamais particulièrement aimé son prénom malgré son côté *old school*. Raccourci en Archie, il le supporte mieux, même si son diminutif a fait l'objet dans sa jeunesse de quolibets du genre « archinul » ou « archiprêtre », mais jamais, au grand jamais il n'a entendu parler d'animal portant le même nom que lui.

— Bien sûr ! Je vous reconnais le droit d'aînesse en la matière, réplique l'impudente Travers du tac au tac en reprenant difficilement son sérieux. Vous savez que je l'ai nommé ainsi à cause d'Archibald Christie, l'aviateur, le premier mari d'Agatha.

Il l'arrête d'un geste brusque.

— Ça suffit. Pour la conférence, j'attendrai demain de vous voir à l'œuvre. Maintenant, arrêtons s'il vous plaît de tourner autour du pot. Avez-vous oui ou non mentionné la présence de ce chien en vous inscrivant au colloque ?

— Naturellement, je l'emmène partout !

C'est dit d'un ton sec. Cette fois, elle a l'air vexée. Elle ajoute toutefois, consciente et satisfaite de créer un nouveau quiproquo :

— Comme chacun sait, c'est une race adorable mais un peu susceptible et qui supporte mal la solitude. Maintenant, si ça pose vraiment un problème parce qu'il porte le même nom que vous, je peux repartir.

Archie tombe dans le piège.

— Que ce soit clair, ce n'est pas une question de nom, c'est ridicule. Je ne savais pas qu'il y aurait un chien, c'est tout.

Le visage de Travers prend une expression d'ironie méprisante.

— Mon pauvre monsieur Archibald, à mon avis vous ne savez pas grand-chose. Si je comprends bien, vous ignoriez également que le rendez-vous était fixé à 16 h 50. Croyez-moi ou non, je n'ai jamais vu un colloque aussi mal organisé.

— J'étais ponctuel, mais j'ai cru à une erreur ou plutôt une plaisanterie car il n'y a pas de train à cette heure-là.

— Mais je ne suis pas venue en train !

Cette fois, Archie capitule, un abîme d'incompréhension l'emporte sur son exaspération.

Son interlocutrice consent à s'expliquer.

— Avec Arch... enfin avec mon chien, voyager en train est assez difficile, j'ai donc fait appel comme d'habitude au covoiturage. N'ayant trouvé aucune proposition pour Marcolès même, je me suis contentée d'Aurillac. Comme je ne connaissais pas cette ville, il m'a semblé judicieux de fixer le point de rencontre à la gare. Quant à 16 h 50, j'imagine tout de même que vous savez pourquoi...

— Si vous aviez répondu à mes mails et donné votre numéro de portable, ça aurait été plus simple.

— Pour moi, la chose était réglée. De plus, je supprime systématiquement les messages des expéditeurs inconnus et je n'ai pas de portable.

Archie doute tellement de l'affirmation qu'il répète bêtement.

— Vous n'avez pas de portable ?

— Non, et l'utilisation que la plupart des gens en font ne m'incite guère à changer d'avis.

Elle lance un regard significatif vers les jeunes de la banquette voisine, tellement passionnés par leur écran qu'aucun n'a tourné la tête vers eux pendant toute la durée de cet échange pour le moins musclé.

— Alors vous décidez quoi pour mon chien ? Si c'est plus facile pour vous, je peux l'appeler « Chichi », il est habitué.

Archie n'a rien contre les chiens mais commence à en avoir assez de cette femme chevaline dont les hennissements intempestifs et les ruades ironiques mettent à mal sa patience.

Il aurait préféré une bouchère.

Cette pensée l'amène d'ailleurs à poursuivre son investigation.

— Dites-moi, madame Travers – et ce faisant, il se rend compte qu'il adore prononcer ce patronyme ridicule qui compense largement les plaisanteries sur son propre prénom –, vous supprimez aussi, je suppose, systématiquement toute trace de votre présence sur le Net, car je n'y ai rien vu vous concernant.

Sans se démonter, celle-ci rétorque froidement.

— Évidemment, je publie sous le pseudonyme de Rochester, ce qui m'évite bien des ennuis de la part des critiques, des pointilleux et des mauvais coucheurs. J'espère que vous n'en faites pas partie, monsieur Archibald. Veuillez me pardonner de vous appeler ainsi mais, dans l'euphorie de la découverte de votre prénom, je n'ai pas retenu votre patronyme.

— De La Rochette, appelez-moi Archie, ça simplifiera légèrement les choses, dit-il, résigné, en empoignant la grosse valise. Si vous voulez bien me suivre, ma voiture est sur le parking.

— Moi, c'est Maud, précise-t-elle en rejetant en arrière sa lourde crinière, et voici donc Chichi. Je crois qu'on va bien s'entendre. Le mieux est de se tutoyer, je pense.

Archie préfère ne pas répondre, bien incapable de toute façon, après cette avalanche de malentendus, d'avoir une pensée digne de ce nom ou d'émettre un seul mot cohérent.

Tout en le suivant d'un trot allègre en entraînant le chien derrière elle, Travers se permet une dernière remarque.

— Tu le sais sûrement mais si ça peut te consoler, je te rappelle qu'Archibald était aussi le prénom original du beau Cary Grant !

Tout en ignorant s'il doit le prendre pour un compliment ou une nouvelle entourloupe, Archie se promet de rester sur ses gardes face à cette péronnelle pour le moins envahissante.

Après avoir installé le golden sur le siège arrière de la voiture, elle prend place à côté de lui tout en continuant de discourir.

Archie se concentre outrageusement sur la conduite pour éviter de regarder son profil chevalin.

Jusque-là placide, le chien commence à tourner en rond sur la banquette à la recherche d'une position plus confortable. Il halète comme l'horloge mal réglée d'une bombe à retardement et Archie sent son souffle brûlant se rapprocher dangereusement de sa nuque.

— Oh, mais c'est très quelconque, cette sortie de ville. Sans intérêt, en tout cas. Je m'attendais à mieux. C'est désespérant de retrouver partout ces centres commerciaux sans âme. Je ne suis jamais venue dans le Cantal, je m'imaginais ça plus vertigineux. En fin de compte, ça fait davantage campagne que montagne.

— Les monts du Cantal sont derrière nous. Marcolès ouvre la porte du Sud, croit bon de préciser Archie qui supporte mal ces critiques intempestives.

Il poursuit, autant pour changer de sujet que par réelle curiosité :

— Et toi, tu viens d'où ?

— Région parisienne, répond-elle cette fois de façon plus laconique. Dis-donc, cette route est de plus en plus étroite, ça fait vraiment paumé maintenant. Tu crois que des gens vont faire tout ce chemin pour m'entendre discourir ?

Son rire ne rencontrant pas l'écho souhaité, elle reprend la litanie de ses questions.

— Au fait, quels sont les autres intervenants ? J'avoue que la présence d'un petit-cousin d'Agatha m'a décidée...

— Il ne viendra pas !

Archie réalise qu'il prend presque un plaisir pervers à la décevoir.

Cette annonce la plonge d'ailleurs un instant dans le silence. Elle reprend cependant vite pied, en bon canasson qui ne se laisse pas désarçonner facilement. Il relève toutefois avec satisfaction un brin d'inquiétude dans sa voix.

— Dis-moi comment ça va se passer, ce qui est prévu... Quelle est la visibilité en matière de participants ?

— Côté visibilité, comme dit Warren Buffett, ce qu'on voit est plus clair dans le rétroviseur que par le pare-brise. Pour le reste, tu vas bientôt pouvoir juger, nous sommes presque arrivés, conclut Archie en tentant de repousser le chien qui bave sur son col de chemise.

À cause de sa réponse sibylline ou du soleil du soir qui nimbe le château d'une lueur romantique, Maud Travers se tait enfin.

Les vieilles pierres semblent vibrer sous cette lumière propre à la montagne, une lumière languide, sereine, qui accentue les reliefs en donnant un éclat particulier à l'or fauve des murs et à la lauze grisée du toit.

Archie est aussi étonné qu'heureux d'apercevoir Odile et Jo qui l'attendent dans la cour d'honneur. La crainte d'une collation en tête à tête avec son arrogante passagère s'éloigne. Son soulagement est de courte durée. Tandis qu'Odile accueille Travers avec sa bienveillance habituelle, Jo le prend sans façon par le bras pour l'attirer à l'écart.

— Il faut que je te mette au courant, nous avons un problème.

Travers à elle seule symbolisant pour lui toutes les complications de cette fichue journée, Archie ne s'émeut pas pour autant.

— Quel problème ?

— Iris a disparu.

— Quoi ? C'est une blague ?

— Malheureusement, c'est tout ce qu'il y a de plus sérieux. Figure-toi que Jean-Paul, son mari, ne l'a pas revue depuis ce matin.

Archie hausse les épaules d'un air peu convaincu.

— Disparue ! Pourquoi tout de suite les grands mots ? La journée n'est même pas finie. Elle est sûrement allée chez le coiffeur pour accueillir l'Écossais sans le signaler à son époux ou un autre truc comme ça. Je ne vois vraiment pas pourquoi ça vous met dans un tel état !

Jo le secoue sans ménagement.

— Tu rigoles ou quoi ? Premièrement ce n'est pas le genre d'Iris, deuxièmement c'est plus angoissant que ce que tu dis : elle n'a pas préparé le repas de ce midi et, pire, n'a pas été chercher ses gosses, que ce soit à l'école primaire ou au collège. Elle n'a prévenu personne, son portable ne répond pas et sa voiture est restée dans le garage.

— Donc elle est dans le coin, elle va revenir d'une minute à l'autre.

— Son mari veut prévenir les flics.

— Qu'est-ce que tu veux que je te dise ? C'est son droit, c'est peut-être mieux après tout, on ne sait jamais, elle a pu avoir un malaise... Au pire, il risque de se faire engueuler quand elle reviendra.

— Tu le prends vraiment à la légère. À cause de ça, Odile est super stressée, elle se sent responsable.

Archie jette un œil compatissant vers la médiathécaire.

— Naturellement ! Mais toi, quand même...

— J'avoue que ça m'inquiète, ce n'est pas son genre de nous laisser tomber, car je te signale qu'elle devait aller ce soir à l'aéroport accueillir McGregor.

Archie croit comprendre où elle veut en venir.

— Du coup, quelqu'un d'autre doit s'en charger. Eh bien non, ma belle, ne compte pas sur moi, j'ai donné assez avec le cheval que tu vois là-bas.

Jo suit son regard d'un air curieux.

— Je vois plutôt un chien en train de pisser. Sur ta porte d'entrée, d'ailleurs !

Malgré les circonstances, la jeune femme ne peut s'empêcher de rire.

— C'est quoi cette histoire de cheval ?

Archie la regarde en soupirant. Il constate, brusquement apaisé, que ça fait du bien de la regarder.

Parce que c'est la seule qui ne se prenne pas au sérieux.

Ragaillardi, il s'efforce de présenter les choses de façon plus cocasse.

— Travers ressemble à un cheval. Toi qui n'aimes pas les étiquettes, c'est pourtant celle que je lui ai collée tout de suite. Pas un gentil cheval, une vieille rosse, tu vois, et ne me dis pas que c'est un stéréotype idiot parce que je m'en fous. Mais le pire, tu sais quoi, le pire ?

— Elle a amené son chien, suggère Jo prudemment.

— Même pas, à la rigueur c'est pardonnable. Non, le pire, c'est que ce clébard s'appelle Archibald !

— Non !

Jo ne peut s'empêcher de rire, les larmes lui montent aux yeux. Archie est tellement drôle avec son air dépité de petit garçon qu'elle l'embrasse sur la joue.

— Va, ne t'inquiète pas, je m'occupe de McGregor. Espérons que celui-là ne trimballe pas des hamsters !

8

Œil malicieux, moustache brune et sourire en fanfare, John McGregor se distingue aisément des passagers habituels du vol du soir en provenance de Paris. Jo, qui se sentait un peu ridicule en balançant sa pancarte d'accueil dans le hall d'arrivée de l'aéroport, reprend espoir à la vue de ce grand gaillard d'environ quarante ans qui malgré ses « *hello* » enthousiastes semble maîtriser à peu près correctement le français.

— L'escale de six heures m'a donné la fringale, je n'ai rien croqué depuis ce matin, j'ai vraiment les dents, tu sais !

Jo s'amuse du tutoiement et du regard déçu qu'il jette sur le bar fermé à cette heure tardive. Elle le rassure en disant qu'une collation l'attend au château.

Il bute un peu sur le mot.

— Une collation, c'est petit ça, non ?

Il extirpe un guide touristique de son sac à dos pour énumérer d'une voix gourmande :

— Tripoux, aligot, truffade, pounti, saucisson d'Auvergne, tu vois, c'est marqué là, les spécialités du pays. Moi, j'ai toujours la joie de découvrir les spécialités, surtout en France. Il faut que je goûte tout pendant le colloque, pour l'énergie, tu comprends ?

Jo réalise surtout qu'avec celui-là, leur menu pour le souper typiquement anglais du samedi soir n'est pas forcément une bonne idée.

La situation l'amuse.

Archie a hérité du cheval et moi d'un ogre !

Elle essaie de procéder aux présentations d'usage, mais il l'interrompt en riant.

— Je connais tout déjà. Toi, tu as un nom de fleur, quatre enfants, un mari qui répare les cabinets et tu adores les énigmes d'Agatha. Moi, j'ai un enfant mais pas de femme, enfin plus de femme, elle est séparée, et je connais tout sur Agatha malgré ses cachotteries, car j'ai fait l'analyse, tu vois ?

Jo s'empresse d'apporter les précisions nécessaires avant qu'il ne reparte dans d'autres digressions.

— Pas tout à fait. Moi, c'est Joanne, Jo si tu veux. Celle qui a un nom de fleur, « Iris », n'a pas pu venir. Je n'ai pas d'enfant et bien sûr je suis moi aussi fan d'Agatha.

Cette nouvelle semble étrangement le réjouir. Il sourit largement. Jo remarque alors son seul petit défaut apparent, des dents de devant se chevauchant légèrement. À part ça, elle le trouve plutôt séduisant.

— C'est très bien, je préfère beaucoup, c'est toujours plus simple sans le mari, pas vrai ?

Il lui passe le bras autour des épaules d'un air entendu.

Ce geste et cette remarque suffisent à la mettre mal à l'aise.

Elle révise immédiatement son jugement.

C'est dingue, il faut toujours être sur ses gardes, j'aurais mieux fait d'accueillir Travers ! Je comprends mieux mon aversion prémonitoire pour servir d'hôtesse d'accueil, et encore, moi, je sais me défendre. Heureusement que ce n'est pas Odile, avec une bêtasse comme elle, ce goujat arriverait à ses fins.

L'injustice de la situation la fait bouillir. Même si Odile est parfois énervante avec son côté bienveillant de bon samaritain, elle ne mérite pas ça. Le Club du mardi entier ne mérite pas ça.

Tant d'heures pour préparer ce colloque, tant de corvées, d'attentions envers les invités, de casse-tête, de réunions et d'affairement pour offrir l'hospitalité à des gens qui ne le méritent pas. Des gens qui se croient supérieurs et ne sont en réalité que mal élevés. Son mépris oscille entre le culot de Travers qui impose son chien et la muflerie de l'Écossais qui considère son peu de notoriété suffisant pour imaginer mettre les femmes dans son lit. Tous ces experts sentent la portion congrue, l'intelligence médiocre, le sens du cliché, le copier-coller, le discours insipide, le rabâchage des ratés et la naphtaline. Organiser ce colloque était une erreur, elle s'en doutait. Ils ont quitté leur cocon douillet pour ouvrir la boîte de Pandore. Il semblerait que tous les parasites s'y soient engouffrés. Son compagnon a peut-être senti intuitivement sa colère car il se fait subitement plus discret. D'un ton sans réplique, elle lui désigne la banquette arrière.

— Oh, pourquoi ? Je n'aime pas trop, ça fait taxi.

— Moi, je préfère, celui qui conduit est celui qui décide. Tu seras plus à l'aise et pourras en profiter pour me présenter les grandes lignes de ta conférence de demain. Ça me permettra de voir comment l'articuler avec les autres interventions.

Le subterfuge de Jo porte ses fruits. McGregor la regarde maintenant d'un œil contrarié.

— Tu sais, ma vision est très personnelle, commence-t-il en bâillant exagérément. Je m'attache à la forme, aux dialogues et au fond pour montrer la structuration très complexe utilisée par Agatha pour épuiser toutes les combinaisons du roman d'énigme. Il y a toujours plusieurs niveaux de lecture et plus on creuse, plus on trouve une lecture psychologique. C'est ce qui me passionne. Mais il est bien trop tard pour parler de tout ça, je suis crevé. Le mieux, c'est de me donner le programme avec le nom des orateurs, j'en connais sûrement certains.

Après réflexion, Joanne prononce prudemment celui d'Annabelle Fontange, le seul qui lui paraisse suffisamment réputé. Elle a vu juste. Cette fois, son passager jubile.

— *Yes, yes, yes !* C'est le bonheur, ça. Je connais très bien. Nous étions plusieurs fois invités dans le même hôtel. J'ai acheté son livre, elle a fait une dédicace très personnelle. C'est une femme qui a beaucoup de feu. Elle connaît tant de choses sur Agatha. Elle raconte avec une telle sensualité, ça bouleverse là-dedans.

Dans le rétroviseur, Jo constate avec soulagement qu'il a retiré sa main de son propre dossier pour se caler enfin au fond du siège. Les perspectives d'un week-end avec la Fontange lui font oublier la drague habituelle des autochtones.

— Nous sommes logés dans un château, n'est-ce pas ? dit-il en poursuivant probablement son petit cinéma intérieur. Très romantique, très français tout ça. La grande biographe est-elle déjà sur place ?

— En fait, nous la précédons de peu, elle nous retrouvera tout à l'heure au château.

— Pour la collation ?

Jo répond par l'affirmative en se permettant un léger sourire.

Entre le Cheval, le Cavaleur et la Belle, le repas risque d'être mouvementé. Archie avait l'air hors de lui, je vais être obligée de rester. Cela dit, même s'il est tard, Odile sera encore là et, pour une fois, on devrait pouvoir compter sur Philippe.

Au même instant, ce dernier, désespéré, est en train de se dire qu'Annabelle Fontange a visiblement raté le dernier train de Paris. Une vingtaine de passagers à moitié endormis sont descendus des voitures et se dirigent vers la sortie.

Philippe est un homme méticuleux, il a plusieurs fois regardé, admiré même plus exactement, sur le Web, la plastique irréprochable et le visage séduisant de celle qui n'hésite pas à se présenter comme « la biographe incontournable de la Duchesse de la mort ». Hélas, personne dans cette foule anémique ne ressemble de près ou de loin aux clichés consultés. L'historien commence à paniquer, consulte une nouvelle fois son portable pour vérifier un éventuel contre-ordre, s'imagine déjà en train d'annoncer la nouvelle aux autres et entrevoit les difficultés que celle-ci ne manquera pas d'engendrer.

— Excusez-moi, vous êtes monsieur Dessart, n'est-ce pas ?

Il regarde la petite femme qui l'aborde ainsi d'un air décidé, autant surpris par cette ingérence que par l'agressivité de la voix.

L'historien acquiesce en silence, tout en jetant des regards désespérés sur le quai qui se vide, dans l'espoir insensé d'apercevoir enfin celle qu'il attend.

— Ne cherchez pas, Annabelle Fontange ne viendra pas.

— Vous la connaissez ? Il y a un problème ?

Philippe observe plus attentivement son interlocutrice.

Âgée d'une quarantaine d'années, elle porte un manteau bleu marine qui met en exergue plus qu'en valeur ses hanches larges et son buste épanoui. Le fond de teint trop généreux s'accorde avec la couche de bleu sur les paupières, moins avec les cheveux grisonnants et les coquets gants gris perle en chevreau qu'elle retire prestement pour lui serrer la main.

— Denise Leblanc, c'est moi qui la remplace.

Le ton est si péremptoire et l'annonce si inattendue que Philippe ne peut s'empêcher de bredouiller.

— La remplacer ? Mais qui… mais que ?

— Je suis son assistante.

— Je ne comprends pas. Elle ne viendra pas, elle a eu un empêchement ? Hier encore je l'ai eue au téléphone, tout allait bien.

Denise se permet un sourire.

— C'est moi, cher monsieur que vous avez eue au téléphone ! Trois fois, même, pour mettre au point le programme de l'intervention, l'hébergement et le voyage.

Philippe perd toute certitude. Cette voix, somme toute assez autoritaire, lui rappelle les inflexions qu'il avait qualifiées de furieusement autocratiques de la biographe.

Est-ce possible ? Ma parole, on croirait que ça l'amuse.

— Écoutez-moi, c'est très simple, je vais vous expliquer.

La femme enfile ses gants en lissant doigt après doigt dans une sorte de manie convulsive. Elle poursuit sur le même ton incisif.

— Annabelle Fontange est bien trop sollicitée pour répondre à une invitation comme la vôtre. J'ajouterais que vous n'aviez de toute façon aucune chance, elle déteste la campagne et passe tous les ans le week-end de Pâques à Ibiza pour l'ouverture de sa maison. Elle habite là-bas la moitié de l'année, vous savez.

Il ne sait pas mais commence à comprendre qu'il n'a jamais rien su.

— Pourquoi a-t-elle accepté, alors ?

— Mais ce n'est pas elle, c'est moi ! Je m'évertue à vous le dire ! En tant qu'assistante, j'ouvre son courrier, réponds aux lettres inintéressantes et lui fais un résumé des autres.

— Notre invitation était inintéressante, alors ?

— Bien sûr ! Pour elle, j'entends. Ne soyez pas vexé. Si vous saviez le nombre de refus polis qu'il me faut envoyer !

— Mais alors, pourquoi ?

— Pourquoi j'ai accepté la vôtre ? À cause de Marcolès, bien sûr ! J'y ai passé tous mes étés jusqu'à l'adolescence, ma grand-mère était de là-bas. Vingt-cinq ans que je n'y suis pas retournée, ça a dû changer.

Philippe reprend un peu de sa superbe.

— Vous ne manquez pas de culot ! Ça n'explique ni n'excuse votre fausse réponse positive. Vous nous mettez dans un sacré pétrin. Quand je pense qu'en plus, vous nous avez obligés à commander des livres pour une dédicace qui n'aura pas lieu, c'est pousser le bouchon un peu loin, vous ne trouvez pas ? Ça ne se passera pas sans conséquence, croyez-moi, nous mettrons l'affaire dans les mains d'un avocat.

La secrétaire lui serre le bras sans ménagement. Malgré sa petite taille, elle a une poigne de camionneur.

— Arrêtez ! Ne soyez pas ridicule, vous n'avez peut-être pas la bonne poule, mais c'est le bon panier. Je peux remplacer Annabelle sans aucun problème. Je peux signer ses livres à sa place, je le fais assez souvent, croyez-moi. Je connais par cœur ses conférences, c'est moi qui les tape, qui effectue les recherches, qui classe la bibliographie. Tout, je vous dis. Je peux la remplacer au pied levé. Je l'excuserai, assurerai la conférence et dédicacerai en son nom. Personne ne trouvera à redire, tout le monde sera content et vous savez quoi ? je suis certaine d'être mieux que l'originale, plus passionnée en tout cas, parce que le succès, ça finit par blaser. Oui, blaser.

Philippe la scrute de son regard sombre, les sourcils plus ombrageux que jamais. Il est confronté à un sacré dilemme. La renvoyer manu militari en refusant net de cautionner son imposture ou accepter le compromis qu'elle propose pour sauver le colloque. Dans sa carrière de professeur, il a déjà rencontré des problèmes similaires : dénoncer l'utilisation du portable par un élève en se mettant à dos celui-ci et une partie de la classe ou faire semblant de l'ignorer pour avoir la paix. Par lâcheté, il a toujours choisi la deuxième solution, la plus facile, celle qui évitait de faire des vagues même si elle accroissait inévitablement les ricanements et le manque de considération. Toute sa vie, il a cherché à prendre une revanche sur tous ces petits crétins, tricheurs, paresseux et irrespectueux, qui polluaient sa vie d'enseignant. Il la tient aujourd'hui, il a enfin ce pouvoir. C'est ce qu'il s'apprête à dire d'un ton cassant à Denise Leblanc en relevant brusquement le menton.

Elle le toise d'un air ironique, l'air de dire « Mon petit bonhomme, tu n'oseras pas ». Cette femme aussi est une tricheuse, elle ne manque ni d'aplomb ni de courage. Et si ce qu'elle dit est vrai – et malgré toutes ses embrouilles, il n'a aucune raison d'en douter –, elle peut leur sauver la mise. De plus, s'il repousse sa proposition, il la croit surtout capable de faire un esclandre, de raconter n'importe quoi, de les décrédibiliser encore plus.

Le doute l'assaille de nouveau, les ailes victorieuses de la vengeance s'éloignent, il sait qu'il va capituler. Il sait qu'il a devant lui une volonté plus forte que la sienne. Pour ne pas perdre complètement la face, il tente un compromis.

— L'affaire est trop importante, je ne peux pas en décider seul, je dois en référer aux autres membres.

Une fois encore, l'impertinente secrétaire marchande son assentiment.

— Si vous êtes un sous-fifre, il fallait le dire tout de suite. Je crois en effet préférable d'expliquer moi-même la situation aux organisateurs en charge du colloque. S'ils ont deux sous de jugeote, ils approuveront ma démarche.

— Ne comptez pas trop là-dessus tout de même, siffle Philippe pour avoir le dernier mot, on ne va pas vous applaudir, croyez-moi !

Avec une outrageuse assurance, la dame aux gants réplique du tac au tac.

— Je veux bien parier avec vous qu'après ma conférence, j'aurai droit aux applaudissements.

Cette fois, Philippe préfère ravaler sa bile, se taire pour la faire taire. Il lui fait signe de le suivre sans prendre le soin de récupérer sa valise. Tous ses rêves s'écroulent, il n'a plus aucune envie de jouer au gentleman. L'historien s'imaginait escorter la talentueuse Annabelle, deviser agréablement avec elle le temps du trajet, se faire remarquer par son esprit brillant en intervenant pendant le colloque et pourquoi pas faire partie ensuite du cercle de ses intimes, l'aider dans ses recherches, écrire à quatre mains, copublier avec elle. Pour fuir un quotidien médiocre, Philippe a toujours eu des rêves de grandeur. Il se retrouve maintenant obligé de présenter l'obscure Denise aux autres et d'expliquer sa monstrueuse machination. Ce formidable retournement de situation va surtout le contraindre à s'excuser de son propre manque de vigilance.

« Trop crédule, pas assez rompu aux affaires », il les entend déjà se moquer de lui sous cape. Pas méchamment, bien sûr, mais suffisamment pour ternir sa réputation.

Un pigeon, voilà ce que je suis, un pigeon !

Il lance un regard mauvais à la secrétaire qui porte sans broncher sa lourde valise, un sac à main en cuir assorti à ses gants et un bouquet de fleurs. Il n'avait pas remarqué celui-ci et se demande à qui il peut être destiné.

Pas à moi, tout de même ? Alors ? Ça voudrait dire qu'elle a gardé des relations à Marcolès ? Surprenant ! Pour avoir trimballé ce bouquet dans le train, il fallait qu'elle soit bien sûre d'elle. Elle ne pouvait pas deviner que j'allais céder...

Car il a cédé, comme il l'a toujours fait devant ses élèves, et surtout devant sa mère. Une mère autoritaire, sévère, intrusive, qui jusqu'à maintenant, malgré son grand âge, n'a pas hésité à jouer du chantage affectif pour le mettre sous sa coupe. Il aurait tant voulu lui damer le pion. Aucune fréquentation n'a jamais trouvé grâce à ses yeux, surtout pas celles de la médiathèque, et pourtant ce sont ses seuls vrais amis. Philippe réalise brusquement que sa peur du ridicule est moins forte que celle de les perdre. Avec eux, il se sent à sa place, en tout cas suffisamment au-dessus de la plupart d'entre eux pour retrouver son amour-propre. Quand on lui demande son avis, ce n'est pas de la simple politesse, mais bien du respect et de la considération. Les heures passées à préparer le colloque lui ont en outre conféré une indéniable crédibilité. Il n'a pas envie de la perdre et comprend que tout dépend de lui.

Il doit jouer finement la partie à venir. En premier lieu, pactiser avec Leblanc pour qu'elle lui laisse le champ libre en arrivant au château. Si elle raconte l'histoire à sa façon si particulière, il court à la catastrophe. Tandis qu'en présentant lui-même l'imposture et en l'associant immédiatement à la solution de rechange, il peut davantage se donner le beau rôle.

De son côté, Denise Leblanc n'est pas peu fière. Tout a réussi au-delà de ses espérances. Le plus dur est fait. Sa crainte d'être refoulée s'est éteinte en découvrant l'homme chargé de l'accueillir. Visiblement, le pauvre n'est pas à la hauteur. On voit tout de suite qu'il manque d'agressivité et de machiavélisme. Un faible comme Edward Angkatell dans *Le Vallon*. L'adversaire rêvé qui doute de lui et qu'un rien déstabilise. C'est bien, elle s'en doutait un peu en raison de la teneur de leurs précédentes conversations téléphoniques.

L'assistante pousse un soupir de contentement. Elle va enfin retrouver Marcolès. Mieux, elle va pénétrer dans le saint des saints, ce château de La Rochette dont l'entrée lui a toujours été interdite.

9

Enfin ! Les trois invités ont rejoint non sans mal leurs chambres respectives. Dans la cuisine, où s'est déroulée la « collation », les principaux membres du Club du mardi se sont spontanément rassemblés pour une ultime discussion. Bien qu'il soit près de deux heures du matin, ils éprouvent tous le besoin de partager leurs sentiments face à l'avalanche de surprises, déceptions et extravagances qui ont émaillé cette soirée.

La disparition d'Iris n'est pas le moins inquiétant. Toujours aucune nouvelle ou piste de recherche. Curieusement, son mari hésite encore à prévenir la gendarmerie. D'après Pierrette, qui doit avoir son double caché dans les alcôves pour connaître ainsi les secrets les plus intimes, les époux se seraient disputés le matin même.

— À propos de nous, justement, parce qu'il trouve qu'elle passe trop de temps sur le colloque. À mon avis, il avait avalé une décoction de clous rouillés au petit-déjeuner. Ils se sont envoyé des rosseries et maintenant ils ont l'humeur qui boite. En disparaissant, Iris se paie sa tête et l'oblige à faire le premier pas, c'est de bonne guerre.

Jo ne croit pas trop à cette version.

— Iris n'a pas pris sa voiture, elle est donc à Marcolès, mais personne ne l'a vue. Un accident voire un malaise est tout aussi probable. Plus on tarde à lancer les recherches, plus on risque le pire.

— Si tu ne crains pas le ridicule ! ricane Pierrette.

Odile tranche la question en notant que cette démarche doit revenir d'abord au mari.

— Toutefois, si aujourd'hui, samedi, rien ne se passe, l'un de nous avertira les autorités.

Malgré la fatigue et l'anxiété, Odile tient la barre sur son petit monde. Iris mise à part, Bernard est le seul qui manque à l'appel. Prudents, les deux Poisson sont restés dans leur bocal afin d'« être en forme » pour le séminaire. « Dominique préfère réviser ses notes. » Quelles notes ? Tous se le demandent puisqu'on ignore jusqu'au sujet exact de son intervention.

Archie débouche une bouteille de champagne.

— On n'a rien de particulier à fêter, je suis d'accord, mais on a tous besoin d'un remontant !

Philippe est effondré, il semble avoir perdu des centimètres et se courbe dangereusement sur sa chaise. Il faut dire que son arrivée avec Denise Leblanc en remplaçante de la belle Fontange a fait sensation. La conclusion la plus élégante revient sans conteste à Eliot.

— Ce n'est pas la bonne personne mais on ne juge pas un livre à sa couverture, faisons-lui confiance.

— Avons-nous le choix, de toute manière ?

La question en effet ne se pose pas. S'il est possible à la rigueur d'organiser le colloque avec seulement quatre intervenants, il faut trouver une solution pour la pile de livres à dédicacer qui encombre la bibliothèque. Les renvoyer aux libraires serait un signe de défaite.

— Laissons Leblanc remplacer Fontange et signer à sa place, ce sera un moindre mal !

La proposition de la doyenne paraît la plus sensée, Odile l'a d'ailleurs plus ou moins déjà entérinée. Pourtant, toutes deux ont côtoyé autrefois Denise Leblanc, même si aucune ne l'aurait reconnue d'emblée. De ce côté au moins, l'étrange secrétaire a dit vrai, elle a passé tous les étés de sa jeunesse à Marcolès. Elle a juste oublié de préciser qu'elle n'y avait pas laissé que des bons souvenirs.

— On change en vingt-cinq ans, n'arrête pas de répéter Pierrette, estomaquée par ce retour. Pensez, une gamine maigrelette avec un teint de lavabo. Remarquez qu'à l'époque, elle avait déjà un fameux culot et un bagout de Parisienne. Combien de fois elle a joué l'incruste dans le magasin en se faisant passer tantôt pour l'employée tantôt pour ma petite-fille ! Une sacrée effronterie, débrouillarde, faut le reconnaître, elle avait du cran et savait faire parler les gens.

— Je m'en souviens maintenant, renchérit Odile en rougissant, nous sommes à peu près du même âge. Elle m'appelait « la Nigaude » parce que je croyais volontiers les bobards qu'elle me racontait. Une fois, pour le critérium cycliste, c'est moi qui devais remettre le bouquet au vainqueur. Denise en rêvait, elle m'a enfermée dans les toilettes pour le faire à ma place. Après, je l'ai soigneusement évitée.

— C'est donc pour ça qu'aujourd'hui elle t'a offert des fleurs ! réalise Philippe, déstabilisé par tant de ruse et d'habileté.

— Tu n'aurais pas dû les accepter !

— Je sais, c'est vraiment désolant, répond Odile à Jo en prenant cette fois la couleur d'un champ de coquelicots, mais je me suis dit que si elle regrettait, c'est qu'elle n'était pas si mauvaise que ça.

La médiathécaire se retrouve bien seule à prendre la défense de « l'Incruste », comme l'appelle ironiquement le reste du groupe.

Pierrette trépigne sur son fauteuil.

— Je m'en souviens ! Elle traitait aussi Bernard de « Couillu du ciboulot ». Ça lui est resté longtemps, jusqu'à ce qu'il parte en fac, je crois bien. Ça m'étonnerait qu'il soit ravi de la revoir. Les sobriquets, c'est une chose bien étrange, souvent révélatrice de la personnalité, en fait.

— Comme Bunny dans *Un meurtre sera commis le...*, s'empresse de répliquer Archie en tentant de rattraper la maladresse peu charitable de la doyenne.

Odile s'engouffre dans la brèche.

— Si on veut... Oh, mon Dieu, et cette lettre anonyme reçue aujourd'hui qui porte le titre de ce roman, je l'avais presque oubliée avec toutes ces péripéties.

Chacun y va de son affirmation.

— Le mieux est de l'oublier, en effet !

— Pas si anonyme que ça, elle est signée AC.

— Comme Agatha Christie, ce qui montre bien que c'est une plaisanterie.

— Sinistre et de mauvais goût, mais nous n'avons rien à craindre.

— Entre cette lettre et la disparition d'Iris, je pense au contraire que nous avons tout à craindre.

Sans participer à la discussion, Jo et Archie croisent plusieurs fois le regard l'un de l'autre, chacun ayant bien conscience que la situation leur échappe, et préfèrent sombrer dans le mutisme et l'introspection.

— Et l'Écossais, reprend Pierrette, qu'est-ce que vous en pensez ? Ça m'a fait rigoler de voir sa tête de fromage fondu quand il s'est précipité pour saluer Fontange et a failli tomber à la renverse en voyant son assistante.

Philippe se permet un léger sourire, cet instant est bien l'un des seuls à l'avoir un peu réconforté.

— De dépit, il a passé le reste de la soirée à boire, résume Archie en lorgnant d'un air faussement désolé sur les bouteilles de vin vides alignées sur la table.

— Encore un qui a confondu le pichet et la baignoire, ricane Pierrette, jamais à court de comparaisons. Si j'ai bien compris, il connaissait déjà la Denise qui accompagne souvent sa patronne en dédicace. Le choc a été rude, la belle et la bête !

— Allons, dit Odile d'un ton de reproche, ne soyons pas méchants. Malgré sa notoriété, McGregor est très sympathique, je suis certaine qu'il aura beaucoup de succès demain et emportera les honneurs du public.

— Surtout féminin !

Jo ne peut s'empêcher d'intervenir.

— Pour lui avoir servi de guide, je peux vous mettre en garde, cet homme semble avoir toujours le sexe présent à l'esprit et aucune femme ne sera en sécurité avec lui.

— De ce côté-là au moins, on peut être tranquilles avec nos intervenantes, elles sont aussi avenantes l'une que l'autre, soupire Archie. Elles ont cependant en commun d'avoir du toupet et du répondant, on ne leur contera pas fleurette aussi facilement.

Eliot sifflote doucement.

— Maud Travers est la plus cassante. J'ai l'impression qu'elle nous prend vraiment pour des billes, pas vous ?

Le lycéen, très doué pour les imitations de ses semblables, change alors sa voix pour la rendre à la fois plus féminine et plus revêche.

« Comment ! Vous n'avez pas pensé à la publication des actes du colloque ? Mais c'est indispensable, voyons ! Il faut rassembler et valider les communications les plus marquantes, vérifier les citations bibliographiques, les chiffres, ordonner toutes les synthèses et les mettre à la disposition du public. Vous faites vraiment preuve d'amateurisme ! »

Loin de rire avec les autres, Odile qui, ce soir, prend tout au pied de la lettre, s'écrie d'un ton réellement angoissé.

— C'est vrai, vous savez, elle n'a pas tort avec cette histoire d'actes, quelqu'un va devoir s'y coller demain matin.

Elle les regarde tous à tour de rôle en prenant son air de bouillotte.

Difficile de résister.

Pour autant, Archie n'a aucune envie de se charger de ce travail, aussi fastidieux qu'inutile. Il se garde bien de le dire pour ne pas peiner la médiathécaire, mais personne n'ira relire ce genre de pensum. Leur idée simple et conviviale de colloque est en train de leur échapper pour répondre aux élucubrations d'une jument névrosée.

— Bernard sera sûrement intéressé, marmonne Pierrette.

— Un peu trop facile, non ? s'énerve Joanne toujours sensible à l'injustice. Avec toi, les absents ont toujours tort, c'est bien cela ?

— Ne vous fâchez pas, intervient Eliot qui, connaissant les sautes d'humeur de sa sœur, cherche en général à les désamorcer. Je vous propose d'enregistrer les conférences, il sera bien temps ensuite de vérifier si c'est exploitable.

— C'est beau d'être jeune ! s'exclame une fois de plus la doyenne qui ne voit pas, ou ne veut pas voir, le regard noir que lui lance Jo de l'autre côté de la table. Je ne sais pas si je me trompe, mais on croirait que ce chien veut sortir. Qu'est-ce qu'il fait là, au fait ?

— Sa maîtresse pensait qu'il y avait un chenil au château, répond Archie sans se démonter. Bien évidemment, elle ne supporte pas de dormir dans la même pièce qu'un animal, ce que chacun peut comprendre.

Il se souvient de son ton péremptoire : « Je ne me déplace jamais sans mon chien. »

Elle se fout de nous, le sait, le fait exprès. Ce que je ne comprends pas encore, c'est pourquoi ?

Comme il l'avoue quelques instants plus tard à Jo, en sortant le chien dans le parc.

— J'ai Travers en travers. C'est un peu enfantin, mais je n'y peux rien, cette femme m'insupporte réellement.

— Tu ferais mieux de l'appeler Rochester puisque c'est son nom de guerre. On pourra mieux la juger demain. En tout cas, elle a bien manipulé les autres pour commencer la première, on la verra à l'œuvre !

— Ils se sont tous fait avoir, en effet ! Quand McGregor lui a proposé d'intervenir l'après-midi, elle a refusé net sous prétexte qu'elle répugne à parler devant des gens en pleine digestion et donc moins attentifs. Il faut juste espérer qu'elle ne décourage pas le public du matin.

— Comme c'est compliqué ! Au fait, j'ai vu que Tropor avait souvent endossé des rôles comiques, j'espère qu'il mettra un peu d'ambiance…

— Avec notre chance, il risque d'envoyer un avatar à sa place, je me méfie.

La nuit est fraîche et lumineuse. Ils foulent en silence l'herbe humide. Des milliers d'étoiles pointues dessinent dans le ciel une rivière de diamants. Joanne aime ce pays pour sa pureté, sa grandeur, son innocence. Les trois étrangers qui dorment au château lui font un peu peur. Trop différents de ce qu'ils attendaient, trop cyniques surtout, trop exigeants aussi.

Archie marche vite, le chien sur ses talons. Joanne les laisse prendre de la distance et préfère s'asseoir sur un banc moussu qui lui refroidit les fesses tout en rafraîchissant à bon escient son cerveau. Philippe, Odile et Pierrette sont repartis au village. Ils reviendront au matin avec les Tropor pour le petit-déjeuner.

Normalement.

Tout est si étrange qu'elle commence à en douter. Malgré ses trente-quatre ans, Jo a déjà été confrontée à bien des malheurs. Des malheurs enfouis au fond d'elle, qu'elle croyait éteints et qui tentent ce soir de ressurgir.

Pourquoi ? Après tout, les incidents d'aujourd'hui ne sont que des broutilles. Une bonne femme qui impose son chien, une autre qui remplace sa patronne, et un bellâtre qui se prend pour Don Juan !

Oui, mais reste la disparition d'Iris, inexpliquée, inexplicable surtout, car elle se réjouissait trop de ce colloque pour le gâcher par une querelle de ménage.

Archie a fait demi-tour, il lui tend la main pour l'aider à se relever.

— Quelle idée de rester là, tu vas prendre froid.

Cette sollicitude affectueuse lui fait monter bêtement les larmes aux yeux. Elle les essuie d'un geste bref. Il y a si longtemps que quelqu'un ne s'est pas soucié pour elle. Ces mots sont comme une écharpe de tendresse, une douceur de laine qui pique et rassure. Joanne est une battante qui a lutté farouchement pour obtenir ce qu'elle voulait, gagner son indépendance, fuir un père violent, préserver son petit frère. Tout cela est derrière elle, c'est du moins ce qu'elle croyait ; ce soir, elle sent obscurément que sa sérénité est menacée.

Le chien caracole autour d'eux, content de cette insolite promenade nocturne. Il les frôle pudiquement, donne des petits coups de sa langue douce sur leurs mains. On croirait qu'il a toujours fait partie du château, des murs, du parc, de toutes les balades et déambulations. Jo se concentre sur lui pour repousser cette appréhension sournoise qui l'envahit.

— Je sens que les chartreux vont avoir de la concurrence. Il est gentil, ce chien.

— N'oublie pas qu'il s'appelle Archibald, ça a influencé son caractère.

Archie est un heureux tempérament : par indifférence ou par paresse, il préfère ignorer les problèmes du monde pour ne pas troubler son petit bonheur paisible et égoïste. Le Club du mardi et plus encore le colloque ont bouleversé ses habitudes et repoussé, sans qu'il s'en rende vraiment compte, ses propres chimères. Il a fini par s'attacher à ces rencontres, à ces personnalités dissemblables mais terriblement humaines qui l'ancrent enfin dans la réalité plutôt que dans l'illusion d'un passé plus facile.

Ce souci de l'autre est nouveau pour lui, il s'en étonne lui-même. Sa rencontre avec Odile a réveillé chez ce cynique un côté « ange gardien » qu'il ne se connaissait pas. Pour se rassurer, il préfère l'attribuer à une réminiscence lointaine des valeurs de ses ancêtres prompts à défendre la veuve et l'orphelin. Avec Jo, l'explication est moins convaincante car la jeune femme n'a rien de la frêle orpheline sans défense. C'est plus complexe, plus dérangeant, plus stimulant aussi, quelque part.

Je me sens bien avec elle, c'est tout.

La vue d'une lumière brillant à l'une des fenêtres du premier étage le sort de son introspection. Depuis la mort de ses parents, le château n'a jamais connu une telle effervescence. Cette vitre éclairée le bouleverse, le ramène brusquement à son enfance, aux moments de bonheur paisible, à la joie de sa mère quand elle donnait une réception, en particulier pour la fête du village. Les souvenirs affluent sans prévenir, il saisit brusquement le bras de Jo.

— Moi aussi, je la connais ! Je me rappelle maintenant, mais oui, c'est ça !

— Qui ? De quoi parles-tu ?

— Denise Leblanc, je devais avoir quinze ans, on ouvrait toujours le parc pour la fête du village, ma mère organisait avec le curé une espèce de kermesse pour ses bonnes œuvres, c'est d'ailleurs un des rares jours de l'année où je fréquentais les autres enfants de Marcolès. Je me souvenais vaguement d'Odile, Iris et Bernard, croisés en ces occasions ou dans le village, mais le nom de cette fille était sorti de mon esprit. Ma mère, qui n'était pourtant pas méchante, lui avait interdit l'entrée du parc et cette fille, Denise donc, en représailles, a ouvert la porte de la volière. Maman adorait ses perruches, plusieurs ont disparu après ça.

Jo cherche à en apprendre davantage.

— Pourquoi était-elle interdite de kermesse ?

Archie a complètement oublié les détails.

— On interrogera Pierrette, elle s'en souviendra certainement, ça avait fait un sacré foin à l'époque.

Jo siffle entre ses dents.

— Quelle histoire ! Vous racontez tellement tous des trucs horribles sur cette fille qu'on va finir par regretter de l'avoir acceptée, mais comme le pense Odile, elle a pu changer. Dis-moi, cette fenêtre allumée, tu peux me dire à quelle chambre elle correspond ? Il est près de trois heures du matin, tout de même, tu crois que l'un d'eux révise ses notes ?

— Je crois plus prosaïquement que c'est la chambre réservée en dernière minute pour toi et Eliot. Faute de radiateur électrique, ton pauvre frère doit être en train de s'escrimer pour allumer un feu dans la cheminée.

— Dommage ! soupire Jo d'un ton faussement désappointé, j'imaginais déjà des intrigues entre John et l'une de nos charmantes conférencières.

Archie ne peut s'empêcher d'émettre une autre suggestion.

— Moi, cette lumière blafarde me ferait plutôt penser à un lieu malfamé, genre maison close.

Sa remarque tombe à plat.

— Tu sais, dit Jo en pressant le pas, fut une période où cette activité m'a permis de vivre.

Le temps pour Archie d'enfermer le chien dans la cuisine, elle a déjà gravi le premier étage.

Sidéré par cet aveu quelque peu sibyllin, il en comprend surtout la douleur et ne veut en retenir que la confiance qu'elle lui manifeste. Il la retrouve sur l'immense palier, l'air égaré, regrettant sûrement déjà cette confidence.

— Je ne sais plus quelle chambre tu nous as attribuée, chuchote la jeune femme en désignant les quatre poignées sans écriteau.

Des ronflements puissants de chaudière sous pression les font sursauter d'un même élan. Ils proviennent sans nul doute de « La plume empoisonnée ».

— Preuve que notre Denise Leblanc a peut-être la conscience tranquille ! souffle Archie à son oreille.

Le velouté contrebasse de sa voix est plus réconfortant qu'une compassion malvenue.

C'est le moment que choisit Eliot pour entrouvrir une des portes en toussant furieusement.

— Ça fume trop, c'est infernal, il doit y avoir un nid d'oiseau dans le conduit, je suis obligé d'éteindre le feu dans l'âtre.

Archie prend les choses en main.

— Écoutez, il nous reste à peine quatre heures avant le petit-déjeuner, je vous propose de mettre les matelas dans ma chambre. Certes, ça fera plus camping que château cinq étoiles, mais le principal, c'est qu'on puisse tous se reposer un peu, la journée promet d'être rude.

Tout en effectuant ce nouveau déménagement sur la pointe des pieds, pour n'éveiller ni ronfleurs ni dormeurs, il se sent, sans pouvoir l'expliquer, étrangement heureux.

10

Colloque « Agatha Christie : la Duchesse de la mort dans tous ses états »
Marcolès, France

Samedi 14 avril

10 h Accueil et présentation par Odile Lavergne, présidente du Club du mardi, Marcolès.

10 h 30 « Connaissez-vous vraiment Agatha Christie ? », par Mme Rochester, chercheure, Versailles.

12 h Pause.

14 h 30 « La pharmacie mortelle de Dame Agatha », par Dominique Poisson, pharmacien à Clermont-Ferrand.

15 h 30 « L'importance de la géographie du crime chez Agatha Christie », par John McGregor, de l'université d'Édimbourg.

Dimanche 15 avril

10 h « L'énigme Christie », par Denise Leblanc, assistante d'Annabelle Fontange, écrivaine et biographe, Paris.

12 h Présentation, vente et dédicace du dernier ouvrage d'Annabelle Fontange, *Agatha, magicienne du crime*.

12 h 30 Pause.

14 h 30 « Agatha Christie sur scène », par René Tropor, acteur de théâtre ayant joué notamment dans *La Souricière*.

16 h 30 Synthèse et discussions.

Pendant toute la durée du colloque, une exposition des œuvres de la romancière sera présentée dans la bibliothèque du château (groupes de 10 personnes maximum autorisés).

Si, sur le papier, le programme du colloque a de l'allure et une certaine cohérence, l'arrière-cuisine est beaucoup moins séduisante. Il a fallu batailler ferme jusqu'à la dernière minute entre les différents intervenants pour trouver à chaque fois le bon intitulé et caler la durée exacte de la prestation.

Même Dominique Poisson, le plus introverti d'entre tous, a fait le difficile car bien que parlant exclusivement des poisons, il refusait l'usage de ce mot dans le titre pour éviter toute consonance malheureuse avec son patronyme. Travers a fait preuve évidemment de la plus grande intransigeance. Non contente de s'octroyer la première place dans le planning, elle insista pour être présentée comme « chercheure » plutôt que « chercheuse » au prétexte fallacieux que les terminaisons en « -euse » faisaient référence aux métiers manuels, comme vendeuse ou coiffeuse. Suffisance d'autant plus insoutenable que la dame, que ce soit sous le nom de Travers ou de Rochester, n'apparaît dans aucun centre de recherche ou université quelconque.

Odile avait cédé, tellement désireuse que tout se passe sans anicroche qu'elle s'était laissé malmener par les uns et les autres, allant jusqu'à accorder une matinée complète à l'usurpatrice en chef, Denise Leblanc.

Dans cette guerre d'égos, René Tropor, d'un naturel accommodant, est un des rares à ne pas faire d'histoires, acceptant même de passer en dernier. À quatre-vingts ans, l'acteur, que sa mauvaise vue a éloigné des planches, est content de renouer avec le public, de lancer à la cantonade quelques tirades bien choisies retenues par cœur, tout en ressuscitant une foule de souvenirs probablement embellis.

— Qu'importe, comme dit gentiment son épouse, vraies ou fausses, les gens aiment les anecdotes.

De vingt ans sa cadette, Irène Tropor, ancienne costumière, est aux petits soins avec ce mari qu'un brin de célébrité avait fait volage et qu'une presque cécité lui a rendu fidèle.

Du haut de son poste d'observation, Eliot compte une centaine de personnes dans la salle, des bénévoles de la commune et quelques camarades de terminale sont venus d'Aurillac pour lui prêter main-forte, gérer le parking, distribuer les programmes, ranger les chaises, vérifier les branchements électriques, surveiller un peu les allées et venues dans le château et le parc.

La grande allée, pavoisée à l'effigie d'Agatha Christie grâce à différents sponsors, ne manque pas d'allure.

Contre toute attente, Travers semble de bonne humeur. Elle a regroupé pour la circonstance ses cheveux raides dans un chignon strict de danseuse et enfilé un tailleur gris perle qui allonge encore sa silhouette osseuse. Ses yeux pétillent, elle est très en forme ce matin, prête à sortir du paddock pour entrer dans la course. Elle tapote le micro d'un air sceptique, dévisage rapidement l'assemblée et l'interpelle de sa voix sèche et coupante.

— « La violence pour la violence ? Depuis quand cela présente-t-il de l'intérêt ? Autant lire un manuel de médecine légale », c'est à peu de chose près ce que dit Hercule Poirot dans *Les Pendules*. Tout Agatha Christie est là : un crime propre, moral, avec quasiment une absence de sang. C'est ce qui explique son succès, il n'y a pas d'âge pour lire Agatha, même si beaucoup d'entre nous l'ont découverte à l'adolescence. Je dirais mieux, il n'y a pas d'âge pour relire Agatha. La première fois, on se laisse emporter par le récit, la suivante on cherche à démonter la mécanique, à reconstruire le puzzle. Accessible et simple en apparence, son œuvre se prête cependant à plusieurs lectures. Ludique, bien sûr, il faut découvrir le coupable…

Au ton méprisant de Travers, on comprend que cette lecture-là n'est pas la sienne. La conférencière passe ensuite rapidement sur l'aspect sociologique en qualifiant l'œuvre de « véritable étude des comportements des classes supérieures britanniques ». Elle s'attarde sur la psychologie des personnages, qualifiée, elle, d'« universelle », reprenant à son compte la phrase de Miss Marple, répétant inlassablement que « la nature humaine est partout la même ».

Le public est dans l'ensemble assez studieux, certains prennent même des notes.

Travers fait une pause, boit un verre d'eau, touche plusieurs fois son chignon comme pour s'assurer de sa solidité et repart de plus belle. Elle aborde maintenant avec emphase l'aspect historique en égratignant au passage une certaine nostalgie de l'ère victorienne. Les romans d'Agatha se placent tous dans un monde suranné devenu cependant presque intemporel, comparé à la violence de l'époque actuelle. Après avoir qualifié la romancière d'« anticommuniste primaire » puis de « patriote » en raison de ses remarques sur la place du Royaume-Uni dans le monde et sur les charmes de la langue anglaise, elle semble prendre un certain plaisir à développer ses compétences médicales exceptionnelles, en particulier en matière de poisons.

Jo se permet alors de l'interrompre courtoisement en rappelant à l'assistance que ce sujet fera l'objet d'une conférence spécifique dans l'après-midi. Il était temps, Dominique était en train de se liquéfier sur sa chaise.

Très contente du mauvais tour joué à son pseudo-collègue, qu'Archie, en son for intérieur, qualifie de « ruade de la vieille rosse », Travers goûte peu l'interruption de Joanne. Elle le fait savoir en tapotant autoritairement du doigt sur le pupitre pour recentrer sur elle toute l'attention. Il lui reste maintenant à développer les deux sujets qui lui tiennent le plus à cœur. Malheureusement, le premier, la lecture philosophique et religieuse, ne semble guère passionner le public, des raclements de chaises commencent à se faire entendre. Travers démontre pourtant assez habilement comment Agatha pose la question du bien et du mal à travers des personnages, comme Miss Marple, empreints de morale chrétienne.

— Le crime reste toujours pour Christie un choix conscient et délibéré.

Répétée plusieurs fois d'un ton crescendo, cette phrase a le mérite de réveiller l'assistance. Travers, telle une diva, consent alors à se lever pour la dernière partie de son discours.

— Toutefois, la principale lecture à mes yeux est féministe. Oui, féministe, car pour son époque Agatha Christie fait preuve d'une grande indépendance, facilitée, c'est vrai, par la fortune rapportée par ses ouvrages, mais ce n'est pas un hasard si son entourage la surnomme « la Patronne ». C'est en réalité une combattante qui a surmonté la vie avec un réel optimisme. Que d'épreuves pourtant ! Trahison de son premier époux qu'elle essaie de conjurer en disparaissant mystérieusement pendant plusieurs jours en 1926, harcèlement continuel du fisc, relations conflictuelles avec sa fille, et jusqu'à son second mari, un archéologue de quatorze ans son cadet, qui bien que partageant sa fortune et ses goûts, ne se privera pas de la tromper. « Mariez-vous avec un archéologue : plus vous vieillissez, plus il vous trouve du charme… » Sa façon à elle de s'en sortir par l'humour, par le haut, toujours ! Agatha s'est toujours méfiée des médias. Parce qu'elle était loin d'être mince et peu à l'aise à l'oral, on l'imagine aisément comme une vieille Anglaise bien élevée, gourmande, s'occupant de sa cuisine et de son jardin. C'est en fait une aventurière qui adore quitter son île. Avec son premier époux, elle fait un tour du monde en dix mois. On est en 1922, n'oubliez pas. Elle pratique le surf à

Honolulu, divorce en 1928, part seule en Irak en 1930, participe à de nombreuses campagnes de fouilles archéologiques, devient richissime, indépendante, une vraie *self-made woman*. Bon nombre de ses personnages féminins sont des femmes intelligentes, complexes et qui mènent leur vie comme bon leur semble, des femmes comme elle en quelque sorte.

Travers a terminé, quelques applaudissements timides se font entendre au fond de la salle. Malheureusement, une jeune fille au premier rang lève la main.

— Je ne suis pas du tout d'accord avec votre dernière analyse, on trouve beaucoup d'épouses très traditionnelles chez Agatha Christie, comme Dolly Bantry dans *Un cadavre dans la bibliothèque*. En fait, elle décrit un système patriarcal mais elle ne va jamais jusqu'à le contester. Ses femmes sont toujours soumises à un devoir de respectabilité envers leurs maris.

Si Travers déteste les critiques, elle adore la controverse. Un échange enflammé s'engage avec l'impertinente, tandis qu'une partie du public se dirige prudemment vers la sortie.

Odile regarde sa montre d'un air contrarié, le programme a déjà pris du retard. Travers a maintenant le chignon en bataille, elle semble intarissable, il sera fort difficile de l'interrompre.

L'arrivée d'un gendarme qui cherche le propriétaire des lieux dispense Archie d'intervenir. Plusieurs personnes regrettent de ne pas pouvoir déjeuner sur place. Comme n'arrête pas de le répéter John : « Une buvette aurait été la bienvenue. »

Odile, que le moindre reproche met au bord des larmes, se sent responsable et plus agitée que jamais.

Les gens s'égaillent dans le parc, on ferme enfin le château au public pour la pause. Jo s'empare d'une pile de sandwichs avant de rejoindre Archie dans la cour.

— Qu'est-ce qu'il voulait ? C'est au sujet d'Iris ?

Le châtelain secoue la tête d'un air contrarié.

— Un problème de stationnement, plusieurs automobilistes se sont garés de façon anarchique sur la route départementale. Si je comprends bien, on aurait dû déclarer cette manifestation à la préfecture. Dieu que c'est compliqué de faire quelque chose dans ce pays ! Il faut que j'en parle à Odile.

— Laisse-la tranquille, ce n'est pas le moment, elle a déjà assez de mal à contenter notre bataillon d'invités, tous plus exigeants les uns que les autres, surtout en ce qui concerne la nourriture.

— On devrait l'aider, non ? suggère mollement Archie en prenant place sur un banc de pierre avec un léger sentiment de duplicité.

La question reste en suspens.

— Et Iris ? s'enquiert Jo plus prosaïque.

— Rien de bien neuf. Son mari dit qu'elle a pris pas mal d'argent liquide et qu'une copine est probablement venue la chercher. Elle a déjà fait le coup une fois au début de leur mariage, ce que Pierrette confirme. Bref, Jean-Paul se donne jusqu'à la fin du colloque pour alerter les flics.

— Demain soir ? Il n'est pas pressé ! Je trouve, moi, cette disparition de plus en plus inquiétante. Je croyais qu'Odile…

— Justement, c'est plus compliqué, la coupe Archie en regardant d'un œil dubitatif le sandwich aux concombres qu'elle a posé près de lui. Travers y a fait allusion tout à l'heure, je parle de la disparition inexpliquée d'Agatha quand son mari a demandé le divorce. Voulu ou non, ça a beaucoup joué à l'époque pour sa notoriété.

— Et alors ?

Jo ouvre des yeux ronds qui n'admettent aucun faux-fuyant.

L'espace d'un instant, Archie l'envie d'être aussi pugnace, courageuse, brutale même dans son incapacité à arrondir les angles. Ça l'agace un peu aussi, lui ne sait pas faire.

— Eh bien, ils sont plusieurs à penser qu'il y a un rapport, justement. Iris copierait Agatha pour faire parler d'elle et pourquoi pas du colloque par la même occasion. Un coup de pub, si tu veux.

— Ça me semble complètement débile. Qui a eu cette brillante idée ?

— Philippe en premier, puis Pierrette et Odile. Bernard ne sait pas trop…

— Naturellement ! Le Poisson gobe mais ne dit rien, rétorque Jo sans ménagement. Et toi ?

Archie soupire. Décidément, cette fille est tout sauf reposante.

— Sans parler de débilité comme toi, je pense aussi que cette analogie est plutôt tirée par les cheveux. En plus, notre romancière préférée a disparu pendant onze jours. S'il faut attendre autant pour commencer les recherches, Iris aura tout le loisir de se décomposer.

Le regard de Jo est cette fois franchement méprisant.

— Pas drôle, pas drôle du tout. Et toi, bien sûr, tu ne dis rien, tu préfères préserver ton petit confort tranquille. Si ces imbéciles croient à un remake stupide de la disparition d'Agatha, je vais leur rappeler qu'à l'époque, les recherches ont démarré tout de suite et déployé des moyens considérables.

Vexé sans le dire, Archie se lève en reposant son sandwich intact.

— N'hésite pas surtout, ça délassera tout le monde de penser à cette histoire, c'est vrai qu'on n'a pas d'autres problèmes à régler. Maintenant, tu voudras bien m'excuser, mais je vais voir ce que deviennent mes chartreux.

Un peu plus tard, dans le hall, il se cogne presque à Poisson numéro deux. Dominique relit ses notes d'un air inquiet en faisant les cent pas. Il a peur de ne pas être à la hauteur.

L'Écossais, au contraire, semble avoir retrouvé sa bonne humeur en même temps que quelques verres de bon vin partagés avec Tropor pendant la pause. Sans le soutien de sa femme ou à cause d'un certain excès, l'acteur vacille légèrement, présente ses excuses à la Dame aux Mille Regards, qu'il doit prendre pour quelqu'un en chair et en os, et finit par s'installer lourdement au fond de la salle.

L'assistance en ce début d'après-midi n'est pas franchement fournie.

Après avoir jeté un regard inquiet à droite et à gauche, Dominique, oubliant de se présenter, se lance dans sa démonstration.

— Agatha Christie avait une connaissance précise des poisons. Elle n'utilisa qu'une seule fois un médicament inventé pour tuer un de ses personnages dans *Le miroir se brisa*. Bien qu'ayant souvent eu recours à des poisons classiques comme l'arsenic ou le cyanure, elle a employé une grande variété de composés mortels. Beaucoup sont des médicaments aujourd'hui disparus en raison de leur toxicité ou de leur faible intérêt thérapeutique.

Le ton de l'orateur s'affirme au fur et à mesure du discours.

De son côté, Bernard s'emploie à distribuer un tableau des différents poisons élaboré par son cousin. Dans son enthousiasme de débutant, le pharmacien a vu large : le paquet de photocopies est volumineux et le pauvre Bernard se demande avec anxiété dans quelle corbeille il va pouvoir se débarrasser discrètement des documents en excès pour ne pas froisser son ami.

Travers jubile, contente d'être passée la première. Les digestions sont toujours redoutables. L'acteur à côté d'elle vient d'ailleurs de s'assoupir.

Dominique continue son exposé, et si Bernard admire le ton velouté de sa voix, une partie de l'assistance commence à bâiller.

— D'autres procédés se retrouvent dans notre médecine moderne, morphine, ésérine, digitaline, atropine, barbituriques, pour ne citer qu'eux, ainsi que des poisons plus inhabituels comme la nicotine ou la ricine. Surtout, la romancière a compris que c'est le dosage qui fait le poison. À cet égard, c'est sûrement le roman *Cinq petits cochons* qui illustre le mieux son souci d'exactitude scientifique. Les effets de la ciguë, mais aussi son goût et son temps d'action, sont parfaitement maîtrisés pour cadrer avec l'énigme.

Si Bernard garde la bouche ouverte pour ne rien perdre de la démonstration, Joanne n'écoute plus que d'une oreille distraite, préférant suivre les déambulations de Denise Leblanc qui semble prendre un plaisir pervers à examiner les moindres recoins du château.

— Deux jours, c'est sûrement trop, lui glisse Eliot en aparté. On va avoir du mal à conserver l'attention du public. Au fait, malgré notre vigilance, Pierrette vient de constater qu'un petit malin a volé un roman exposé dans la bibliothèque et je te fiche mon billet que tu ne devineras pas lequel !

— Comment veux-tu ? J'espère qu'il n'a pas trop de valeur...

— *Un meurtre sera commis le...*, évidemment ! Mes potes pensent aussi qu'un genre d'*escape game* sera mis en place avant la fin du week-end.

Sa sœur lui adresse un regard désapprobateur.

— Je ne trouve pas ça drôle ! J'espère que tu n'es pas dans les coulisses de cette idiotie.

— Au lieu d'être désagréable avec tout le monde pour je ne sais quelle raison, tu ferais mieux de donner un coup de main pour le vidéoprojecteur de John.

— Il ne peut pas l'installer lui-même ?

— Non, dit celui-ci en surgissant derrière elle et en lui serrant le bras avec une insistance suspecte, j'ai besoin d'une aide pour projeter pendant que je parle. Si l'aide est jolie, c'est mieux !

— Désolée, j'ai mieux à faire.

Jo s'enfuit en se dégageant brusquement, un geste de gamine, elle le regrette presque. Pas tout à fait pourtant, ce John peut être redoutable. Le voilà maintenant qui se rabat sur Odile. Celle-ci part dans tous les sens comme une abeille butineuse pour brancher la prise, tirer le fil, incliner l'écran, redresser une chaise. Cette bienveillance mielleuse l'irrite, lui fait penser à la fable du corbeau et du renard.

Bassesse de la flatterie et des courbettes, bassesse de celui qui l'accepte, on se croirait à la cour de Versailles !

McGregor entre en scène pour la dernière intervention du jour. Après la prestation soporifique du pharmacien, il sait qu'il sera le meilleur. Il n'a rien à craindre et, contrairement à Travers, préfère terminer le cycle de conférences. Avec le dernier on prend son temps, on peut discuter, admirer, approfondir. C'est lui le spécialiste incontesté, il sait qu'il va dérouler son histoire en savourant l'attention, le silence déférent de ceux qui boivent ses paroles. John aime parler, c'est son métier, c'est ce qu'il fait de mieux. Dans sa bouche, la phrase veut toujours dire plus que ce qu'elle ne dit vraiment. Tel un spécialiste monomaniaque, il utilise des notions pointues, teintées parfois de cette légère condescendance qui rend le public plus admiratif.

— J'ai ordonné les principaux romans d'Agatha Christie dans le tableau projeté à l'écran selon les lieux du crime, lieux identifiés, lieux imaginaires, non identifiés ou encore hors de l'Angleterre.

John est très fier de ce tableau complexe que seuls les premiers rangs arrivent à déchiffrer correctement.

— Sur soixante-six romans, cinquante-cinq se déroulent au Royaume-Uni et plus précisément en Angleterre. Ces romans se partagent de façon très équitable entre la ville et la campagne. Une dizaine ont un déroulement géographique assez flou, dans une périphérie plus ou moins lointaine de Londres. J'ai dû également tenir compte de nombreux lieux fictifs. Par exemple, le village imaginaire de Miss Marple, St Mary Mead, se situerait dans le Berkshire. Sur douze romans, celle-ci ne séjourne qu'une seule fois à Londres, dans *À l'hôtel Bertram*, et ne quitte qu'une seule fois le sol anglais pour un séjour aux Antilles dans *Le major parlait trop*. On peut remarquer en outre que ses lieux de prédilection sont les presbytères. Même s'il voyage davantage, le grand détective ne bouge guère plus, puisqu'il reste à Londres dans onze de ses romans. Vous remarquerez que dans une vingtaine de romans, l'intrigue se situe dans une vaste demeure familiale située dans la campagne anglaise. Toutefois, les huis clos de la romancière ne sont pas forcément immobiles puisqu'ils prennent parfois la forme de moyens de locomotion, trains, bateaux, plus rarement avions. Ainsi, au-delà des multiples péripéties, l'essentiel de l'investigation pour démasquer le criminel se déroule le plus souvent dans un fauteuil, devant un chocolat chaud pour Poirot ou une tasse de thé pour Miss Marple.

Cette fois, les applaudissements ne sont pas feints, plusieurs personnes, surtout des femmes, se précipitent vers le pupitre pour demander des précisions ou des références, dans le but probable d'un aparté avec l'Écossais.

Peu rancuniers ou libérés de leur propre terreur, les deux pharmaciens battent des mains avec entrain.

— Brillant, il faut que je me procure ce tableau pour la médiathèque, s'écrie Odile, encore rougissante de sa contribution, aussi maigre soit-elle, à la conférence du spécialiste écossais. J'imagine qu'il faudra d'une façon ou d'une autre l'insérer dans nos actes.

— Original, concède Jo du bout des lèvres en l'observant d'un œil critique.

Nos actes ! Elle s'y croit, ma parole. Incroyable comme les gens aiment se faire manipuler.

— Que d'ébahissements, mes amis, gardez-en un peu pour mon intervention de demain, c'est autre chose, croyez-moi !

Denise ponctue sa tirade d'un petit coup de gant sur l'épaule d'Odile avant de se fondre dans le public qui sort en ordre dispersé.

— Quelle peste, celle-là !

Cette fois, Pierrette met tout le monde d'accord.

— Allons, dit Odile pour reprendre ses troupes en main, il est déjà 18 heures, n'oubliez pas que nous devons finir la préparation du dîner de gala et, franchement, j'aimerais bien faire un brin de toilette pour faire honneur à nos invités.

« Dîner de gala », « brin de toilette », mais qu'est-ce que je fous ici ?

Joanne se sent brusquement aussi seule qu'un dromadaire sur la banquise.

Mais le pire. Le pire, l'incompréhensible, c'est qu'elle a presque envie de pleurer.

11

Tout le monde semble avoir fait un effort vestimentaire pour sacrifier aux mondanités de circonstance. Odile en particulier. Elle rayonne dans une robe noire assez courte qui dévoile sa peau laiteuse et met ses jambes en valeur. La gent masculine ne s'y trompe pas, John le premier qui se penche vers elle avec suffisamment d'admiration séductrice pour la flatter sans l'offusquer. Archie n'est pas loin, en embuscade, semble-t-il, lui aussi.

Il doit penser qu'elle porte trop souvent des pantalons. Les hommes sont des séducteurs et les femmes manquent de discernement.

Jo, agacée, détourne son regard pour poursuivre l'examen critique de l'assemblée. Tropor, sa femme et Pierrette discutent théâtre en vidant les réservoirs de leurs souvenirs. L'acteur porte un costume bordeaux un peu ridicule dont la couleur s'accorde avec ses joues tombantes irriguées de veinules incendiaires.

Le coin des vieux.

La réflexion est cruelle, mais Jo ce soir est sans concession.

Philippe est en grande discussion avec Travers qui a de nouveau les cheveux défaits. Elle les secoue d'ailleurs vigoureusement à chacune de ses assertions.

— Je n'ai pas abordé le sujet ce matin, mais je suis d'accord avec plusieurs experts qui considèrent que sa production a peut-être été altérée en fin de vie par les conséquences d'une maladie d'Alzheimer. Ses deux derniers romans écrits à quatre-vingt-un ans, *Une mémoire d'éléphant*, et à quatre-vingt-deux ans, *Le Cheval à bascule*, sont lourds et confus, remplis d'incohérences quant à l'intrigue et aux personnages. Curieusement, ces livres évoquent longuement les problèmes de mémoire de personnes âgées, reléguant parfois l'intrigue au second plan.

Philippe la relance, plus intéressé apparemment par la maladie d'Alzheimer que par ce qu'elle vient de révéler sur la fin de vie de la romancière. Contente de cette attention soutenue, Travers se permet quelques petits rires pointus qui dévoilent ses gencives anémiques.

Un verre à la main, Denise Leblanc fait le tour de la table pour repérer sa place, elle échange rapidement son carton avec un autre. Ce manège ne manque pas d'intriguer Joanne.

Quelle drôle de femme, jamais satisfaite de sa condition, toujours à la recherche d'autre chose.

Près de la desserte, les deux pharmaciens aident Eliot à confectionner les timbales de poisson. Pour faciliter le service, les scones au cheddar et fines herbes sont déjà positionnés sur les assiettes. Chemise blanche et pantalon sombre pour Bernard, polo noir à col roulé et jean clair pour Dominique, qui raconte une anecdote de circonstance.

— Ça me rappelle ce que dit Poirot à peu de chose près dans *Je ne suis pas coupable* : un empoisonnement est très facile. Vous faites votre pile de sandwichs. Dans l'un d'eux, vous avez mis le poison. Vous tendez l'assiette. Entre gens bien élevés, vous pouvez être certain que la personne qui se sert va prendre le premier sandwich devant elle.

Jo cette fois sourit. Mis à part son frère, ces deux-là sont ses préférés, ou du moins ses protégés, si elle veut être tout à fait franche avec elle-même.

Ils sont modestes et fiers. Ils ont la délicatesse du secret et du non-dit, une connivence et une espèce de sagesse raisonnable qui ne réclame ni honneur ni consécration.

Archie lui tend une coupe de champagne, son regard est tout sauf indifférent.

— Quelle mine sombre, ma chère, personne ne trouve donc grâce à tes yeux ?

— Une société bien hétéroclite, se contente-t-elle de répliquer.

— Que tu devrais apprécier puisque tu aimes l'esprit patchwork à ce que je vois.

Il fait allusion à sa robe composée de tissus de couleurs et longueurs différentes, qui jure avec la sobriété relative du reste des invités.

— Elle ne te plaît pas ? Trop gaie peut-être pour ton vénérable château ?

— Je dirais plutôt trop insolente, ne se livrant que peu à peu et jamais tout entière.

Il a mis du temps à répondre, Jo sait comme lui qu'il n'est plus question de vêtement. Ils se regardent sans sourire, c'est plus profond que ça.

C'est le moment choisi par Odile pour tapoter sur son verre et lancer les festivités.

— Portons un toast à la réussite de cette première journée, à vos précieuses interventions, à votre aimable présence et bien sûr à notre romancière préférée !

Elle bredouille un peu, troublée par la vision d'Archie et Jo, dont elle ne parvient pas à décrypter l'attitude exacte. Ça l'agace. Comme tous les timides, elle s'était exercée plusieurs fois devant sa glace, le discours devait être un peu plus long et se terminer par le fameux *cheers* anglais.

Heureusement, John lui sert à boire, ce qui lui permet de retrouver rapidement une contenance. Elle prend soin toutefois de n'avaler qu'une gorgée infinitésimale de champagne pour garder la tête froide.

Tout le monde n'a pas cette prudence.

Tropor boit sec, l'Écossais aussi. De ce côté-là, Travers n'est pas en reste.

Pierrette annonce le menu avec cette fausse fierté qui n'appartient qu'aux cuisiniers aguerris : « Scones au cheddar et fines herbes, turbot en gelée, roast beef accompagné d'un Yorkshire pudding, Stilton et lemon cheesecake ».

Ces agapes ayant fait l'objet entre eux d'interminables discussions, Jo en connaît la liste par cœur. Elle s'interroge en revanche pour savoir qui peut être à l'origine du plan de table. Odile trône tout au bout, entourée de John et d'Archie. La médiathécaire est trop effacée et surtout pas assez rouée pour s'octroyer d'autorité cette place d'honneur. Joanne pense avec une certaine contrariété que le châtelain en est plus probablement le principal instigateur. Elle-même se retrouve sur le côté droit, coincée entre Eliot qui termine la rangée et la femme de l'acteur.

Le coin des insignifiants.

La réflexion cette fois l'amuse, au moins elle ne sera pas obligée de faire des efforts de conversation.

— Oh, nous sommes treize à table, remarque justement Irène Tropor en comptant comme une enfant sur ses doigts.

— Présage de mort, ricane Denise Leblanc qui, du fait du changement de cartons se retrouve à côté de Philippe.

— Cette superstition vient de la religion chrétienne et fait référence à la Cène, ultime repas de Jésus et de ses douze apôtres, s'empresse d'expliquer celui-ci, qui ne manque jamais une occasion de briller. De nos jours, on n'y croit plus guère.

— Quoi qu'il en soit, elle perdure tout de même, ne peut s'empêcher de relever l'acteur en dépliant sa serviette. Pas de rangée 13 dans les avions et pas de chambre 13 dans la plupart des hôtels.

— Qui peut croire de telles balivernes ! rétorque vertement Travers qui termine la rangée de gauche. Elle pousse légèrement sa chaise pour permettre à Pierrette de glisser son fauteuil roulant à côté d'elle. Son mouvement un peu brusque a pour effet de renverser simultanément le grille-pain et la carafe d'eau posés sur la desserte le long du mur. Un grésillement, quelques étincelles et la tablée se retrouve plongée dans l'obscurité. Tout cela en l'espace de quelques secondes, suffisamment pour que les plus avertis pensent au roman *Un meurtre sera commis le...* et à la lettre anonyme y faisant référence.

Heureusement, la porte de la cuisine reste entrouverte. Cette fois, aucun coup de feu n'accompagne la coupure de courant.

À défaut de torche, Jo a allumé son portable, plusieurs convives ont fait de même.

— Pas de panique, le disjoncteur a coupé, je vais le réarmer.

La voix d'Archie est calme. Au passage, il touche l'épaule de Jo, la chaleur de sa main est rassurante.

Eliot se lève à son tour, il a le réflexe de débrancher le grille-pain.

— Je t'accompagne.

Évidemment, le pauvre a surveillé le tableau électrique toute la journée à cause de cette menace absurde, il en fait une affaire personnelle.

L'installation électrique du château n'est pas des plus modernes, un défaut d'isolement de la prise est sûrement à l'origine du court-circuit. Rien d'étonnant en soi. Archie pousse un juron en entrant dans le placard, son pied vient de glisser sur des cailloux qui crissent sous son poids. Tout en examinant le tableau électrique, il ne peut s'empêcher de penser que l'un d'eux a voulu rejouer à sa façon l'intrigue du roman en reprenant à son compte les mêmes éléments : eau et fil électrique probablement dénudé.

La maladresse de Pierrette n'est pas seule en cause, ça tombe trop bien ! Il faut que je sache qui a placé ce grille-pain et cette carafe sur la desserte juste derrière elle. Pas besoin d'être bien malin pour comprendre que ça allait créer tôt ou tard un incident de ce genre.

Brusquement, cette question lui paraît essentielle.

À l'aide de son portable, Eliot éclaire tant bien que mal le réduit placé en dessous de l'escalier. Archie n'éprouve aucune difficulté pour réarmer le disjoncteur. La lumière revient immédiatement et, au soulagement éprouvé, il mesure l'angoisse sournoise qui le tenaillait. Soulagement hélas de bien courte durée. Eliot s'agrippe brusquement à lui. Le gamin semble complètement tétanisé, il roule des yeux effarés, son visage blême, décomposé, reflète à la fois étonnement, incompréhension et effroi.

Archie se retourne, plein d'appréhension. Malgré son self-control, il ne peut retenir un sursaut d'horreur.

Là, tout au fond du placard, sous la montée des marches, gît une forme humaine qui a déjà la rigidité mais aussi la couleur plombée et verdâtre des cadavres. En dépit de la position absurde, des cheveux englués de sang et de la bouche ouverte comme dans un cri de surprise ou de souffrance, le visage d'Iris est reconnaissable entre tous.

Hélas, sa mort ne fait non plus aucun doute.

Archie est anéanti. Dégoût, indignation et colère le submergent. La sidération l'emporte tout d'abord sur toute espèce de raisonnement. À peine a-t-il le réflexe d'entourer Eliot de son bras, autant pour l'empêcher de voir l'innommable que pour le réconforter. Il referme la porte du placard d'un coup sec et s'empresse d'entraîner le jeune homme dans le salon.

Pas question d'en parler aux autres pour l'instant !

C'est sa première pensée cohérente, taire la nouvelle aussi longtemps que possible.

— Est-ce qu'Iris est...

— Oui, on ne peut plus rien pour elle.

— Mais... Je ne comprends pas... Plusieurs fois dans la journée, comme tu me l'avais demandé, j'ai vérifié le tableau électrique, elle n'était pas là, j'en suis certain, je l'aurais vue...

Archie n'a pas plus d'explications à fournir. Ce qu'il pressent par contre, c'est qu'ils sont tous dans un foutu pétrin, lui en particulier. Iris a disparu depuis deux jours, personne n'a jugé bon de le signaler et son cadavre gît maintenant dans un placard de son château.

Quelle embrouille ! Le salaud qui a fait ça ne l'emportera pas au paradis !

Brusquement, l'évidence lui saute aux yeux. Une espèce de fulgurance.

C'est l'un de nous obligatoirement !

Quand il pense « nous », c'est aux membres du club qu'il fait allusion. Il regarde Eliot avec compassion, le pauvre gosse est encore sous le choc.

— Tu es sûr de ça ? lui demande-t-il prudemment. Prends le temps de réfléchir, quand y es-tu allé en dernier ?

— Après la conférence, le public partait, il devait être près de 18 heures. Je n'ai pas regardé spécialement dans le coin, mais je l'aurais vue évidemment. Oh, c'est horrible, on l'a jetée là comme un paquet de linge sale...

Archie a le visage dur, il regarde l'adolescent pour mieux le jauger.

Le traumatisme en ébranlerait plus d'un, c'est encore un gamin, puis-je lui imposer cela ? Lui demander de se taire, de faire semblant, de cacher ses émotions, de prendre sur lui pendant encore quelques heures ? En un mot, puis-je lui faire confiance ?

— Qu'est-ce qu'on fait ? demande fort justement son compagnon. Il faut prévenir la police, non ?

Archie prend sa décision.

— Bien sûr, c'est ce qu'on fera, mais si tu le veux bien, pas tout de suite. De toute façon, ça ne changera malheureusement plus rien pour Iris.

Eliot lui lance un regard interrogateur. Interrogateur et confiant. C'est ce qui conforte Archie, le pousse à préciser sa pensée.

— Tu sais, je réalise que celui – ou celle – qui a commis cette horreur doit être l'un de nous. Il y a de fortes probabilités, en tout cas. Il y a donc parmi les convives quelqu'un qui attend notre retour en sachant pertinemment ce qu'on a vu, tu me suis ?

— Je crois... Tu veux qu'on se taise en espérant qu'il se découvre de lui-même, c'est ça ?

— À peu de chose près, oui. La personne en question va s'étonner de notre silence, elle va s'interroger, s'inquiéter peut-être, retourner voir dans le placard au besoin, et là, on la coincera !

— Il peut aussi ne rien se passer si elle a beaucoup de sang-froid.

— Sûrement, mais nous on sait, alors on va guetter leurs réactions. On a un coup d'avance, on doit en profiter. Le moindre geste peut être révélateur, on doit jouer de cette opportunité. Tu me comprends ?

L'idée d'endosser le rôle de détective détourne un peu Eliot de la vision macabre des choses.

— On ne prévient pas les gendarmes, alors ?

— Dès que nos invités auront rejoint leurs chambres, on mettra les autres au courant et on appellera les flics. On aura des tas de décisions à prendre, comme annuler la journée de demain, mais avant, tâchons d'y voir plus clair. Tu te crois capable de jouer cette comédie pendant quelques heures ?

Eliot est franc.

— Manger, je ne crois pas. C'est la première fois que je vois un mort. Pour de vrai, je veux dire... quelqu'un que je connais. Mais promis, je ne dirai rien, même à Jo... ?

— On ne peut pas se le permettre, les autres s'en rendraient compte. Bon, tu as bien compris, dès que quelqu'un sort pour aller aux toilettes, fumer ou je ne sais quoi, l'un de nous le suit. En attendant, on va bloquer un peu mieux la porte du placard.

Archie s'empare du gros rouleau de scotch qui a servi à afficher le programme des conférences et l'applique autour de la poignée en plusieurs endroits stratégiques.

— On y va, mon garçon, essayons d'être convaincants.

— Dis-moi une dernière chose, tu soupçonnes quelqu'un en particulier ?

Archie secoue la tête, désemparé.

— Non, je t'assure que non. Ce qui vient d'arriver est totalement incompréhensible, inimaginable et complètement tordu, mais c'est arrivé, alors on ne peut rien exclure et c'est bien ça la difficulté.

Ils croisent Philippe sur le seuil de la cuisine.

— Ah, tout de même ! Qu'est-ce qui se passe ? La lumière est revenue depuis un bon bout de temps, j'allais voir si vous aviez besoin de renfort.

— Tout va bien, on a préféré vérifier deux, trois trucs pour éviter que ça recommence.

— Dépêchez-vous. Désolée, on ne vous a pas attendus pour commencer car le roastbeef va être trop cuit, les presse Pierrette qui circule autour de la table en enlevant les assiettes à la manière d'un prestidigitateur chevronné.

Pourquoi lui confier le service alors qu'elle est handicapée ?

Eliot pense qu'il va avoir du mal à jouer son rôle, la moindre broutille lui semble maintenant équivoque. Il repousse la timbale de poisson d'un air écœuré.

— Tu n'aimes pas ? s'étonne Jo, toujours attentive.

— J'ai peut-être abusé des cocktails, admet-il en rougissant.

Heureusement, sa sœur a autre chose en tête, elle renchérit :

— Tu n'es pas le seul, regarde Tropor et surtout Travers. Celle-là ne doit pas avoir l'habitude de boire, elle se tortille depuis un moment sur sa chaise et salive comme une limace, c'est dégoûtant.

En effet, l'insupportable conférencière ne semble pas au mieux de sa forme. Ses gestes sont encore plus brusques que d'habitude, elle vient de renverser son verre de vin et des larmes d'agacement bordent ses paupières.

Est-ce là le geste révélateur qu'attendait Archie ?

Le regard du garçon va de Travers au châtelain, celui-ci reste de marbre.

Aucun signe d'inquiétude apparent parmi les autres convives.

Denise Leblanc dirige sans nul doute la conversation.

— Comme je vous l'ai déjà dit, depuis le Covid je suis frappée d'une perte de goût, une agueusie totale. Ce soir, pour la première fois, je m'en félicite car j'avoue que, pour ma part, je n'ai jamais apprécié la cuisine anglaise.

John s'amuse à la contredire en considérant que bien souvent la cuisine française est elle-même surestimée. Il parle de cuisine avec des propos ambigus qui pourraient davantage s'appliquer aux femmes.

Jo éprouve une fois de plus un peu de pitié pour Odile qui ne semble rien comprendre au double jeu du séducteur et garde un air passablement stupide.

Par un évident effort de volonté mais non de politesse, Travers s'insère dans la conversation.

— Je ne sais pas si c'est à cause de la cuisine anglaise, je ne trouve pour ma part rien de bon dans ce repas.

Le coup de bec est méchant même si sa voix pâteuse manque pour une fois de sonorité. Pierrette, très chatouilleuse sur ses talents culinaires, ouvre la bouche pour protester, mais Jo la devance avec son air des mauvais jours.

— Sauf le vin, j'imagine !

Quelques rires discrets se font entendre, le Yorkshire pudding arrive à point pour détourner l'attention. Bernard engloutit trois bouchées, dédaignant le persil qui le décore. Il doit absolument se rendre aux toilettes, sa vessie va exploser. Il se lève, fait mine de chercher du pain, sort en se faufilant, espérant ne pas se faire remarquer des autres. Après un bref coup d'œil vers Archie, Eliot lui emboîte le pas.

Le pharmacien fait partie de ces gens qui considèrent les besoins dits naturels comme très embarrassants. Ne pas être entendu lorsqu'il est installé sur le siège des toilettes, le bruit, l'odeur, le fait de savoir que d'autres personnes attendent, y aller sans être vu d'autrui, tout cela a depuis sa petite enfance constitué un réel souci, une peur irrationnelle d'être jugé négativement, une véritable phobie ayant bien souvent nui à sa vie sociale. La présence d'Eliot derrière lui suffit à le bloquer. Après avoir tourné vainement dans le hall, il se décide à rejoindre la tablée.

Un peu plus tard, au moment du dessert, c'est Travers, depuis un moment à moitié endormie sur sa chaise, qui semble éprouver une envie pressante. Elle se lève avec difficulté, sa démarche est chancelante, sa respiration sifflante. Philippe s'empresse de lui venir en aide, elle s'agrippe à lui sans trouver la force de serrer son bras, ouvre la bouche sans parvenir à articuler quoi que ce soit, ses yeux sont exorbités, elle semble consciente mais incapable physiquement de se ressaisir, elle s'écroule sur le sol en crispant ses membres. On essaie de la relever, les deux pharmaciens se précipitent, chacun y va de son conseil.

Dominique se penche sur elle, secoue la tête d'un air incrédule.

— Elle est morte !

12

— Quel est votre sentiment, major ?

Lionel Hugon, commandant de la communauté de brigades de Montsalvy-Puycapel se serait bien passé de cette question posée par le procureur d'Aurillac.

— Mon rapport...

— Depuis le temps qu'on se connaît, vous savez que je préfère toujours l'oral à l'écrit. Alors, ce sentiment ?

Hugon, que ses collègues surnomment en aparté « Butternut » en raison de son corps trapu, ses jambes courtes et sa tignasse cuivrée, n'a rien d'une courge, bien au contraire. C'est un tenace qui ne lâche jamais une enquête, ne compte pas ses heures, va au bout de ses convictions et sait se faire respecter. Aujourd'hui, il demeure dans l'expectative.

— C'est une sale affaire, compliquée en apparence, mais ce n'est pas ce qui m'ennuie le plus. Voyez-vous, ce sont surtout... eux ! Ces gens. Les personnes impliquées, je veux dire. Ils sont tous complètement piqués avec cette manie de se prendre pour les meilleurs criminologues du monde parce qu'ils ont lu tous les bouquins de cette romancière anglaise. Impossible de mener à bien un interrogatoire sans qu'ils vous citent le titre d'un de ses romans à la noix et vous indiquent au moins dix façons de procéder. Ils sont dans un autre monde, m'appellent de façon incongrue « inspecteur » ou « détective », font référence à des tas d'anecdotes insensées et n'arrêtent pas de brouiller les pistes. Voyez-vous, monsieur le procureur, c'est ça qui me gêne le plus car c'est forcément l'un d'eux qui a fait le coup, ou peut-être même deux d'entre eux.

— Vous en êtes sûr ?

— Pour ça oui ! Malgré l'ouverture du château pour leur fameux colloque, l'enquête judiciaire en cours a montré que les deux meurtres ont eu lieu après 18 h 30, donc après le départ du public.

— Justement, prenons le premier. Cette femme, Iris Santoire, elle faisait bien partie de l'organisation ?

— Oui, mais elle a disparu le vendredi matin après le petit-déjeuner et n'a pas participé au colloque. Disparition qui, entre parenthèses, n'a pas été signalée à la gendarmerie, ni par le mari, ni par un membre de la famille ou un organisateur. Si elle n'avait pas été retrouvée morte le samedi soir, nous ne serions toujours pas au courant.

— Quelles sont leurs explications ? J'imagine qu'ils en ont...

Le major se permet un léger ricanement.

— Pour sûr, le mari plaide la querelle familiale sans gravité, sa femme allait revenir, elle voulait juste se faire prier. Quant aux autres ! Les élucubrations commencent, tenez-vous bien. Elle aurait voulu imiter la disparition inexpliquée en son temps de leur idole, on parle quand même de l'année 1926 ! Tout ça n'a aucun sens, mais ils s'en tiennent mordicus à cette interprétation.

— Son corps a été découvert dans un placard le samedi soir vers 22 heures, c'est ça ? Un grand placard d'après le substitut.

— Oui, monsieur le procureur, le substitut a raison ! Ce n'est pas un placard de cuisine comme j'ai chez moi mais un placard de château, et je peux vous certifier que ça n'a rien à voir. Situé sous le grand escalier, ce placard fait facilement dix mètres carrés, on peut y tenir à quatre sans se gêner.

Le procureur s'empare du rapport parsemé de Post-it de différentes couleurs.

— Voyons. Selon le médecin légiste, « un seul coup a été porté à la victime. Toutes les traces se situent dans une position basse. La victime était au sol quand elle a été frappée au niveau de la partie occipitale ». Il précise : « Au moment du coup, la personne était sur le ventre pour que l'auteur puisse atteindre cette région, d'un coup de haut en bas, par-derrière. L'auteur des faits se trouvait sans doute à l'entrée du réduit et devait chevaucher la victime lorsqu'il a frappé. » Aucun doute, selon lui, c'est bien ce traumatisme majeur du crâne et du cerveau qui a entraîné la mort aux alentours de 20 heures. Le coup a été porté avec un objet contondant. Vous n'avez encore rien trouvé de ce genre ?

Le major secoue la tête avec une lueur d'irritation dans le regard.

— Non, les perquisitions n'ont rien donné de ce côté-là. En revanche, on m'a suggéré des tas d'objets invraisemblables allant d'un club de golf à la barre à mine, en passant par une lourde meule antique, un marteau à sucre et, le summum, tenez-vous bien, une boule de métal issue d'un pare-feu, que l'on aurait ensuite fixée au manche d'une raquette de tennis !

Le procureur ne peut s'empêcher de sourire.

— Cela me rappelle en effet certaines énigmes d'Agatha Christie. Je suis d'accord avec vous sur ce point, major, nous ne sommes plus à l'ère victorienne, il nous faut chercher quelque chose de plus moderne, peut-être une matraque, un coup-de-poing américain, un nunchaku ou une statuette, il ne doit pas en manquer à La Rochette...

— La seule statue que j'ai vue là-bas doit peser une tonne, mais on continue les perquisitions et on trouvera.

— Je n'en doute pas ! D'après le substitut, l'examen du placard n'a rien donné de probant, une collection de vieilles bottes, chapeaux, vestes et imperméables appartenant au châtelain, ce de La Rochette, et un collier de perles éparpillées, provenant, lui, du coup reçu par la victime. Ah oui, celle-ci était vêtue d'un tailleur que personne apparemment n'a reconnu, vous en savez plus là-dessus ?

Hugon se permet un petit rire. L'achat compulsif de vêtements, il connaît, c'est la passion de sa femme.

— Rien de mystérieux, elle l'avait acheté le jeudi précédant à Aurillac, chez Bebsy, une boutique de prêt-à-porter. Un tailleur gris assez ordinaire. Elle avait précisé à la vendeuse qu'elle ferait elle-même les retouches nécessaires car elle était pressée.

— Vous avez resserré un peu la liste des suspects ? reprend le procureur en compulsant ses notes. Je vois deux noms qui ressortent en particulier.

Hugon soupire bruyamment.

— Ce n'est pas aussi simple, c'était avant le rapport du légiste. Celui-ci montre maintenant clairement que, vu la position de la victime, le coup ne demandait pas une force phénoménale, on ne peut donc exclure personne, ni femme, ni jeune, ni senior.

— Il y a une personne handicapée, je crois ?

— Oui, j'ai interrogé le légiste là-dessus. Pour lui, ce n'est pas forcément incompatible.

— Le mari, Jean-Paul Santoire, ne fait pas partie de votre liste, à ce que je vois ?

— Pour l'horaire qui nous intéresse, il était chez sa belle-mère afin de récupérer ses enfants, un alibi parfait. Maintenant, il peut avoir un complice qui a agi pour lui, on ne peut rien exclure.

— Vous avez tout de même mis en exergue deux noms…

— Exact, Eliot Servier et Archibald de La Rochette. Ce sont eux qui ont découvert le cadavre vers 22 heures. La découverte en soi est plausible, puisqu'il s'agissait de remettre en marche le disjoncteur suite à une coupure de courant. Par contre, le reste est beaucoup plus difficile à digérer. Imaginez un peu, ces gens-là découvrent le cadavre de leur amie et retournent tranquillement dîner sans parler de quoi que ce soit, ni à nous ni aux autres !

— Le compte rendu d'interrogatoire indique qu'ils « voulaient jouer les détectives, débusquer le criminel ». C'est bien cela ? C'est leur défense ?

— Ils appellent ça « jouer à Poirot », moi je dis que c'est du foutage de gueule, excusez l'expression. Le petit jeune a beau dire qu'il était d'accord, je reste persuadé que c'est de La Rochette qui a pris seul cette décision absurde. Ils jurent qu'ils attendaient la fin de la soirée pour nous avertir. Franchement, j'en doute. Ces gens-là ont trop le goût du secret.

— Quand vous dites « ces gens-là », vous parlez des organisateurs ?

Hugon prend un air embarrassé.

— Je parle surtout du châtelain. Je sais, préjugé de classe, vous allez dire, mais à supposer qu'il n'ait rien à voir dans les meurtres, j'ai dans l'idée qu'il regrette moins les cadavres que la mauvaise publicité faite à son château.

Le procureur balaie ces arguments d'un geste de la main.

— Ce ne sont pas les impressions qui m'intéressent, a-t-on quelque chose de concret à se mettre sous la dent ? Un mobile par exemple. Quelles étaient ses relations avec la morte ?

— Rien à creuser de ce côté-là. Vous savez, Marcolès est un petit village et le brigadier Bernier, natif de là-bas, sait faire parler les gens.

Le major secoue une fois de plus la tête, ses cheveux forment une sorte de casque orangé qui vacille de gauche à droite comme le balancier d'une grosse pendule.

— *Quid* des autres organisateurs du colloque ?

— Là-bas, on les appelle et ils s'appellent d'ailleurs eux-mêmes les « membres du Club du mardi », encore un truc par rapport à leur marotte. Tous des gens apparemment sans histoire, des passionnés un peu obnubilés par les crimes de papier mais pas vraiment méchants. Des associatifs, en quelque sorte. On en connaît plein des comme ça dans la région, qui permettent de faire vivre le sport, la solidarité ou la culture en rompant la monotonie. Le mobile du meurtre d'Iris Santoire est visiblement ailleurs. Pour l'instant, il m'échappe complètement.

— Pour autant, contrairement à l'autre victime, la liste des suspects ne comprend que les sept membres du club, pas les invités.

— Je veux bien reconnaître qu'ils étaient aussi sur place, mais aucun d'eux ne la connaissait mis à part Dominique Poisson, qui l'a croisée pendant une demi-heure à la médiathèque le jeudi soir. C'est maigre, non ?

— Ce Poisson, reprend le procureur toujours plongé dans ses notes, vous le citez aussi pour l'autre victime, il me semble, mais bon, on en reparlera tout à l'heure. Finissons avec Santoire. Aucun mobile évident donc, mais qu'en est-il de l'emploi du temps de tout ce petit monde pendant l'heure qui nous intéresse, disons autour de 20 heures ? Ne me dites pas qu'ils étaient tous chez la belle-mère avec le mari !

Hugon ne relève pas la plaisanterie du procureur. Le major déteste les subtilités de langage et les jeux de mots qui font valser ses certitudes et ses repères.

— Prenons d'abord les « découvreurs », dit-il avec une certaine raideur. Eliot Servier certifie que le placard était vide vers 18 heures, dernière fois où il a jeté un coup d'œil dedans puisqu'il était chargé de sa surveillance à cause de cette histoire de lettre anonyme.

— Ah oui, c'est cela, le substitut l'a aussi évoquée !

Le procureur s'agite et cherche « la pièce à conviction ».

— Je savais que nous passions sur quelque chose d'essentiel, vous êtes d'accord avec moi, major ?

— Pour la lettre anonyme ? suggère Hugon peu convaincu.

— Mais oui, c'est formidable ça, on nous annonce le drame, ou plutôt une partie seulement de celui-ci et ce n'est peut-être pas innocent : « Un meurtre sera commis le... samedi 14 avril » ! Que savez-vous là-dessus ?

N'ayant jamais pris cette missive réellement au sérieux et n'ayant, de ce fait, pas mobilisé son équipe dessus, Hugon est ennuyé. Il se contente de rappeler que deux courriers de ce type ont été reçus, l'un à la médiathèque, l'autre au château, qu'ils ont été postés d'Aurillac le jeudi et ne présentent aucun signe distinctif.

Le procureur n'en démord pas.

— Vous savez pourtant que c'est le titre d'un roman d'Agatha Christie. Pour moi, c'est le nœud de l'affaire, il faut mettre vos gars dessus. Sans cette lettre et sans la coupure de courant qui va probablement avec, le corps d'Iris Santoire serait encore dans le placard. Interrogez-les à ce propos, je serais curieux d'avoir l'avis de tous ces férus de littérature policière sur ce sujet. Pour l'instant, la seule raison de cette missive me paraît être la découverte du cadavre. Pourquoi ? Pourquoi à votre avis ? Creusez, mon vieux, creusez ! Cela dit, major, revenons si vous le voulez bien au petit Servier, quel est son emploi du temps ?

Hugon respire, il se sent beaucoup plus dans son élément quand il s'agit de choses concrètes.

— Il est parti du château à vélo vers 18 h 30 pour aller se changer. Il habite avec sa sœur dans l'appartement au-dessus de La Galoche, au centre de Marcolès. Le garçon a « tchatté » avec des copains sur Internet jusqu'à 19 h 30, ce qu'on a vérifié. Ensuite, il affirme avoir fait sa toilette, invérifiable, et est retourné au château vers 20 h 30 avec sa sœur, en voiture cette fois. Là, comme tous les autres d'ailleurs à peu près à la même heure, il est allé directement dans la cuisine où se tenait la soirée. Son emploi du temps est corroboré par sa sœur Joanne Servier, du moins en ce qui concerne le retour. Celle-ci est partie du château plus tardivement car elle a aidé à dresser la table. Elle est arrivée à l'appartement peu après 19 h 30, le garçon venait d'éteindre l'ordinateur.

— Bref, chacun sert d'alibi à l'autre.

— Oui, ils étaient encore sous le choc quand on les a interrogés, mais bien évidemment ils ont pu se coordonner avant.

— Et le châtelain ? Rien d'exploitable, si j'ai bien compris.

— En effet, quand le public est parti, aux alentours de 18 h 30, il s'est promené dans le parc pour s'assurer qu'aucune dégradation n'avait été commise. Il a ramassé des « papiers gras », c'est son expression, les a mis dans le container à poubelles extérieur puis est passé par le colombier pour s'occuper de ses chartreux.

— Ah oui, j'ai noté qu'il était éleveur ! Une race superbe, vous les avez vus ?

— Les chats ? Non.

Sans comprendre pourquoi, le major se sent légèrement fautif et rougit, ce qui accentue son côté « butternut ». Il s'empresse de poursuivre : La Rochette situe son retour au château vers 20 h 30, puisqu'il a vu de loin la voiture des Servier se garer dans la cour. Il a rejoint ensuite ses appartements pour se changer et a retrouvé les autres un peu avant 21 heures. À noter que s'il a vu les Servier, eux ne l'ont pas mentionné, mais il faisait déjà sombre.

— Donc il est resté au château mais n'a pas d'alibi, comme le pharmacien d'ailleurs.

— Les deux pharmaciens ! Bernard Poisson, celui qui nous intéresse, est resté avec son cousin Dominique dans la bibliothèque du château, une vraie merveille entre nous et la seule pièce vivable à mon avis. Enfin bon. Ils ont passé leur temps à feuilleter de vieilles revues, en gros de 19 heures à 20 h 30. La bibliothèque donne dans le hall où se trouve le fameux placard, mais la porte capitonnée, en chêne très solide, était fermée, ils n'ont rien entendu.

— Des témoignages familiaux, forcément sujets à caution.

— Naturellement ! Comme celui de la médiathécaire, Odile Lavergne. Celle-là n'est pas retournée non plus au village, « il y avait trop à faire à la cuisine ». C'est un peu la cheffe, elle se sent responsable de tout. Pour autant, elle a pris le soin, avant, de se « refaire une beauté » dans une chambre du château vers 19 heures. Très organisée, elle avait apporté de quoi se changer. D'après elle, cette « beauté » ne lui a pas pris plus de vingt minutes. J'aimerais bien que mon épouse soit aussi rapide !

— Personne pour certifier sa présence constante dans la cuisine ensuite ?

— Plus ou moins, à vrai dire. Il y avait là Pierrette Bozoul, la dame au fauteuil roulant, que j'avais peut-être exclue un peu vite de notre liste, mais bon. C'est elle qui a fait l'essentiel du repas, j'y reviendrai tout à l'heure. Elle s'est installée vers 18 heures et n'en est pas ressortie. Le problème dans cette pièce, c'est qu'il y a une espèce d'arrière-cuisine cachée en partie par une immense cheminée. Si on se tient là, affairé en outre à la préparation des plats, il est impossible de voir qui entre ou qui sort. Son témoignage ne peut donc pas être pris en compte, ni en ce qui la concerne, ni pour les autres.

— Et le dernier du lot, ce Philippe Dessart, vous allez me dire qu'il en est de même pour lui ?

— Presque ! Il prétend avoir discuté environ une heure et demie, jusqu'aux alentours de 20 h 30, avec la conférencière Maud Travers dans la chambre de celle-ci. Ce qui pourrait bien sûr constituer enfin un alibi recevable, sauf que c'est elle qui a été empoisonnée, elle ne risque donc pas de confirmer ses dires.

Le procureur repose le dossier, il a curieusement l'air réjoui, presque gourmand.

— Eh bien dites donc, quelle brochette ! Il y a longtemps que je n'ai pas vu une affaire aussi passionnante. Si on m'avait dit que c'est dans le Cantal que je rencontrerais le clou de ma carrière ! Car ne nous y trompons pas, major, ça va faire parler ! D'autant que le second meurtre présente encore davantage de côtés obscurs, si j'ai bien compris ?

Hugon plisse les yeux d'un air sombre tout en rejouant le coup du balancier.

— Pour celui-là, monsieur le procureur, la liste des suspects est encore plus longue.

— Vous en savez plus sur la victime, cette Maud Travers, qui se fait appeler Rochester ? Tout cela est tellement incongru, exagéré, je dirais presque mélodramatique.

Hugon réfuterait bien ce terme, pour lui ce surnom n'est ni plus ni moins que du snobisme. Il se contente d'une présentation sobre qui correspond d'ailleurs aux faibles informations recueillies.

— Célibataire, quarante-deux ans, pas de famille hormis un cousin en Grande-Bretagne. Habitait Versailles, travaillait comme traductrice free-lance, le plus souvent pour les Éditions de la Plume qui viennent de rééditer l'œuvre d'Agatha Christie. Elle en avait fait sa spécialité et donnait des conférences sur cette romancière, essentiellement dans des médiathèques ou des clubs de lecture. C'est incroyable le nombre de personnes qui s'intéressent à des absurdités pareilles. Elle était inconnue de nos services. Une enquête de voisinage est en cours. Pour l'instant, la seule chose évidente, c'est que la dame avait mauvais caractère : autoritaire, cassante, pète-sec, raide, égoïste, arrogante et volontiers blessante. Voilà ce qu'on dit d'elle. Encore une qui ne sera pas trop regrettée !

— Comment a-t-elle atterri à Marcolès ?

— Si vous voulez dire par quel moyen de transport, c'est simple, elle est venue en covoiturage jusqu'à Aurillac. Quant à la raison de sa présence, c'est bien entendu le colloque. Ni les organisateurs ni les invités ne la connaissaient auparavant. Apparemment elle a fait bonne impression : un exposé rigoureux mais partisan.

— En quoi partisan ? C'est peut-être une piste.

— Elle considérait la romancière comme une féministe d'avant-garde, ce qui était contesté par une partie du public. Pas de quoi fouetter un chat, à mon avis, et encore moins de justifier un meurtre.

— Évidemment, vu comme ça. Alors pour celle-là non plus nous n'avons pas de mobile !

Le procureur fait claquer sa langue plusieurs fois. Hugon a déjà repéré ce tic sans savoir s'il s'agit d'un signe d'énervement ou d'effervescence. Il pencherait plutôt pour un genre de coup de fouet.

— Le substitut m'a fait un topo sur le rapport médico-légal. Le procureur chausse ses lunettes d'un geste énergique : Voyons, l'empoisonnement ne fait aucun doute. « Ingestion de "ciguë vireuse" induisant brûlures buccales, salivation, spasmes abdominaux, convulsions avec mouvements cloniques, hypersécrétions bronchiques, difficultés respiratoires et arrêt respiratoire fatal. » La ciguë vireuse, vous connaissez, major ?

— Dominique Poisson en est un spécialiste, son cousin aussi d'ailleurs. Figurez-vous qu'il en avait parlé l'après-midi même, ou plutôt de la grande ciguë, qui, selon lui, présente des différences notables avec la ciguë vireuse. Pour moi, le résultat est le même. Cette coïncidence est bizarre.

Le procureur se plonge à nouveau dans le procès-verbal.

— Que dites-vous de ça : « La ciguë vireuse se trouve dans les marais tourbeux, les fossés, sur les bords des étangs ou les rives des cours d'eau. C'est une grande plante herbacée, aquatique, vivace, atteignant 0,6 à 1,5 m de hauteur. Toutes les parties de la plante fraîche sont hautement toxiques, y compris et en particulier les organes souterrains. Elle renferme de la cicutoxine, responsable de l'activité toxique, mais aussi du cicutol, d'autres polyines en C-17 et du falcarindiol. Les racines sont caractérisées par la présence de cavités entrecoupées de cloisons blanchâtres. Il en exsude un suc jaunâtre à la coupure. Les symptômes apparaissent dans les trente minutes, la mort peut survenir dans les deux heures qui suivent. » Comment cette ciguë vireuse a-t-elle été introduite dans la nourriture de Maud Travers ?

— Le rapport le suggère, monsieur le procureur. Vu la quantité de cicutoxine, c'est probablement des racines broyées et tamisées qui ont été mélangées dans les scones au Cheddar et fines herbes.

— Pourquoi les scones plutôt que les timbales de poisson, par exemple ?

— Cela reste une supposition, mais ce sont les seuls aliments qui étaient individualisés, si on peut dire, puisque disposés au préalable sur chaque assiette pour faciliter le service. Personne d'autre n'ayant eu de symptômes, on peut en déduire que Maud Travers a été empoisonnée par ceux-là.

Le procureur se lance dans un feu roulant de questions pratiques qui ne déroutent pas le major, beaucoup plus à l'aise dans les détails pratiques.

— Les places étaient donc individualisées ?

— Oui.

— Qui a fait le plan de table ?

— Le jeune Servier a placé les étiquettes selon l'ordre donné par Odile Lavergne, mais la répartition des convives a fait l'objet d'un débat préalable entre elle, le châtelain, Pierrette Bozoul et apparemment Philippe Dessart. Ça reste toutefois à démontrer.

— Qui était chargé de la cuisine, cette femme handicapée ?

— Oui, aidée plus ou moins par les autres, mais le problème n'est pas là.

— Expliquez-vous !

— La cuisinière a fait une seule pâte pour les scones qu'elle a ensuite divisée en plusieurs boulettes avant la cuisson, le poison n'a donc pas pu être introduit à ce moment-là. L'extrait de racine de ciguë vireuse a probablement été injecté dans le scone après cuisson à l'aide d'une seringue. Soit avant de le mettre dans l'assiette, soit après, et dans ce cas tout le monde a pu le faire.

— Je vous suis. Qui les a disposés dans les assiettes ?

— Bernard Poisson, aidé de son cousin. Il tenait le plat contenant les scones tandis que l'autre les mettait en place.

— Ces deux-là font donc partie des suspects, des pharmaciens en plus ! Pourquoi se compliquer la tâche ? Vous pensez néanmoins que n'importe qui d'autre aurait pu ensuite injecter le poison dans les scones sur l'assiette sans se faire remarquer ?

— Risqué mais jouable. La pièce est grande, peu éclairée, sauf du côté de la cheminée. En plus du carton nominatif, il y avait un menu pour chaque convive. Il était relativement possible de faire semblant de le lire tout en trafiquant les scones.

— Encore fallait-il avoir le poison sur soi et savoir que les scones seraient servis avant !

— Ou bien simplement être prêt si l'occasion se présentait. Quant à la ciguë vireuse, il n'y a pas besoin d'aller bien loin pour en trouver, elle est présente dans le Cantal, y compris en Châtaigneraie. On peut s'en procurer à deux endroits dans le parc même du château : à l'entrée des douves, le long du ruisseau du Garouste, et sur les berges du petit étang aux noisetiers, un endroit plus discret. Pour couronner le tout, Dominique Poisson est un herboriste réputé à Clermont-Ferrand, qui a péroré tout l'après-midi sur les poisons.

— Vous le soupçonnez ?

Hugon se doit d'être franc même si ça le désole.

— À peine plus que les autres. Sans mobile, rien ne colle vraiment.

Le procureur se cale au fond du fauteuil, il semble se délecter.

— Comme je le disais au substitut, il faut mettre les bouchées doubles. Vous avez besoin d'aide, je vais saisir la SRPJ de Clermont-Ferrand et vous nommer directeur d'enquête. Il semble évident qu'on s'achemine vers une prolongation de l'information judiciaire tout comme des assignations à résidence pour tout ce petit monde, invités compris. Assignation qui s'applique aussi à l'Écossais malgré toutes ses gesticulations.

Faites en sorte que vos suspects le comprennent. Vérifiez leurs casiers judiciaires, multipliez les interrogatoires, mettez-leur la pression et, dernier conseil, ne rejetez pas forcément leurs analogies avec tel ou tel roman, ça peut nous guider ! Et vous savez quoi ? Au besoin, major, vous pourriez peut-être en lire un ou deux !

13

Joanne regarde Archie d'un œil dubitatif.

— Tu as réellement envie de faire cette balade à bicyclette, ce n'est pas une blague ?

— Bien sûr, je n'ai pas remis ce vieux biclou en état pour rien, rétorque-t-il en désignant un antique vélo qui ne paie pas de mine. J'ai surtout besoin de faire de l'exercice, les tourtes de Pierrette sont délicieuses mais je commence à prendre du ventre.

Il ajoute en tapant sur le sien d'un air réprobateur :

— Un ventre de gros bourgeois, tu te rends compte ?

— Parce que les aristos n'ont pas de ventre ?

— Non, ma chère, ils peuvent faire des excès de table mais restent toujours minces et ne connaissent pas les maux d'estomac, c'est ça, la classe ! Toi, le chien, tu restes ici, ordonne-t-il en repoussant gentiment le golden de la malheureuse Maud Travers, tu ne bouges pas !

— Tu l'as adopté finalement, constate Jo en enfourchant sa bicyclette.

— Bien obligé, grommelle Archie en faisant de même avec la sienne. Au fait, il s'appelle

« Lechien ». Chichi était trop ridicule et Archibald me donnait l'impression inquiétante de me parler à moi-même, alors j'ai tranché pour le mot qu'il connaît le plus.

Jo sourit.

Voilà au moins un problème réglé !

La jeune femme n'est pas dupe, elle sait très bien que cette promenade n'est pas si improvisée que ça. Ce n'est pas le genre d'Archie d'avoir des lubies. En revanche, il a besoin de décompresser. Si ces derniers jours ont été difficiles pour tout le monde, pour lui c'est évidemment pire. Le châtelain, si chatouilleux sur son indépendance, doit supporter sans broncher l'intrusion des enquêteurs et la présence constante de quatre étrangers aussi peu intéressants les uns que les autres.

L'Écossais est sûrement celui avec qui il a le plus d'affinités : l'homme est raffiné, sans nul doute intelligent, mais tellement égocentrique et cavaleur qu'on ne peut lui accorder aucun crédit. Le couple Tropor est gentillet, ce qui en soi veut déjà tout dire. René porté sur la boisson, Irène sur les papotages futiles. Denise Leblanc, quant à elle, a le don de réunir les qualificatifs les moins élogieux : intruse, incruste, implacable, calculatrice, rusée, secrète… C'est une espèce de force en mouvement dont personne n'a envie de se rapprocher. La seule d'ailleurs qui semble satisfaite de son sort. Loin de la gêner, l'assignation à résidence semble au contraire favoriser ses noirs desseins.

Tout est confus dans la tête de Joanne, les derniers événements sont si inattendus, si absurdes, si illogiques et surtout si pleins de conséquences. Pourtant, chaque coup de pédale la renforce dans sa détermination à découvrir la vérité.

C'est à nous de trouver le coupable, et vite, avant que les enquêtes de gendarmerie ne fouillent dans nos vies et ne les étalent au grand jour.

Je suis bien ici, je n'ai pas envie de tout recommencer.

Je sais que je ne supporterai pas de nouveau d'être regardée avec mépris et intolérance.

C'est hier, après une nouvelle perquisition de la brigade, qu'Archie lui a proposé cette sortie insolite. Ils s'étaient à peine adressé la parole depuis ce funeste samedi où tout a basculé.

Les allées et venues des gendarmes, les interrogatoires incessants et la nécessité de gérer ceux qu'il faut encore considérer comme leurs invités, leur ont laissé bien peu d'apartés possibles. Jo a bien conscience d'avoir gâché une de ces rares occasions en reprochant à Archie son attitude lors de la découverte du cadavre d'Iris. Le fait d'avoir décidé de se taire, les mettant selon elle, lui et surtout Eliot, dans une position délicate vis-à-vis des enquêteurs. Les mots ont dépassé sa pensée, protéger son frère étant alors sa seule priorité. Archie est chatouilleux, elle l'avait déjà constaté, il a mal pris ses remarques, s'est refermé sur lui-même. Cette promenade tombe à pic, elle compte bien en profiter.

Archie est le seul qui puisse m'aider à découvrir la vérité. Eliot est trop jeune, il faut le préserver.

Quant aux autres, elle ne leur accorde qu'une confiance limitée. Ça fait mal, mais c'est comme ça. Elle a beau retourner le problème dans tous les sens, il ne fait aucun doute, malgré la monstruosité de la chose, que l'un d'eux est coupable.

Inutile de continuer à se leurrer davantage. Si on veut avancer, il faut partir de ce postulat, il n'y en a pas d'autre possible.

Elle ressasse cette évidence tout en pédalant. D'un commun accord, ils se dirigent vers Boisset et les rochers de Faulat, énormes mégalithes empilés au milieu de la forêt de manière fantaisiste. Les gamins du coin, les touristes et les superstitieux y voient la main du diable ou de saint Géraud, comme le prétendent les légendes, mais l'origine de cet amoncellement est tout ce qu'il y a de plus naturel. Formée par l'érosion de la roche volcanique au cours des millénaires précédents, la pierre s'est fendue pour composer ce site à la fois bucolique et mystérieux. L'histoire de la terre et l'histoire de l'homme s'y confrontent et s'y complètent. Un endroit que Jo aime particulièrement, surtout au printemps, quand les pierres tiédies ronronnent au premier soleil et abritent l'ombre duveteuse des pâles violettes.

Jo, arrivée la première, pose son vélo contre un arbre pour se laisser choir sur la mousse en soupirant d'aise. Archie n'a pas sa souplesse et a perdu l'habitude de l'effort physique. Il ahane, en sueur et de mauvaise humeur.

— Beaucoup plus dur que je ne le pensais ! Tu files comme le vent, toi !

— Quand je te dis qu'on a presque une génération d'écart !

Jo regrette aussitôt cette plaisanterie qu'elle s'amuse à lui fournir habituellement quand leurs idées divergent. Aujourd'hui, Archie semble avoir perdu définitivement tout sens de l'humour. En le regardant attentivement s'asseoir à côté d'elle, Jo le trouve brusquement vieilli. C'est subtil, ça tient à presque rien, et pourtant ! Des traits plus marqués, une brume de tristesse au fond des yeux, des cernes bleuâtres, une posture moins impertinente, comme repliée sur une espèce de tourment intérieur. Elle reçoit bizarrement un choc en retour, un étrange effet de ricochet, une éclaboussure qu'elle ne veut surtout pas approfondir.

Archie reprend son souffle en silence.

Je voulais la voir, j'avais tant de choses à lui dire et maintenant j'hésite.

Je ne doute pas d'elle pourtant...

Il la regarde.

Est-ce sûr ?

Jo fixe à présent le lichen du rocher et le gratte avec son ongle comme si sa vie en dépendait. Elle l'ignore ou fait semblant, sa bouche tremble, elle semble bouleversée.

Une fille tellement secrète, je ne connais rien d'elle et pourtant je sais qu'elle est franche et entière. Elle se moque de faire bonne impression, ne s'intéresse qu'à ce qui a pour elle de l'importance. Tout est tellement compliqué, je dois lui faire confiance...

Il hésite, c'est un choix important, décisif. Elle ou Odile ? La situation est telle qu'il lui faut choisir. Il s'est interrogé plusieurs fois ces derniers jours. Parce qu'il se sent plus proche d'Odile, sa tendre bouillotte s'est imposée d'emblée, mais elle est justement trop tendre et trop confiante pour partager ses terribles soupçons. Quant aux autres, puisqu'il y a forcément un meurtrier parmi eux, il ne peut prendre le risque d'en choisir un pour confident. Il se retrouve dans la même situation que Mark Easterbrook dans

Le Cheval pâle. Il doit trouver quelqu'un pour partager ses doutes. Dans le roman en question, le héros ne se tourne pas vers sa fiancée incapable de comprendre ses craintes mais vers une jeune fille opiniâtre et courageuse.

Suivons l'exemple d'Agatha Christie !

— J'imagine que comme moi, tu as réfléchi à ce qui s'est passé. J'aimerais avoir ton avis.

Sa question est abrupte, il ne l'avait pas préparée ainsi mais finalement ça le soulage.

— À vrai dire, j'allais te demander le tien ! rétorque Joanne d'un ton grave en arrêtant enfin de s'acharner sur le pauvre lichen inoffensif.

— Jouons cartes sur table, on se dit tout.

— Tout ce qui est nécessaire, je garde un joker pour le reste.

— Dans ce cas, ça commence mal, tu ne crois pas ? On doit se faire confiance.

D'un côté, cette restriction de Jo agace Archie, d'un autre il se souvient de la bévue d'Eliot et d'un début de confidence nocturne qui l'expliquent en partie et l'assurent au moins de sa franchise.

Respectable mais énervant !

Jo a vu sa réticence et tente de se justifier.

— Il y a des tas de choses sans aucun rapport avec l'enquête qui tiennent de l'intime et n'ont pas besoin d'être dévoilées, comme la couleur de ton slip, le nombre de tes maîtresses ou ton taux de cholestérol, c'est à ça que je fais allusion.

Archie lève les mains au ciel en signe de renoncement.

— D'accord, mais s'il faut être honnête, je ne suis pas totalement indifférent à la couleur de tes sous-vêtements.

Le sourire de Jo le récompense de cette tentative un peu lourde de dédramatisation.

Enfin, je le retrouve !

Elle enchaîne, contente de renouer avec cette complicité particulière qui a toujours existé entre eux.

— Tout d'abord, je dirais huis clos.

— Entièrement d'accord, malheureusement. Tout s'est passé dans le château après le départ du public.

— J'ai quand même besoin d'une confirmation, demande la jeune femme en plissant son front, Iris a bien été tuée dans le placard, son corps n'a pas pu être transporté là après coup ?

— Là-dessus, le major Hugon est formel, l'autopsie l'a confirmé. Ne fais pas ça, c'est très laid, lui conseille Archie en touchant son front. Ma marraine me disait toujours qu'un coup de vent pouvait figer une grimace pour l'éternité, je l'ai longtemps cru.

Jo lui rend son sourire.

— Je n'ai jamais eu de marraine, ça manque à mon éducation, mais les psychologues disent que faire des grimaces aide à se concentrer et à diminuer le stress.

Archie semble retrouver tout son allant. Comme d'habitude, la magie opère : la présence de Jo suffit à le stimuler et à le sortir de sa terrible apathie.

Il sort un carnet de sa poche.

— Partant de là, je te propose d'établir la liste de nos certitudes et celle des interrogations en suspens.

— Super, mais j'ai bien peur que la première ne soit vite faite !

Ils se mettent à formuler pêle-mêle toutes les idées qui les taraudent depuis plusieurs jours. Ça fuse de partout, tellement vite qu'Archie a parfois du mal à les répartir dans les deux cadres annoncés.

— Finalement, c'est un exercice fort utile, reconnaît Joanne quand le silence révèle qu'ils ont dévidé tout le flot de leurs pensées. Ça donne quoi ?

Archie lui met les deux feuillets sous le nez. Il semble avoir retrouvé toute son énergie.

— Tu vas être étonnée, la liste des évidences est plus longue que nous ne le pensions.

Certitudes

Le meurtrier connaissait l'existence du placard.

Iris connaissait le meurtrier pour le suivre dans le placard sans se faire remarquer.

Iris a disparu avant l'arrivée des invités, sauf Dominique Poisson.

Iris a communiqué par téléphone et mail avec John McGregor.

Il n'y avait personne dans le placard avant 18 heures.

Iris a été tuée vers 20 heures.

Hormis Eliot et Jo, tout le monde était au château à 20 heures.

La lettre anonyme a été envoyée d'Aurillac le jeudi.

Aucun invité n'est arrivé le jeudi, sauf Dominique Poisson.

Le mari d'Iris a un alibi.

Le seul intérêt de la panne de courant était la découverte du cadavre d'Iris.

Le mari d'Iris connaissait l'existence du placard.

Pierrette a préparé les scones.

Les scones étaient dans les assiettes individuelles.

Bernard et Dominique ont réparti les scones.

Tout le monde a pu s'approcher des assiettes.

Il est difficile d'échapper au regard de tout le monde.

Tout le monde connaissait le menu.

Dominique et Bernard sont particulièrement forts sur les poisons.

Tout le monde, sauf Pierrette, à un moment ou l'autre, s'est promené dans le parc et a pu remarquer la ciguë véreuse.

Bernard est le seul qui soit sorti sans raison apparente dans le hall après la découverte du corps d'Iris.

Jo sifflote doucement.

— Impressionnant en effet, ça donnerait presque le vertige, difficile pour autant de dérouler un fil conducteur dans tout ce fourbi. C'est bien sûr une base pour échafauder des hypothèses. Il faudrait faire le tri entre ce qui est important et ce qui l'est moins. Présentement, je t'avoue que je suis plutôt plongée dans un brouillard d'approximations. J'aurais bien besoin des petites cellules grises de Poirot !

— La deuxième liste montre malheureusement l'étendue de notre ignorance, renchérit Archie désappointé. Il faut se rendre à l'évidence, nous sommes pour l'instant incapables de répondre à ces questions.

Questions

Pourquoi Iris a-t-elle été supprimée ?

Pourquoi Iris était-elle à plat ventre dans le placard ?

Avec quoi l'a-t-on agressée ?

Où était Iris entre le vendredi matin de sa disparition et le samedi soir ?

Quel est l'intérêt de la lettre anonyme ?

Qui a placé la carafe et le grille-pain sur la desserte ?

La panne de courant était-elle intentionnelle ?

Si oui, pourquoi voulait-on que le cadavre d'Iris soit découvert à ce moment-là ?

Pourquoi Travers a-t-elle été empoisonnée ?

Quand le poison a-t-il été préparé ?

Comment l'a-t-on incorporé ?

Un convive a-t-il remarqué quelque chose ?

Doit-on redouter un autre empoisonnement ?

Quel est le lien entre les deux crimes, s'il y en a un ?

Y a-t-il une analogie avec un roman d'Agatha Christie ?

Jo soupire bruyamment.

— En effet, rien n'est simple. La dernière question est peut-être la plus facile. La lettre fait référence à *Un meurtre sera commis le...*, et on trouve dans ce livre un empoisonnement[1] mais pas le coup à la tête. Mais Odile pourra sûrement y répondre mieux que moi, de même que John

1. La meilleure amie de Letitia Blacklock meurt empoisonnée peu après avoir mangé une part du gâteau d'anniversaire de celle-ci.

ou Denise. On a de quoi alimenter nos cauchemars pendant plusieurs jours, tu ne crois pas ? Dis-moi, tu penses vraiment qu'un autre empoisonnement soit possible ? J'imagine que tu n'as pas inséré cette question par hasard ?

Archie acquiesce sans chercher à cacher son inquiétude.

— À vrai dire, c'est Denise Leblanc qui m'a alerté la première en allant acheter chez Proxi ses propres plats cuisinés. J'avoue que j'ai trouvé ça ridicule, encore une façon de se faire remarquer, mais en y réfléchissant, on ne peut pas lui en vouloir. Elle-même m'a signalé que dans les romans « christiens » un empoisonnement en entraîne souvent un autre, parce que quelqu'un a vu ce qu'il ne devait pas voir.

— Oh là là, cette bonne femme est insupportable. Si elle a vu quelque chose, qu'elle le dise ! Ne te laisse pas embobiner, tu ne crois tout de même pas qu'il y ait parmi nous un empoisonneur de métier ?

— De métier, je ne sais pas. Occasionnel, c'est sûr et ce n'est pas complètement absurde de penser qu'il peut recommencer. C'est d'ailleurs plus ou moins l'idée suggérée par le major Hugon. Si bien qu'on a fait une provision de plats individuels qu'il suffira à chacun de réchauffer. Je ne te cache pas que l'ambiance est morose. Tropor se console avec mes bouteilles qu'il ouvre et vide en entier pour éviter tout contact extérieur. Pour les autres, c'est plus difficile.

Le fin visage de Jo se contracte et prend une expression d'ironie méprisante.

— Je pensais qu'on avait fait le tour des morts, c'est déjà tellement sordide. J'ai peine à croire qu'il puisse encore arriver quelque chose. À mon avis, tu as tort, tu te recroquevilles au lieu d'attaquer !

— Facile à dire quand on ne craint rien, tu ne vis pas au château, toi ! proteste Archie qui s'échauffe brusquement. Tu ne te rends pas compte, j'ai dû me mettre en colère pour qu'ils arrêtent de donner à manger aux chats et au chien. Mes animaux ne sont pas des cobayes, ou des testeurs de poison, si tu préfères.

— Admettons qu'il existe un risque, concède Jo sans s'avouer vaincue, alors je comprends encore moins pourquoi tu as demandé à Odile de s'installer au château.

Tant pis pour lui, il l'a bien cherché, j'ai besoin de savoir !

Cette question l'obsède depuis qu'Odile lui a fait part de cette décision. Tant de raisons inavouées peuvent se cacher derrière celle-ci qu'elle préfère s'adresser, non sans appréhension, au principal intéressé. Le comte de La Rochette ne semble pas s'en émouvoir pour autant.

— Facile à comprendre. Toi, tu as Eliot, Bernard son cousin, Philippe sa mère, autant de personnes pour partager, se confier, s'aider. Odile est célibataire, c'est trop dur de jouer une partition de soliste dans un tel moment.

La réplique ne se fait pas attendre.

— Et Pierrette alors ?

— Le château se prête mal au fauteuil roulant, comme tu as pu le constater.

Ils se regardent dans les yeux sans aucune aménité, la complicité est passée, la même intransigeance brutale les réunit. Jo se permet un sourire sceptique.

— Disons au minimum que tu as besoin d'elle pour affronter les autres.

— Évidemment, ce sera plus simple avec elle, je ne suis pas fait pour gérer des chambres d'hôtes.

— Quelle suffisance ! Le châtelain ne peut s'abaisser à jouer un rôle qu'une petite médiathécaire va endosser sans chouiner.

— Tu m'emmerdes ! Pourquoi compliques-tu les choses à loisir avec tes étiquettes à la con ?

— En fait, tu veux la protéger. Dis-le, ce sera plus simple.

Ils se font face, deux coqs en colère, deux esprits qui s'affrontent.

— D'accord, c'est ce que je veux, c'est bon comme ça ?

— J'ai compris, je préfère que les choses soient dites clairement.

— Écoute, Jo, je ne sais pas ce que tu…

— Revenons à l'essentiel, coupe la jeune femme d'un ton décidé. Pour trouver des réponses à nos interrogations, il faut cuisiner nos amis. Voyons, je te laisse Odile, puisque tu l'auras sous la main – elle ne peut s'empêcher d'accompagner ces mots d'un rictus sardonique –, et si tu es d'accord, je te confie aussi Philippe, je me sens toujours un peu mal à l'aise avec lui. Je m'occuperai donc de Pierrette, de nos deux pharmaciens et bien sûr d'Eliot, ça te va ?

— Je ne comprends rien à ce que tu dis !

— Dis donc, ça ne te réussit pas la cohabitation ! Nos listes viennent d'établir de façon à peu près certaine ce qu'on pensait déjà en solo, à savoir la culpabilité de l'un de nous ! Alors il faut les interroger tous pour savoir si l'un d'eux a vu quelque chose de compromettant, découvrir ce que chacun pense des autres. Plus prosaïquement, je dirais qu'on doit remuer la merde pour trouver la vérité, c'est ce qu'on cherche, non ? C'est pour ça que tu t'es tapé dix kilomètres à vélo ? Alors avançons, on se retrouve dans deux jours, ça te va ?

Archie n'a pas le temps de bouger qu'elle a déjà repris sa bicyclette et lui jette au vent une dernière réplique.

— Je t'en prie, arrête de faire ton Hastings[1], tu as l'air complètement idiot !

Archie soupire, dépassé par les événements, vaguement conscient d'un dérapage qu'il n'a pas souhaité.

Décidément, cette fille est incontrôlable !

Loin de le consoler, cette constatation l'ennuie beaucoup plus qu'il ne voudrait l'admettre. Jo est déjà en haut de la côte, sa silhouette se découpe en danseuse entre deux rais de lumière. Il réalise vaguement qu'elle lui en veut. Les deux feuillets tombés à terre semblent le narguer, la côte encore plus. Il ne sait plus trop bien où il en est. Le cerveau vide, le cœur battant, il ne s'est jamais senti autant désorienté.

Je voulais faire le point sur la situation, je suis servi, tout est encore plus embrouillé qu'avant !

---

1. Le capitaine Arthur Hastings est le meilleur ami d'Hercule Poirot.

14

Joanne se sent un peu coupable en faisant tinter le sinistre carillon de Pierrette. Elle n'est jamais venue ici, dans ce magasin, gloire et fierté passées de la doyenne, devenu maintenant son antre de vieillesse. Elle n'est pas une intime de la vieille dame comme Odile, Bernard ou même Archie, qui l'ont connue étant enfants et qui voient encore à travers elle l'épicerie Bozoul dans sa splendeur d'antan.

Iris faisait partie de ceux-là, c'est d'ailleurs ce qui motive la visite de Jo : recueillir les confidences de celle qui n'hésite pas à se proclamer elle-même la mémoire vivante de Marcolès. La tâche n'est pas si facile, la jeune femme ne sait pas feindre une complicité ou même une amitié qu'elle ne ressent guère. Du respect, oui, mais est-ce suffisant pour obtenir cet épanchement nécessaire qui donne libre cours aux sentiments les plus secrets ?

Malheureusement, je ne suis pas Jane Marple !

Mise au pied du mur, Jo regrette d'avoir engagé ce challenge avec Archie et surtout d'avoir choisi Pierrette de son côté.

Comment lancer une causerie interminable pour qu'elle se confie en toute liberté et sincérité ?

L'épicière l'accueille pourtant avec un plaisir évident.

— Entre, mon petit, tu as bien fait de venir, la solitude ne me vaut rien après tous ces embêtements. Ce n'est pas que j'aie peur mais je rumine comme les vaches d'ici et, à force de ressasser des idées sombres, je n'arrive plus à dormir. Si ce n'est pas malheureux, tout de même !

— C'est une expression d'Odile, ça, plaisante Jo en déballant les pâtisseries qu'elle a apportées pour l'occasion.

— La pauvre Odile, qu'est-ce qu'elle va faire, maintenant ? Elle se sent tellement responsable...

— Je ne vois pas pourquoi. Elle ne l'est pas plus que nous. On a tous voulu ce colloque et Iris serait peut-être décédée de la même façon sans cela.

Jo ne regrette pas d'avoir jeté cet argument pour le moins discutable au hasard. Pierrette rebondit immédiatement.

— Ma fille, tu es jeune et tu n'entrevois pas grand-chose aux gens d'ici. C'est le colloque qui a tout déclenché et après, le château bien sûr. Il a toujours attiré les convoitises, les jalousies. On est content d'y mettre les pieds, mais on sait qu'au final ce ne sera jamais pour nous, tu comprends ? On admire depuis l'autre côté d'une vitre qu'on ne traversera pas, c'est mauvais ça. La révolution, la démocratie, ça n'a rien changé, et même si le pharmacien et le plombier gagnent sûrement mieux leur vie que La Rochette, il n'en reste pas moins que tout le monde va envier ce dernier.

— Ça n'a guère de sens. Iris n'est pas morte parce qu'on jalousait Archie !

Pierrette lui lance un regard réprobateur.

— Iris est morte parce qu'elle n'avait pas les pieds sur terre. Toi, tu as fini de rêver et ce n'est pas bon non plus, mais elle, tu sais bien comment elle était ! Toute petite déjà, elle adorait les déguisements, c'était son truc, se transformer en princesse, marquise ou danseuse. Dans les livres, ce qu'elle aimait, c'étaient les châteaux, les croisières, les trains de luxe, les gouvernantes et tout le tralala que ça suppose. Rêveuse, je te dis, facétieuse aussi, toujours portée à la plaisanterie sans se rendre compte de ses actes, du genre à tirer les sonnettes et à s'esquiver ensuite en riant. Tiens, je la revois encore, elle était assise à ta place en train de débiter des sottises sur le manque de confort du château. Elle s'imaginait déjà en train de tout redécorer, réparer, embellir, régnant en comtesse sur tout le domaine.

Jo cache mal son étonnement devant le tour pris par la conversation. La vieille dame est lancée et elle ose à peine l'interrompre.

— Iris était mariée et mère de fa...

— Mariée, oui, rangée des voitures, c'est ça que tu veux dire ? Tu crois que ça suffit pour arrêter les rêves ? Mais, ma pauvre, elles ont toutes été amoureuses d'Archie quand elles étaient gamines, Iris, Odile, cette Denise qui venait pour les vacances et bien d'autres que tu ne connais pas. Comment veux-tu qu'il en soit autrement dans un village paumé comme ici : le fils du châtelain, avec sa prestance, son aplomb, sa façon de rire, le château, un autre monde, il n'en faut pas plus pour développer l'imaginaire et battre la breloque. Certaines ont grandi en sortant la tête des nuages, d'autres non. Iris était de celles-là.

Iris amoureuse d'Archie, j'ai du mal à le croire !

— Et Jean-Paul, alors ?

— Le plombier, pfff – l'épicière souffle un air d'exaspération –, penses-tu, un pis-aller, Odile heureusement l'avait compris avant elle.

Jo a du mal à suivre ces explications pleines de non-dits et de sous-entendus.

— Odile ?

Pierrette lui lance un regard de biais, un regard qui semble dire « Ma pauvre fille, décidément tu ne sais rien ».

— Bah oui, Odile a été fiancée un moment à Jean-Paul Santoire. L'affaire ne s'est pas faite, finalement. Il s'est rabattu sur Iris, plus jeune, plus malléable, plus rêvasseuse aussi, malheureusement pour lui.

— Il y a plus de quinze ans de ça. Depuis elle a eu quatre enfants et...

— Et quoi ? Quinze ans de ménage, de repas, de vaisselle, de courses, quinze ans à élever des gosses, ça tue peut-être les illusions mais ça n'entame pas les rêves, au contraire.

Qu'est-ce qu'elle veut dire ? Du rabâchage de vieille qui brouille le passé et le présent et qui radote un peu.

— Si je comprends bien, persiste Jo, tu penses qu'Iris était au fond d'elle toujours amoureuse d'Archie, que la préparation du colloque et la visite du château lui ont remis ces idées de petite fille dans la tête et qu'elle n'a rien trouvé de mieux que de disparaître pour faire l'intéressante ou pour qu'on s'inquiète d'elle, c'est ça ? C'est un peu tiré par les cheveux. De toute manière, ça n'explique pas son meurtre. Un suicide, à la rigueur, mais il n'y a aucun doute, c'est bien un meurtre dont il s'agit.

— Je sais, reconnaît Pierrette, subitement moins prolixe. Pour moi, c'est son mari qui a fait le coup, il a toujours détesté les gens du château et faut dire qu'elle l'a bien énervé avec le colloque à toujours parler d'Archie, de sa classe, de son humour. Il n'en faut pas plus pour qu'un homme voie rouge.

— Dommage, car c'est peut-être le seul à avoir un alibi solide pour l'heure du meurtre.

L'ironie de Jo passe inaperçue.

— Butternut me l'a dit aussi, mais il y a sûrement une entourloupe là-dessous.

— Butternut ?

— Le major Hugon, si tu préfères. Tout le monde l'appelle comme ça à la brigade, rapport à ses cheveux. Tu ne t'intéresses pas aux racontages, toi ?

— Jusqu'ici non, j'avoue !

— Eh ben, tu as tort. En apprendre sur les autres, c'est aussi les comprendre.

Refusant tout net d'entrer dans ces arguties, Jo s'empresse de relancer la conversation sur le seul « racontage » qui vaille.

— Ça nous arrangerait bien de mettre le meurtre d'Iris sur le dos de son mari, mais j'imagine mal la mère de la victime protéger l'assassin de sa fille en mentant.

— N'empêche qu'il est venu au château ce soir-là, soi-disant pour voir si on avait des nouvelles…

— C'est plutôt normal à mon sens, c'est l'heure qui compte.

— Vers 19 h 15, il a fouiné un peu dans la cuisine après avoir vérifié deux, trois bricoles, rapport à ses radiateurs électriques, avant de repartir. Il n'est pas resté plus d'un quart d'heure, c'est vrai, mais comment peuvent-ils savoir qu'elle est morte à 20 heures et pas 19 h 30 ?

— Je ne suis pas médecin légiste mais c'est une des rares choses dont nous soyons sûrs.

— En tout cas, j'ai dans l'idée qu'Iris s'est cachée dans le placard à ce moment-là pour ne pas croiser son mari, en attendant que la voie soit libre, si tu vois ce que je veux dire.

— Pas du tout !

Pierrette hausse les épaules et la regarde d'un air vraiment désolé.

Quelle godiche !

— À ton avis, reprend-elle en ânonnant comme lorsqu'on s'adresse à un faible d'esprit, pourquoi viendrait-elle en cachette au château ? Elle avait rendez-vous, bien sûr…

— Avec Archie ? C'est ça que tu prétends ?

— C'est toi qui le dis.

— Ça ne tient pas debout !

— Tu crois que ça tient debout de se cacher dans un placard ?

— On l'a emmenée de force…

Jo se rend compte elle-même de l'absurdité de ses propos.

L'épicière ricane.

— Tu crois ça, toi ? Eh bien moi, je peux te dire qu'on ne me mettra jamais de force dans un placard sans que je m'époumone pour avertir les gens. Elle s'est cachée d'elle-même, je n'en démordrai pas.

— Tu as peut-être raison après tout, capitule Jo avec une expression plus grave sur le visage. La question maintenant est de savoir ce qu'elle venait faire au château.

— Qui venait-elle voir plutôt !

— Ça ne peut pas être Archie ! Il était trop...

— Trop quoi ? Désolé, surpris, déboussolé, en colère ? C'est facile de faire semblant, tout le monde peut essayer. Par contre, cacher une découverte comme celle-là et revenir tranquillement dîner, ça je ne le pourrais pas !

Jo se prend la tête dans les mains.

— Je ne sais pas.

Des ragots, des élucubrations de vieille, ce n'est pas du tout ce que je venais chercher.

— Butternut se croit malin, mais cette disparition n'est qu'un leurre. Les premiers à qui on pense, conjoints ou amants, sont presque toujours les coupables.

— Leurre ou pas, elle a disparu pendant près de trente-six heures, objecte Jo. Elle n'est pas restée tout ce temps-là dans le placard !

— Chez moi.

— Quoi, chez toi ?

La doyenne esquisse un faible sourire, en décalage avec sa révélation fracassante.

— Les bleus n'ont pas besoin de le savoir, les autres non plus. Je te le dis à toi parce que tu as les pieds sur terre. Comme tu n'es pas d'ici, ça a moins d'importance et il faut bien que je mette quelqu'un au courant. Mais surtout, ne le répète pas.

Jo promet tout en croisant subrepticement les doigts, un geste d'enfance qui autorisait le parjure, le rendait moins coupable.

Pierrette s'agite sur son fauteuil roulant sous l'effet de l'excitation. La couche de poudre mal étalée ne parvient plus à dissimuler les joues marbrées de rouge et les cernes bleuâtres de ses tourments nocturnes. En comparaison, sa voix aux accents chantants reste ferme, presque jeune.

— Tu comprends mieux pourquoi j'ai tant insisté quand vous vouliez avertir les gendarmes, toi la première. Je vous ai dit ce qui se passait, personne n'a voulu l'entendre. Une dispute, rien d'autre, l'envie de faire la nique à son mari, c'est du moins ce qu'elle m'a avoué. Iris est arrivée le vendredi matin, très calme mais très déterminée. Elle m'a demandé de l'héberger deux jours en me promettant qu'elle me dirait en temps voulu toute la vérité. La seule chose qui l'ennuyait vraiment était de ne pas pouvoir accueillir l'Écossais. Ça l'a soulagée ensuite de savoir que tu allais t'en charger. Une gamine que j'ai connue toute petiote, qu'est-ce que tu veux, je ne pouvais pas refuser. Seulement, je ne suis pas née de la dernière pluie. Plus le temps passait, moins je croyais son explication. Le samedi matin, avant qu'Odile ne vienne me chercher pour vous rejoindre au château, je l'ai un peu tarabustée pour qu'elle m'en dise davantage. Elle m'a parlé d'une formidable mystification, elle avait des étoiles dans les yeux et là, franchement, ça m'a alarmée.

Jo a du mal à réaliser toutes les conséquences de cette révélation ébouriffante qui lui laisse comme un goût de cendre dans la bouche et un malaise diffus.

Accablant de bêtise ! Rocambolesque !

Pierrette entame les gâteaux avec une mine gourmande, aussi tranquillement que si elle venait de lui donner le dernier bulletin météorologique.

— Elle t'a vraiment dit deux jours ? reprend Jo en essayant de reconstituer une partie du puzzle. Ça voudrait dire qu'elle voulait réapparaître le samedi soir. Qu'est-ce qu'elle pouvait bien manigancer ? Tu crois que ça a un rapport avec la lettre anonyme ?

Entre deux bouchées, la doyenne lui répond sans détour :

— Naturellement. Quand je lui ai annoncé le vendredi soir qu'Archie et Odile avaient reçu ce torchon, parce que pour moi une lettre anonyme restera toujours un torchon, elle n'a rien trouvé de mieux que de me rire au nez et, crois-moi, elle n'a pas montré la moindre surprise.

— Toi qui la connaissais bien, tu la crois capable d'avoir monté ce coup toute seule, je veux dire la lettre et la disparition ?

Des gâteaux, il ne reste plus maintenant que quelques miettes éparpillées sur la table que Pierrette picore à la manière d'un moineau.

— L'imagination mène à tout, sauf que la sienne était plus tournée Belle au bois dormant que Maléfique, pas assez vicieuse, si tu veux mon avis, pour un tel engrenage.

— Mais alors, qui ? murmure Jo en abondant dans son sens.

Pour l'épicière, c'est simple, tout tourne autour du mari ou de l'amant. Autrement dit, dans son esprit, Jean-Paul ou Archie, ce qui n'a aucun sens ni pour l'un ni pour l'autre. Jo la laisse divaguer un moment en cherchant un autre angle d'attaque. Pierrette ne manque pas de jugeote. « De la réflexion, du calcul » et « Il faut se laisser le temps de voir venir » sont ses adages préférés. Sur l'empoisonnement de Travers, sa conclusion est sans appel.

— Quoi qu'en disent Butternut et ses analyses scientifiques, mes scones ne sont pas en cause, c'est évidemment dans les verres pour l'apéritif qu'on a mis le poison. C'est exactement ce qui se passe dans le roman *Drame en trois actes* que la « connaissance » de Bernard a d'ailleurs cité dans sa conférence. Rien de plus simple que de tendre un cocktail trafiqué à sa future victime, tu ne crois pas ?

Jo réalise que ce raisonnement tient en effet la route. Malheureusement ni elle ni l'épicière n'arrivent à se remémorer suffisamment la scène pour savoir qui était à côté de Travers ou qui lui a tendu un verre.

— Philippe parlait avec elle, j'en suis sûre, mais était-ce avant ou après le petit discours d'Odile ? À ce moment-là, tout le monde avait un verre à la main.

En proie à un violent travail d'introspection, Pierrette, qui vient d'ôter ses lunettes, roule des yeux de braise rouge. Sans résultat.

— Pauvre Odile, rien de pire qu'un empoisonnement pour faire fuir le monde !

Cette remarque a le don de réveiller Jo.

Pourquoi accole-t-on toujours ce qualificatif de « pauvre » à Odile ? C'est vexant. Même si elle joue un peu la Sainte Vierge du groupe, elle peut très bien se défendre toute seule.

— Je crois qu'on est tous logés à la même enseigne, rétorque-t-elle d'une voix assez acerbe. En outre, Odile travaille dans une médiathèque, pas dans un restaurant, les lecteurs ne prennent pas beaucoup de risques !

Elle regrette aussitôt ses paroles. Pierrette, peu encline à la plaisanterie, se lance alors dans un interminable panégyrique qui se termine justement sur l'obligation de protéger la pauvre enfant.

— Iris, paix à son âme, on ne peut plus rien pour elle. Odile doit maintenant faire l'objet de notre attention à tous. Elle prend tellement à cœur sa mission, elle mérite tellement d'être récompensée, cette enquête pourrait nuire à sa réputation. Vois-tu, cette fille a tant donné pour les autres sans jamais rien recevoir. À cause de son père, un véritable tyran domestique. Imagine qu'il l'a obligée pendant des années à faire du sport intensif, du judo surtout, mais aussi de la musculation, une petiote comme elle, tu la vois manier des haltères alors qu'elle préférait la lecture ? J'avais un commis qui avait travaillé pour son père ; dix ans après l'avoir quitté, il en tremblait encore en le croisant dans la rue. « L'exigence de la perfection », c'était sa devise.

Ça ne pouvait pas être pire que le mien ! Il arrive un moment où il faut arrêter de se plaindre.

Magnanime sans le vouloir vraiment, Jo s'entend dire :

— Ne t'en fais donc pas, Odile est entourée d'amis maintenant.

Jusqu'à Archie, qui la protège dans son château !

— Ça n'a pas toujours été le cas, tu sais. Ainsi, cette Denise, qui est revenue au pays comme un diable sort de sa boîte, elle lui en a fait voir de toutes les couleurs. Odile est trop gentille, c'est ça le problème. Je suis bien certaine que toi, on ne t'a pas appelée « la Nigaude », je me trompe ?

— C'est vrai, reconnaît Jo sans sourire, mais on m'a traitée de « mal fringuée » et bien d'autres choses.

Dès qu'il est question de son passé, Jo se referme. Elle n'a ement l'intention d'en dire plus, surtout à cette vieille curieuse qui tire des conclusions hâtives et le plus souvent erronées.

Profitant de l'évocation de la secrétaire dans la conversation, elle interroge l'épicière sur l'épisode ancien de la kermesse qui avait valu à Denise son exclusion du château.

— Ah ça ! Bien sûr que je m'en souviens, ç'a été la dernière année de la kermesse. Madame la comtesse n'a plus autorisé l'utilisation du parc après cette affaire. Il faut dire que les jardins n'étaient pas ceux d'aujourd'hui, tu aurais vu la roseraie, il y avait une serre de toute beauté avec des tas de plantes aux noms exotiques.

— Une volière aussi, m'a dit Archie. Denise aurait laissé échapper les perruches par vengeance, mais il ne se souvenait plus de quoi.

Derrière les lunettes d'écaille, les yeux de Pierrette se font plus tendres sous la brume des souvenirs.

— Une gamine effrontée, comme la dame qu'elle est devenue, d'ailleurs. Elle a toujours nié et, à sa décharge, on n'a jamais eu la preuve de ce qu'on supposait. Toujours est-il qu'après cette malheureuse affaire, sa grand-mère ne l'a plus jamais reçue au village.

— Pourquoi une vengeance ?

Pierrette se lance dans une histoire d'un autre âge, aussi rocambolesque que dérisoire. Ponctuée de termes qu'on croirait sortis d'un roman suranné d'Agatha : château, quête, curé, bonnes œuvres, comtesse.

Tout partait d'une collecte organisée par la famille de La Rochette pour offrir un cadeau de départ au vieux curé. Les gosses de Marcolès y avaient participé en nombre sous l'égide d'Archie, puisque sa mère en était l'instigatrice. La quête s'était malheureusement terminée par le vol des fonds recueillis. Les soupçons s'étaient portés sur Denise, l'étrangère naturellement. L'argent avait d'ailleurs été rapidement retrouvé dans le cabanon de jardin de sa grand-mère. L'adolescente eut beau nier, tout l'accusait. Au lieu d'avertir les gendarmes, on s'était contenté par « bonté d'âme » de lui interdire l'accès au château pendant la kermesse.

C'était tout. Une histoire banale. Banale et pourtant douloureuse, suffisante en tout cas pour créer une rancœur durable ou tout au moins du ressentiment et de l'amertume de part et d'autre.

Jo commence à mieux cerner l'espèce de déférence envieuse qui entoure La Rochette du seul fait de son titre, une déférence un peu perverse, qui se traduit par des égards, certes, mais aussi des ménagements, des complaisances, de la fausseté même. Autant de choses ténues qu'elle n'avait pas remarquées auparavant mais qui peuvent expliquer l'espèce de carapace de flegme et d'indifférence qu'Archie a cru bon d'endosser.

Jo réalise qu'elle détient là un nouvel élément important. Elle voudrait dire stop pour remettre toutes ses idées en place avant qu'elles ne lui échappent. Tout va trop vite. Pierrette est bien mieux que la mémoire du village. C'est le puits de Jacob, une source inépuisable de renseignements. La jeune femme doit faire un effort pour se recentrer sur la conversation.

— Denise a peut-être été accusée à tort... suggère-t-elle pour rebondir.

Au fond, Joanne n'accorde guère de crédit à l'intruse, mais son sens de la justice la conduit à faire cette suggestion.

— Peut-être bien, reconnaît Pierrette à son grand étonnement, mais elle l'avait cherché, avec tous ces surnoms méchants dont elle affublait les autres. Le pire, mais pas le plus mal vu, remarque, étant sûrement le « Couillu du ciboulot », qui a longtemps collé à Bernard, bien que « Sainte-Nitouche » ne soit guère plus gentil.

— Je croyais que c'était « la Nigaude » ?

— « La Nigaude », c'était pour Odile, mais « Sainte-Nitouche », c'était Iris !

— Parce que Denise Leblanc a aussi connu Iris ? s'exclame Jo en sursautant.

La jeune femme, sans pouvoir se l'expliquer, pressent qu'elle tient là encore un fil essentiel.

Pierrette est déjà repartie dans ses souvenirs.

— Bien sûr. Iris avait cinq ans de moins que les autres mais faisait partie de la bande. Les gosses n'étaient pas si nombreux, ils jouaient tous ensemble. C'était gai, tu peux me croire, il y avait toujours un petit pour pousser le bec-de-cane et loucher sur mes bocaux à bonbons, surtout les caramels à un centime qu'Archie achetait par cent pour les distribuer aux autres, ce qui m'obligeait à un comptage fastidieux. Je le vouvoyais à l'époque, tu te rends compte. Les temps ont bien changé, tout de même.

Joanne ne peut s'empêcher d'exprimer à voix haute sa pensée.

— Cette Denise, c'est le seul lien qui unit organisateurs et invités, ça ne peut pas être un hasard. Il doit y avoir une faille quelque part.

— Tu as peut-être raison, ma petite !

Les deux femmes se regardent gravement. Une sorte de complicité nouvelle semble les réunir.

Quand Joanne se lève, Pierrette lui prend le bras d'une manière presque familière.

— Ça m'a fait du bien de te parler, n'hésite pas à revenir. Tu sais, mon corps est usé mais ça marche encore dans ma tête, ça fait plaisir de trouver quelqu'un qui me comprend sans me prendre pour une radoteuse.

Jo a un peu mauvaise conscience puisque cette pensée l'a traversée plusieurs fois. Elle ressort de l'entrevue complètement épuisée. Radoteuse ou pas, Pierrette l'a mise sans conteste K-O debout.

Récolte fructueuse tout de même, mais il faut que je démêle tous ces fils et, comme je n'ai jamais été bonne en tricot, ça ne va pas être de la tarte !

Cette fois, l'allusion à Miss Marple, la tricoteuse en chef, ne la fait même pas sourire.

15

Comme tous ceux impliqués dans « l'affaire du colloque », ainsi que se plaît à la désigner le major Hugon, Odile n'aspire qu'à une chose, retrouver sa vie d'avant. Malheureusement, l'enquête, malgré les moyens de plus en plus importants mis en œuvre, semble piétiner chaque jour davantage. Une employée municipale remplace désormais Odile à la médiathèque et Bernard a fermé sa pharmacie. Des décisions temporaires, évidemment, pour calmer les esprits. Marcolès est en ébullition. Mais, comme dit Pierrette, « il faut se laisser le temps de voir venir ».

Depuis qu'Odile a intégré le château, celui-ci a cependant retrouvé une espèce de calme, même si, entre les crises de nerfs de John, pressé de retourner en Écosse, et les jérémiades des Tropor, on ne peut guère employer le terme de sérénité. Denise Leblanc est celle qui s'accommode le mieux de cette assignation à résidence. Toujours vêtue de son strict manteau bleu marine et de ses gants blancs incongrus, elle arpente le parc ou les rues du village avec l'énergie d'un géomètre et la méticulosité d'une chercheuse d'or.

Archie devrait se féliciter de la venue d'Odile. La « bonne fée », comme la nomme judicieusement John, pour qui cette présence féminine apporte enfin quelques éclaircies concupiscentes à son morne séjour. Avec la médiathécaire, les journées semblent curieusement libérées de toute notion de commencement et de fin, grâce à une humeur toujours égale et une bienveillance apte à supporter les malheurs des autres. Odile sait se mettre en retrait, être à l'écoute, elle utilise des expressions faciales et des hum-hum encourageants qui poussent à la confidence. C'est un trampoline qui emmagasine les idées, les humeurs, les fait rebondir, prendre de la hauteur pour les transformer en énergie positive.

Il serait facile de vivre avec elle, de traverser l'existence sans douleur. C'est ce que se dit Archie parfois. Parfois seulement. Il ne se sent pas toujours au niveau d'une telle gentillesse, d'une telle candeur. Avec Odile, la sincérité peut être gênante et les mots guindés. Il porte tant de choses lourdes au fond de lui qu'il ne peut pas vraiment se laisser aller. Joanne a dit un jour : « Celui qui ne s'accepte pas vraiment s'épuise à porter la version Instagram de lui-même. » Cette phrase n'était pas adressée spécialement à lui, mais il l'a prise comme telle. Il y repense souvent. Il réalise que son flegme, tout aristocratique et étudié qu'il soit, cache de plus en plus difficilement ses tourments.

Il a fallu deux meurtres le même soir dans son château pour changer radicalement le cours de son existence.

Être sans cesse obligé de s'expliquer sur ses moindres faits et gestes a quelque chose d'humiliant. Rendre des comptes, louvoyer n'a cependant rien à voir avec cette peur diffuse qui désormais ne le quitte plus.

Il a beau se mettre la cervelle en feu et éplucher en tous sens les fameux feuillets « Certitudes » et « Questions », il n'a pas avancé d'un pouce dans l'explication du meurtre d'Iris et encore moins peut-être dans l'empoisonnement de Travers, qu'il ne peut s'empêcher d'appeler encore « le Cheval ».

Ce matin, Odile paraît obnubilée par les alibis des uns et des autres, du moins en ce qui concerne le meurtre d'Iris, puisque pour l'empoisonnement personne ne peut se disculper.

— Je viens de discuter fort longtemps avec le major Hugon à propos de la datation de l'heure du décès. Ce couperet de 20 heures me semblait tellement précis. Ce qu'il raconte est vraiment passionnant. La médecine légale dispose de nombreux moyens qui, cumulés, sont presque infaillibles quand une mort est récente : température, rigidité, lividité, dosage du potassium, altération sanguine, réactivité musculaire, état de la digestion...

Archie écoute cette énumération morbide d'un air sceptique.

Il n'y a qu'Odile pour éprouver un intérêt sincère pour ce type de conversation. Comment fait-elle ?

De son écriture méticuleuse, la médiathécaire a noté ce qui tracasse le pauvre major. Les interrogatoires de ce dernier étant aussi précis et répétitifs qu'interminables, Odile doit bien être la seule, encore une fois, à les apprécier.

— Tu vois, à 20 heures, la plupart des alibis sont validés par le témoignage d'un proche. C'est le cas pour les Servier qui étaient chez eux, les Poisson dans la bibliothèque, McGregor et les Tropor dans leur chambre pour choisir des extraits de *La Souricière* à faire visionner le lendemain, Pierrette et moi dans la cuisine. Philippe prétend qu'il était avec Travers dans sa chambre. Il n'y a que toi et Denise qui étiez vraiment seuls, toi dans le parc, elle dans sa chambre, et personne pour le certifier.

— Nous sommes donc dans la ligne de mire du major. Enfin surtout moi, puisque j'ai poussé la forfaiture jusqu'à cacher la découverte du cadavre.

Odile le regarde avec un air de compassion qui ferait fondre la banquise.

— Heureusement, le major pense comme moi que deux mensonges peuvent se corroborer pour former un alibi.

Archie, cette fois, la regarde avec plus d'attention.

Odile est tout émue d'avoir osé évoquer ce genre d'imposture. Ce n'est pas dans sa nature de croire au mal. Elle entrelace ses doigts à s'en faire pâlir les jointures. La minceur de ses mains d'enfant le trouble plus qu'il ne voudrait en convenir.

— Quelqu'un ment, c'est sûr, mais comment le découvrir ?

Odile se tortille sur sa chaise avant d'avouer, rougissante.

— Le major m'a questionnée de façon tellement habile qu'il est parvenu à raviver ma mémoire. Quand je suis montée faire un brin de toilette vers 19 heures, j'ai entendu Philippe et Maud Travers discuter ensemble, assez fort d'ailleurs, dans la chambre de celle-ci.

— Voilà qui arrange les affaires de Philippe !

Archie a bien compris cependant au ton employé qu'il y a sûrement un flash de mémoire moins flatteur, il attend la suite qui tarde un peu à venir.

— Quand je suis redescendue vers 19 h 20, j'ai croisé deux personnes. Bernard, tout d'abord, qui semblait tellement perdu au milieu du hall que je croyais qu'il cherchait la direction de la cuisine. Il était vraiment hagard et m'a regardée bizarrement avant de s'engouffrer dans la bibliothèque.

— Bernard a toujours l'air un peu perdu, tu sais bien. Beaucoup de myopes d'ailleurs ont cet air-là, suggère Archie que ces supputations mettent mal à l'aise.

Il imagine sans mal la tête ravie d'Hugon en les entendant.

Pauvre bouillotte qui ne voit pas qu'on profite de sa crédulité.

— Ce n'est pas trop grave. De toute façon, on était encore loin des fatidiques 20 heures, ajoute-t-il pour excuser Odile en essayant de lui faire comprendre que toute vérité n'est pas forcément bonne à dire, surtout à la gendarmerie.

Sans avoir l'air de saisir le message, celle-ci poursuit en toute naïveté.

— La deuxième personne, c'était Denise. Elle sortait du salon et y est retournée dès qu'elle m'a vue. Sur le coup, je n'y avais pas prêté attention mais maintenant, avec cette histoire d'alibis où tout doit être parfaitement minuté, ça m'est revenu à l'esprit. Il s'est passé la même chose avec la voiture de Jo, c'est drôle tout de même, la mémoire. C'est ce que j'ai dit à l'inspecteur, non, pardon, au major, il n'aime pas quand je me trompe mais forcément, dans les romans d'Agatha on parle toujours d'inspecteur. Il paraît que ce terme n'est plus utilisé en France depuis 1995, tu le savais ?

Archie n'est pas sûr d'avoir bien entendu, la petite voix fluette d'Odile pouvant prendre dans de longs discours des sonorités assez soporifiques.

— C'est quoi l'histoire de la voiture de Jo ?

— Figure-toi que celle-là aussi, je l'avais complètement oubliée. Le major dit que je suis un sujet exceptionnel qui pourrait en révéler encore bien davantage sous hypnose. Ça marche très bien, paraît-il.

— Odile, arrête ! Qu'est-ce que tu as dit sur la voiture de Jo ?

L'air innocent et apeuré qu'elle lui lance car il a crié un peu fort est pire que tout. Elle se met à bredouiller comme une enfant prise en faute.

— C'est rapport à ses clés. Sa voiture gênait dans l'après-midi. Comme Joanne assistait à la conférence de Dominique sur les poisons, elle m'a donné ses clés pour que je puisse libérer le passage en la garant ailleurs.

— C'est tout ?

Archie se retient de soupirer. D'abord parce que ce serait malpoli, mais surtout parce qu'il pressent que ce n'est malheureusement pas fini.

— Oui, l'inspecteur, oh non, pardon, le major était juste surpris quand je lui ai dit qu'il était sûrement plus de 20 heures quand elle est venue dans la cuisine reprendre ses clés. J'espère que Pierrette ou Jo pourront lui confirmer l'heure exacte, ça a l'air important.

— Attends, tu te rends compte de ce que tu dis ? Jo était encore au château à 20 heures. 20 heures, Odile, bon sang !

— Oh, c'est vrai !

La jeune femme, rouge de confusion et d'incompréhension, ouvre la bouche à la manière de Bernard, mais Archie n'a plus envie de rire, il éprouve plutôt le besoin bestial de la secouer comme un prunier.

— Jo a dit qu'elle était repartie vers 19 h 30 ! crie-t-il.

— Archie, ce n'est pas possible. Quand elle m'a demandé les clés, j'étais en train de monter la mayonnaise pour le turbot, il était au moins 20 heures.

— Tu l'as mise dans une très mauvaise posture.

— Mais puisque c'est vrai !

— Odile, le major ne connaît pas Jo aussi bien que nous. S'il y a une faille quelconque dans son témoignage, elle risque d'être inculpée.

— C'est ridicule, souscrit Odile sans montrer le moindre embarras, Jo n'aurait jamais tué Iris !

— Justement, nous, on le sait, pas la gendarmerie. Tu viens de la mettre dans un sacré pétrin !

— Il suffit qu'elle reconnaisse son erreur, persiste-t-elle à la manière d'une imbécile qui, tombée dans un trou, continue de creuser pour essayer de s'en sortir.

— Le major est encore dans les parages ? questionne Archie qui renonce à discuter.

— Il est parti tout de suite après notre conversation.

— Tu penses !

Odile semble enfin prendre la mesure de sa maladresse. Elle éclate en sanglots convulsifs, ce qui a pour effet de bouleverser Archie. Les larmes, il n'a jamais su faire avec.

— Arrête, on va arranger cela. En ce qui me concerne, j'ai vu la voiture de Jo arriver vers 20 h 30, il y a forcément une explication.

— Elle a largement eu le temps de faire l'aller-retour. L'inspecteur me disait justement qu'un quart d'heure suffit, il a tout chronométré.

Elle est vraiment gourde ou elle fait semblant !

La bienveillance peut être naïve et la bonté cruelle. Archie ne peut en supporter davantage. Il doit prendre le large, s'éloigner de cette bouche en sucre rose et du regard limpide de cette femme-enfant qui ne se rend même pas compte de l'importance de sa bévue.

C'est ce qu'il tente d'expliquer un peu plus tard à Philippe, devant un verre de bière.

— L'ennui avec Odile, c'est qu'elle ignore le mal.

— Je vois ce que tu veux dire, ça peut être dangereux de se raconter sans filets aux flics. Pour autant, si Joanne a menti, c'est un peu comme qui dirait « bien fait pour elle », non ?

— Ne me dis pas que tu la croies capable d'être impliquée en quoi que ce soit dans le meurtre d'Iris !

— Bien sûr que non, admet Philippe après un temps de silence un brin suspect selon Archie. Je ne te cache pas que j'en ai assez de cette histoire. Tout a commencé à déraper avec cette fausseté de Leblanc, nous n'aurions jamais dû l'accepter.

— Tu crois qu'elle y est pour quelque chose ?

— Menteuse, on le savait, mais aussi fouineuse. Une curiosité qui la pousse à écouter aux portes et à déformer, volontairement ou pas, les propos entendus.

À la colère qui traverse les yeux de l'historien, Archie devine qu'il a sûrement été victime de l'espionnage indélicat de la dame.

— Bah oui, finit par avouer celui-ci peu après.

Philippe hésite encore un instant avant de s'épancher. Il se sent si seul ces derniers temps. Voir que l'aristo rencontre finalement les mêmes inquiétudes et réticences que lui, jusqu'à lui faire perdre son flegme légendaire, lui apparaît comme un réconfort un peu pervers. Il doit s'emparer de cette bouée de sauvetage miraculeuse. Aujourd'hui, le besoin de s'exprimer est trop fort et l'emporte sur sa pudeur habituelle.

— Figure-toi, commence-t-il d'un ton rogue, que non seulement Leblanc a eu l'audace d'espionner ma conversation avec Maud Travers, mais qu'elle s'est ensuite empressée de tout raconter aux gendarmes en insinuant que je demandais ce soir-là des conseils pour supprimer ma mère. Tu te rends compte ! Quelle saloperie, il n'y a pas d'autre terme ! Il n'a bien entendu jamais été question de ça.

Le rouge, qui envahit ses joues comme celles d'un enfant en faute, pousserait malheureusement Archie à croire en la véracité de l'allégation, aussi odieuse soit-elle.

Philippe a vidé son verre d'un coup, signe d'une soif ou d'une émotion intense. Il poursuit son récit en lissant d'un geste nerveux les gouttelettes de mousse blonde qui parsèment le dessous de verre.

— Ma mère est âgée et perd la réalité des choses. Travers avait étudié la maladie d'Alzheimer dont souffrait Agatha Christie en fin de vie, même si en 1976 on ne la nommait pas encore ainsi. La famille de l'écrivaine n'aurait d'ailleurs jamais reconnu sa sénilité mais parlait avec pudeur d'un affaiblissement de ses capacités mentales. Ma mère souffre de problèmes cognitifs similaires. Mais imagine qu'à cause des racontars de cette folle de Leblanc, j'ai été dans l'obligation d'exposer dans le détail ses troubles du comportement, ses épisodes de colère, ses conversations peu sensées, ses absences, ses moments de dépression. Ça ne regarde pas les flics ! Leblanc me le paiera.

Sous le coup de l'émotion, son teint vire à l'écarlate, Philippe prend un air mauvais qui crispe les coins de sa bouche.

— Tu sais, j'ai tout déballé par rapport à son imposture. Elle a passé un sale quart d'heure. Mais il paraît que les flics n'ont pas insisté car Annabelle Fontange est intervenue en haut lieu pour la couvrir. Mais faut pas nous prendre pour des billes. Fontange a été mise au pied du mur comme nous, elle ne veut pas perdre la face, c'est tout.

— Denise, malgré ses défauts, est peut-être une bonne assistante, suggère Archie, étonné de découvrir chez l'historien un tel degré de hargne.

— Méfie-toi d'elle ! reprend celui-ci. Imagine qu'elle a eu le culot de rendre visite à ma mère pendant que je n'y étais pas. Ma pauvre vieille déraille, je me demande bien ce qu'elle a pu lui raconter... Je suis persuadé que tous nos problèmes viennent d'elle.

Archie tente de ramener cette discussion vers son propre sujet de préoccupation.

— Comme dirait Odile, il faut faire appel à notre mémoire pour trouver ce qui cloche dans les récits des uns et des autres. Malheureusement, aujourd'hui, c'est Jo qui est sur la sellette...

Philippe contemple son verre vide avec agacement.

— Ce n'est pas très malin de la part d'Odile. Elle aurait dû nous en parler avant. Ça va être témoignage contre témoignage, je ne suis même pas certain que notre Pierrette puisse les départager. Je trouve qu'elle baisse beaucoup, elle aussi, ces derniers temps. Pour autant, c'est Bernard qui m'inquiète le plus. Contrairement à Odile, je sais garder ma langue, mais je l'ai surpris à plusieurs reprises en train de rôder dans le hall, et quand je dis rôder, c'est vraiment marcher en biais le regard fuyant. Rappelle-toi d'ailleurs que c'est le seul à être sorti de la cuisine juste avant que Travers ne passe l'arme à gauche.

Archie ne peut que répéter ce qu'il a déjà dit à Odile, pourtant, cette fois, le doute s'installe dans son esprit.

— Quand je disais faire appel à notre mémoire, ce n'est pas pour se suspecter bêtement les uns les autres mais pour essayer de trouver un semblant de logique à ce qui est arrivé.

Philippe se permet un ricanement grossier que seule une émotion intense peut expliquer.

— N'est pas Poirot qui veut, hein ? Figure-toi que c'est ce que m'a dit McGregor. Pour lui, nous ne sommes que des lecteurs, donc incapables d'analyse et d'extrapolation. Nous nous laissons mener en bateau par l'auteur comme par l'assassin, tandis que lui, c'est un universitaire, un chercheur, qui prend les faits et construit sa théorie, une vision personnelle et non plus imposée par les événements.

— Dis donc, il nous prend vraiment pour la queue de la poire, s'offusque Archie, légèrement vexé. J'aimerais bien connaître son topo personnel de l'affaire.

— C'est simple, celui qui a fait le coup cherche tout simplement à démontrer qu'il est plus fort qu'Agatha Christie. Dans tous les romans de celle-ci, on finit par connaître l'assassin même si on ne le poursuit pas pénalement comme dans *Le Crime de l'Orient-Express*, tandis que dans notre affaire on ne saura jamais son nom.

Ébranlé dans ses convictions et ses maigres assurances, Archie ne peut s'empêcher d'émettre un petit sifflement admiratif.

— Ça semble trop sophistiqué à première vue, mais au moins, ça a le mérite d'unifier les deux meurtres et même la lettre anonyme. C'est peut-être ça, le mobile, après tout ! Mais alors nous aurions affaire à un déséquilibré...

Plus la journée passe, plus cette solution de l'Écossais, qu'il retourne sans cesse dans ses pauvres cellules grises, semble judicieuse à Archie. Malheureusement, à cause de la lettre anonyme postée le jeudi avant l'arrivée des invités, les membres du Club du mardi semblent une fois de plus les seuls en cause.

À La Galoche du Cantal, on lui apprend que Joanne a dû se rendre d'urgence à une convocation de la police judiciaire et que son audition dure maintenant depuis près de quatre heures.

Le patron, le front creusé de rides soucieuses, tempête contre l'injustice d'une telle mesure.

— Si ce n'est pas malheureux de voir ça. La pauvre gamine, elle en a tellement bavé, j'espère qu'ils n'iront pas jusqu'à la garde à vue.

Qu'est-ce qu'il veut dire ? Qu'est-ce qu'il sait ? Qu'est-ce que j'ignore ?

Ah, Jo, pourquoi tant de secrets !

Archie passe par des phases d'abattement, de colère et d'exaltation. Colère contre la naïveté confondante d'Odile, capable de confier en toute innocence des faits aussi graves aux enquêteurs. Colère encore plus insupportable contre Joanne elle-même, capable de lui taire par orgueil des pans entiers de son existence et, pire encore, de s'entêter en refusant toute aide. À côté de ça, il sent de façon ténue qu'il approche de la vérité. Il faudra probablement encore bien des sentiers buissonniers avant qu'elle n'éclate au grand jour, mais il entrevoit pour la première fois comme un cercle de lumière au bout du tunnel. Archie réalise que de toute sa vie, il n'a jamais été doué pour comprendre mais davantage pour regarder, sentir, goûter, jouir, comme ses chartreux, très habiles pour prédire la pluie en passant la patte derrière leur oreille mais ne cherchant pas pour autant à l'avance d'endroits pour se mettre à l'abri. Il ne s'agit plus maintenant de regarder les autres s'agiter mais de quitter son confort, d'entrer soi-même dans le décor, de se mouiller, de s'investir, de prendre des risques.

En suis-je capable ?

En ai-je seulement envie ?

Le dilemme ne se pose pas longtemps. Comme un signe du destin, sur la route du retour, il aperçoit la silhouette à la fois lourde et guindée de Denise Leblanc qui revient de Marcolès, probablement à l'issue d'une de ses nombreuses « expéditions de commérages ». Sans plus réfléchir, il stoppe à sa hauteur et l'invite à monter dans le véhicule.

Elle prend son temps, tire sur l'étoffe de son manteau pour ne pas le froisser, pose ses mains gantées sur ses genoux comme une enfant sage et bien élevée. Archie, cette fois, a décidé de comprendre, de faire un effort, de se mettre au niveau de la situation. Il remarque comme une restriction aux commissures des lèvres qui efface le sourire de façade en le nimbant d'une expression méprisante.

— Je suis content de vous voir…

Son entrée en matière, qu'il sentait calamiteuse, est coupée net par un gloussement réprobateur.

— Oh, tutoyons-nous, je t'en prie, tu sembles oublier nos jeux d'enfants.

Vieille menteuse, je n'ai jamais joué avec toi !

Ne désirant nullement poursuivre sur ce registre pour le moins mouvant, il pose la première question qui lui vient à l'esprit en se traitant immédiatement d'imbécile, tant celle-ci est stupide au vu des événements des derniers jours.

— Tu te plais au château ?

Denise n'est pas du même bois. Sans chercher à feindre, bien au contraire, elle répond avec une certaine jubilation sans lui laisser le temps de répliquer.

— Difficile de ne pas apprécier. Avec deux meurtres en entrée, j'avoue que tu m'as gâtée. Je suis un peu déçue toutefois par l'état de ta demeure. Aurais-tu des difficultés financières, Archie le Ténébreux ? Où sont passés les domestiques, la roseraie ? Volés eux aussi ? Cette fois, tu ne pourras pas m'accuser, j'étais en exil. Tu sais, ou plutôt tu ne sais pas et tu t'en fiches, Marcolès représente énormément pour moi. Mes vacances ici, chez Mémé, étaient la seule lumière de mon enfance. J'ai beaucoup souffert quand j'ai été injustement interdite de séjour. Alors oui, je suis contente d'être de retour et d'être en plus accueillie comme une reine dans ton somptueux château, mon prince.

Elle le regarde avec une fausse innocence mielleuse et Archie devine que toutes ces paroles débitées à un rythme soutenu sont le fruit d'une longue et méthodique répétition. Nul doute qu'elle tient là sa revanche, une revanche rabâchée, ressassée, mûrie pendant plus de vingt-cinq ans dans la haine et l'enjolivement des souvenirs.

Que lui dire ? La vérité ? Que je ne me souviens même pas de cette histoire qui ne m'a pas marqué alors que pour elle ce fut le drame de son enfance.

Ce serait faire injure à sa souffrance car elle est meurtrie, c'est sûr !

Il tente une vaine réconciliation.

— Écoute, Denise, vu le contexte justement, je crois qu'on pourrait essayer d'oublier un peu nos rancœurs et juste se féliciter que notre passion commune pour Agatha Christie permette ce retour.

Les lèvres minces de l'impétueuse secrétaire esquissent un sourire tandis qu'elle aiguise le fer de sa prunelle.

— Tu as toujours su parler aux femmes, n'est-ce pas ?

L'arrivée au château le dispense opportunément de toute réponse.

En sortant de la voiture, elle exhibe sous son nez le contenu d'un grand sac.

— Regarde, pour essayer d'oublier, comme tu dis, et surtout améliorer un peu notre quotidien, car les plats préparés commencent à lasser tout le monde, je suis passée à la boucherie chercher de la viande pour une fondue bourguignonne. Elle est déjà coupée en morceaux, sous vide naturellement, avec des sauces en pot pour éviter tout risque d'empoisonnement.

De mieux en mieux, elle fait les courses maintenant et se croit chez elle !

Elle le regarde presque méchamment.

— Ah j'oubliais, j'ai aussi acheté des serviettes en papier pour faciliter le service.

Elle lui fourre dans les mains un paquet de serviettes et s'éloigne en riant.

Pourquoi ce rire dément ? Elle est folle !

Un coup d'œil sur le paquet lui apporte la réponse. Une farandole d'affreuses petites perruches colorées semblent le narguer avec insolence.

16

— J'aimerais bien savoir à quoi rime cette invitation à l'Auberge de la Tour, nous n'avons pourtant rien à fêter que je sache !

Sans se laisser démonter par la mauvaise humeur manifeste de Joanne, Archie ouvre la porte du restaurant et s'efface dans un geste de galanterie exagéré pour la laisser entrer la première.

— Nous pouvons tout de même nous féliciter de ta libération. Cette audition pour le moins prolongée aurait pu se terminer en garde à vue.

— Ce n'est sûrement que partie remise, bougonne-t-elle en suivant le serveur qui les conduit avec professionnalisme vers une table à l'écart.

Un regard circulaire lui suffit pour approuver le judicieux mélange de modernité et d'authenticité de la décoration.

— Finalement tu as raison, ça nous aidera peut-être à décompresser un peu, concède-t-elle dans l'une de ces imprévisibles volte-face dont elle est familière.

Sans se laisser dérouter, Archie lui présente le menu en souriant.

— Succession de neuf plats autour de la châtaigne, ça te dit ?

— C'est énorme, mais ça m'a l'air très inventif. Tu es déjà venu ?

Jo retrouve un semblant de sourire. La fatigue et la tension des dernières heures se lisent pourtant sur son visage. Avec son long pull-tunique en laine blanche sur son pantalon noir, la jeune femme ne manque pas de classe. D'autant plus qu'elle a pour une fois discipliné son ébouriffante chevelure dans un chignon moussu qui souligne la finesse de ses traits.

— À vrai dire, je suis venu hier pour la première fois, avec Odile.

Cette simple phrase suffit à refermer le sourire sans qu'Archie prenne garde.

— Tu comptes en faire ta cantine, c'est ça ?

— Ma pauvre enfant, si tu savais ! L'ambiance au château est de plus en plus délétère. Figure-toi que Denise Leblanc a pris en charge la restauration et organise des soirées fondue, raclette ou pizza. Si ça continue, cette terrible bonne femme nous fera bientôt tourner dans une danse des canards ! Hier j'ai craqué, je me suis enfui en embarquant Odile pour la sauver des griffes de John. Quel cavaleur ! Pour le calmer, il lui faudrait avoir au moins sept cents femmes et trois cents concubines comme le roi Salomon.

— Je ne sais pas si je peux te faire confiance, répond Jo en reposant le menu.

— Tu parles bien sûr du choix des plats... suggère Archie, soudain sur la défensive. Tu sais, Jo, je me suis fait beaucoup de souci pour toi.

— Je vois, en allant au restaurant !

— Hier, tu étais libérée mais fatiguée, m'as-tu dit au téléphone, ce que je conçois.

Il lui prend la main et brusquement leurs regards se nouent. Elle sait qu'il dit vrai. Il comprend intuitivement qu'il l'a blessée sans pouvoir en cerner la cause.

— Prendrez-vous un apéritif ?

— Champagne, c'est ce que tu préfères, non ?

Elle acquiesce, conciliante, incapable au fond de lui garder rancune.

— J'ai passé un sale moment, Butternut est un coriace.

Comme il s'étonne de ce surnom, elle lui en explique l'origine tout en se souvenant des paroles de Pierrette : « On voit que tu n'es pas d'ici. »

Lui est bien d'ici pourtant mais son château le coupe du monde.

— Odile, sans le vouloir, en s'embrouillant dans les horaires, a fini par perturber notre brave major, résume Archie. Heureusement que Pierrette a confirmé l'heure de ton départ, le témoignage d'Eliot n'aurait pas suffi.

— Elle a menti pour me couvrir, observe Jo sans s'émouvoir en plongeant sa cuillère dans son velouté de châtaigne.

Les yeux ronds d'Archie la feraient sourire si le moment n'était pas si grave.

Elle s'est brusquement résolue à tout dire. Elle ne fera pas marche arrière, aussi cruelles que puissent en être les conséquences. Cette enquête poisseuse l'oblige à parler. Trop de choses sont en jeu maintenant, elle ne peut plus garder ces secrets sordides qui lui pèsent tant. Elle a décidé de se battre aussi et cette force nouvelle la pousse à avancer. Archie l'écoute d'un air grave. Grave et bon, ce qui l'encourage à poursuivre. S'il pose des questions parfois douloureuses, ses yeux par avance pardonnent, excusent, innocentent. Compréhension plutôt que compassion, c'est exactement ce dont elle a besoin.

— Odile a raison, reprend Jo d'une voix tendue. Il était en effet près de 20 heures quand je suis retournée au château pour récupérer mes clés de voiture, Odile venait à ma rencontre à la porte du hall en s'inquiétant de ne pas me voir. Toujours son côté saint-bernard un peu irritant. Quand il a fallu donner notre emploi du temps par rapport à l'heure du crime, je n'avais pas le choix, je devais décaler d'au moins une demi-heure pour éviter les soupçons. Eliot a confirmé sans problème. À vrai dire, il était sous la douche quand je suis revenue à l'appartement. Il fait partie de cette génération qui vit sans montre et son portable étant dans le séjour, il n'avait aucune raison de me contredire.

— Pourquoi Pierrette a-t-elle prétendu le contraire ? s'étonne Archie. C'est curieux, mais je la vois mal en parjure, elle est tellement carrée.

— Plus que moi, c'est ce que tu veux dire ?

— Un peu, non ? Toi, tu n'hésites pas à mentir sciemment aux gendarmes.

— Tu as raison, admet Jo scrupuleusement. Ça a dû lui coûter beaucoup, pourtant elle l'a fait. Je crois qu'elle m'a à la bonne en fin de compte. Son témoignage est d'une rigueur toute épicière. Elle a une montre au poignet, elle, et les minutes ont une valeur précise. Butternut lui-même en a été impressionné.

— Qu'elle mente pour assurer ta défense, continue Archie bien décidé à aller au bout de cet imbroglio, j'arrive à le concevoir, mais qu'elle accepte du coup de faire passer Odile pour une gourde, j'avoue que ça m'étonne davantage.

— Écoute, Archie, Odile est gentille mais elle n'était pas en danger, moi si, d'une certaine manière. Il faut parfois choisir et Pierrette n'a pas hésité. Je conçois que tout le monde n'aurait pas forcément pris la même décision. Elle a peut-être compté aussi sur la gentillesse légendaire d'Odile pour se faire pardonner.

Odile ! Le renom d'Odile le préoccupe plus que mes problèmes, c'est dingue ! Passer pour une gourde est tellement insignifiant par rapport à ce que je vais lui dire. Ma main au feu qu'il préférerait sauver la réputation d'Odile plutôt que la mienne.

Tout en goûtant sa « truite fario infusée à la pomme », Archie prouve le contraire en recentrant la conversation sur son emploi du temps.

— Me diras-tu ce que tu faisais dans le parc du château à cette heure tardive ou est-ce un secret d'affaires ?

— De famille plutôt... répond Jo avec un pauvre sourire. Mon père est venu assister au colloque, je ne l'avais pas revu depuis mes vingt ans.

— Joanne, tu n'es pas obligée, assure Archie qui pressent à son ton que la confidence sera douloureuse.

La voix de Jo est moins assurée qu'elle ne le souhaiterait, mais elle déroule son récit sans broncher, avec une forme de courage et même une certaine précipitation.

— Ma mère est décédée peu après la naissance d'Eliot. Mon père a cru que je pouvais la remplacer, à tous les niveaux, tu comprends ? J'ai tenu le coup, ou plutôt sous les coups, pendant trois ans, et un jour j'ai mis les voiles en emportant mon petit frère. Une histoire sordide, il n'y a pas grand-chose à rajouter. J'ai fait un peu de tout pour m'en sortir, y compris quelques soirées privées chez des messieurs attirés par la jeunesse. Quelques détournements d'argent aussi, chez ces mêmes messieurs parfois. Mon petit ami de l'époque n'était pas très regardant, je lui dois tout de même d'avoir échappé à mon père. J'ai eu la chance ensuite de tomber sur une association qui s'occupait des femmes dans mon genre. Il m'a fallu dix ans pour m'en sortir en mettant Eliot dans des familles d'accueil ou des pensionnats. Ça a été dur pour lui aussi, mais c'est un gosse courageux. C'est peut-être grâce à lui que je suis restée dans les rails, il a un fond tellement honnête. Bref, conclut-elle en vidant son verre d'un coup, toute cette galère a dû laisser quelques traces dans mon casier judiciaire. Je dois être la seule d'entre nous à en avoir un, ça joue forcément en ma défaveur.

— Arrête avec ça, tu es la plus franche de nous tous.

— Tu te fiches de moi ?

Archie la regarde intensément, il a besoin de la convaincre. Cette Jo blessée qu'il a en face de lui doit retrouver son allant et sa dignité.

— Pas du tout, tu n'admets pas les compromissions, peut-être à cause de ton passé, tu as l'esprit libre de toute contingence, tu ne t'embarrasses pas de politesses ou de manières, tu cherches toujours les explications loyales sans dissimulation ou ronds de jambe, et tu as surtout ce regard insupportable, ce regard droit qui jauge, interroge ou se moque, mais qui ne ment jamais. Attention, ajoute-t-il pour détendre l'atmosphère, la franchise n'est pas sans défaut, elle peut blesser les gens fragiles. Tu m'as horriblement vexé en me traitant de vieille génération.

Jo a la gorge nouée, le plus dur est passé. Autour d'eux, le bruit feutré des conversations constitue une musique apaisante. Le service est discret, tout en finesse, pour mettre la clientèle à l'aise. La cuisine inventive est intéressante avec un mélange savant de fleurs et de saveurs épicées formant des associations originales et des présentations soignées. Le plateau de fromages défile devant eux avec des noms prometteurs.

Elle n'a plus faim.

Avais-je faim d'ailleurs ?

Mais Jo se sent soulagée, soulagée et comprise. Le reste viendra tout seul.

— Si je démêle tout ça, relance justement Archie, ton père a retrouvé votre trace à cause du colloque.

— En effet, à cause des stupides posts de mon frère sur les réseaux sociaux. Je me méfiais dès le début, je ne sentais pas cette publicité. Bref, de fil en aiguille notre père n'a pas eu de mal à faire le rapprochement. Heureusement, je l'ai repéré dans la salle à la fin de la conférence de McGregor et je l'ai exfiltré en vitesse avant qu'il ne cherche Eliot. Je lui ai donné rendez-vous à 18 h 30 dans un coin du parc pour le calmer. Pas question qu'il vienne à l'appartement.

Elle serre instinctivement les poings. Archie ressent sa détresse au plus profond de lui-même, il n'a jamais été bouleversé par quelqu'un d'autre à ce point-là.

— Qu'est-ce qu'il voulait, bon sang ? articule-t-il la voix rauque. Comment a-t-il osé ? Le temps ayant passé, il espérait une réconciliation ?

— Plutôt une assurance que je ne dépose pas plainte contre lui pour abus sexuel. Il me reste encore six ans avant la prescription. Avec le mouvement *MeToo*, la peur a changé de camp. Il m'a retrouvée trois mois après ma fuite. S'il ne pouvait plus rien contre moi à l'époque, il avait tous les droits sur Eliot. On a fait plus ou moins un pacte ensemble, il me laissait le petit, ne lançait aucune recherche et moi je ne portais pas plainte. Seulement, dans six mois, Eliot sera majeur, je ne crains plus qu'il me le reprenne mais lui maintenant a tout à craindre de moi. C'est pour ça qu'il voulait me voir, pour me rappeler le pacte. J'ai tenu bon, je me suis gardée de l'invectiver comme de lui donner la moindre assurance. Il a fini par partir sans chercher à voir Eliot ni faire d'esclandre, c'est surtout ce que je voulais éviter. En fait, je ne me serais jamais crue capable d'un tel sang-froid.

— Tu n'as pas à lui faire de cadeau…

— Je le sais, il le sait aussi, crois-moi. D'un autre côté, cette histoire est tellement lourde à porter que ce ne sera pas facile d'y replonger…

— Je comprends. Comment est-il, agressif, plaintif, menaçant ?

— Vieux, vieux et malade, à l'en croire.

Le dessert arrive à point pour dissiper leur visible émotion. Avec tout le professionnalisme de sa fonction, le serveur présente le plat avec un brin de poésie.

— Pour finir, le Ying et le Yang, notre dessert aux deux chocolats noir et blanc qui reprend les symboles de la philosophie chinoise, lune et soleil, obscurité et lumière, réceptivité et action. Bonne dégustation.

— C'est exactement ce dont on a besoin, résume Archie, de la lumière sur toute cette affaire.

— Je viens de révéler ma part d'ombre, complète Jo plus sereine, j'espère que les autres en feront autant. Tu sais, je crois de plus en plus aux paroles de notre chère Agatha : « Tout le monde a quelque chose à cacher. » Avec toutes mes histoires, on n'a même pas abordé nos avancées respectives. En ce qui me concerne, Pierrette a été un puits de science et les Poisson une énigme supplémentaire. Et toi, comment tu t'en es tiré ?

Archie prend un ton de conspirateur sans parvenir à cacher sa satisfaction.

— J'ai progressé, enfin je crois. Philippe s'est montré plus ouvert. Odile, comme il fallait s'y attendre, ne m'a guère été d'un grand secours, car il faut une petite dose de méchanceté pour voir le côté obscur des choses. Denise Leblanc, elle, en a à revendre et m'a donné quelques orientations. Que dirais-tu d'un café supplémentaire sous la tonnelle ombragée pour en discuter ?

Joanne approuve. Une promenade digestive aurait sans doute été préférable, mais pour une fois elle a chaussé des escarpins à talons hauts qui ne se prêtent guère à ce genre d'exercice.

Son plus gros scoop à elle concerne évidemment Iris, l'incorrigible romantique, qui s'est cachée deux jours chez Pierrette en vue d'une mystérieuse « mystification » et qui semblait connaître l'existence de la lettre anonyme. Iris qui, selon la doyenne, s'est enfermée volontairement dans le placard pour attendre son rendez-vous. Iris que Denise connaissait enfant, si bien que cette dernière est le seul lien antérieur entre les invités et les membres du club. Iris enfin qui était amoureuse d'Archie.

— Ça n'a aucun sens ! s'offusque celui-ci en levant les épaules. Je n'ai jamais surpris un seul regard ou geste de ce genre. Pierrette affabule complètement, c'est n'importe quoi.

— Tu ne te rends peut-être pas compte de ton charme, dit Joanne sans plaisanter. Tu comprends, ce point est important car il constitue enfin un début de mobile.

— Je n'ai plus vingt ans, Jo, je sais très bien quand je plais à quelqu'un, quand il y a une « ouverture », comme dirait John.

— Bon, alors tu nies toute ouverture ?

— Non et tu le sais très bien, mais pas avec Iris.

Jo avale sa salive pour se donner une contenance. *Bien fait pour moi !*

— Ce serait quoi le mobile, d'ailleurs ? poursuit Archie énervé. Ce serait moi le coupable, je l'aurais liquidée pour assouvir mes pulsions…

— Pas du tout, l'arrête Jo en essayant de faire preuve de fermeté. Jean-Paul, le mari, est en première ligne. Les conjoints, selon Pierrette, sont les premiers concernés.

— Sauf que celui-là a un alibi, je te rappelle !

— Je suis d'accord avec toi mais Pierrette n'en démord pas car, fait nouveau, il est venu au château vers 19 h 30 à propos de je ne sais plus quelle réparation électrique.

— S'il n'y était plus à 20 heures, on s'en fout.

— D'après Pierrette toujours, il n'a pas l'air de faire son deuil. Mon Dieu, quelle horrible expression.

— Tu as bien raison, cette formule est écœurante, on est toujours tellement seul devant la mort de ceux qu'on aime. Le pauvre, je compatis. Entre les tâches administratives, les enfants et l'enquête, il est bien obligé de différer l'acceptation de l'inacceptable.

— Évidemment !

Joanne s'applique à desserrer consciencieusement la boucle de ses escarpins pour éviter de lui montrer son regard admiratif.

Archie a de la classe et du cœur, c'est un homme bien.

— Dernière chose en ce qui me concerne, ajoute-t-elle en se redressant, Pierrette pense que le poison a probablement été mis dans les apéritifs, ce qui change peut-être un peu la donne.

Archie soupire en remarquant que c'est effectivement une possibilité qui, hélas, ne rendra pas la tâche plus facile pour déterminer le coupable.

— À toi maintenant !

— Pas de scoop de cette envergure mais j'ai peut-être le mobile, grâce à McGregor, et tiens-toi bien, ça permet de relier nos deux meurtres. Celui qui a fait ça chercherait tout simplement à démontrer qu'il est plus fort qu'Agatha parce que, contrairement à ce qui arrive dans les romans de celle-ci, on ne pourra jamais lui mettre la main dessus.

Jo fait la moue.

— Un genre de détraqué alors, pourquoi pas… mais je trouve que ça colle mal avec notre écrivaine. Souviens-toi que pour elle, l'acte criminel n'est pas la conséquence de troubles mentaux. Aborder le problème sous cet angle mènerait même à une impasse comme elle le démontre dans le roman *ABC contre Poirot*. Tu sais, moi je pencherais plutôt pour une sorte de vengeance et naturellement le nom de Denise Leblanc me vient tout de suite à l'esprit.

Un peu déçu par le peu d'enthousiasme soulevé par sa théorie, Archie se concentre néanmoins pour examiner cette nouvelle perspective.

— Elle connaissait Iris…

— Qu'elle surnommait la « Sainte-Nitouche » !

— Ah bon ?

Archie hausse les épaules d'un air désabusé.

— Cette femme est tellement singulière, comment dire… âpre. C'est un terme qui lui convient bien, tu ne trouves pas ? Du genre à ressasser dans son cœur des sentiments malheureux et des projets de vengeance. Mordante à l'excès, sans modération dans ses rapports avec autrui, cassante, oui. Irait-elle pour autant jusqu'au meurtre ?

Il se tourne vers Jo pour avoir son sentiment. Celle-ci s'agite sur sa chaise, en proie à de nouvelles réflexions.

— Je crois, finit-elle par formuler, qu'on l'a accusée à tort du vol de la collecte pour le curé et peut-être bien aussi pour l'ouverture de la volière. Coupable, elle ne serait pas revenue à Marcolès. C'est parce qu'elle était innocente qu'elle a voulu vous revoir. Mais cela n'empêche pas qu'elle ait voulu se venger de l'humiliation qu'on lui a fait subir.

Jo se rend compte qu'elle doit relater à Archie toute l'affaire du vol, celui-ci n'ayant gardé en mémoire que la peine de sa mère devant la disparition de ses perruches.

— C'est tout de même incroyable que tu ne te souviennes pas de la totalité de l'histoire.

— Je m'en veux d'autant plus que c'est le drame de la vie de cette fille. Si j'y avais prêté plus d'attention à l'époque, on n'en serait peut-être pas là !

Pierrette a dit que toutes les filles étaient amoureuses de lui. Denise en faisait évidemment partie. Quelle souffrance pour elle d'être ignorée de la sorte. L'indifférence d'Archie a quelque chose de cruel et pourtant il n'est pas vraiment égoïste, il est dans son monde à lui, c'est tout.

Archie, lui, poursuit le raisonnement à son terme.

— Denise, innocente, profite du colloque pour assouvir son désir de vengeance. Ok pour expliquer le meurtre d'Iris à la rigueur, mais pourquoi s'en prendre à Travers ? Tu vois bien que ça ne marche pas. La théorie de John est bien meilleure car il n'y a pas d'autre explication que de vouloir réussir un meurtre parfait, et de ce côté-là, on retrouve Denise en tête de liste. Son caractère, allié à sa grande connaissance « christienne », lui permet de réunir toutes les qualités nécessaires.

— Ça pourrait marcher en effet, convient Jo d'un ton qui suggère qu'elle n'y croit pas du tout. Tu oublies cependant une chose qui a son importance : la lettre !

— Exact ! Archie tape du poing sur la table. Tu as raison, dans cette théorie la lettre va avec le reste, elle fait partie de la panoplie du meurtre, on ne peut pas la dissocier sous le prétexte qu'elle a été envoyée un jour avant l'arrivée des invités. On revient donc au point de départ. Si cette théorie s'applique, elle ne peut convenir qu'à l'un d'entre nous.

— Sauf !

— Sauf quoi ?

Jo a un regard étrange, à la fois excité et dépité.

— Dominique, il est arrivé le jeudi, souviens-toi !!!

C'est le tour d'Archie d'être médusé.

— Je l'avais complètement oublié. Avec lui, la théorie colle en effet, tout comme avec Bernard d'ailleurs. C'est curieux, j'ai du mal à les dissocier alors qu'on connaît Bernard depuis toujours et son cousin depuis peu. Et ne me dis pas que j'utilise des étiquettes stéréotypées, c'est simplement qu'ils me paraissent aussi flous l'un que l'autre. En parlant de Bernard, Odile et Philippe m'ont fait remarquer qu'il rôdait, c'est leur terme, dans le hall. Pas à l'heure du crime, bien sûr, puisque personne ne semble avoir été dans les parages à ce moment-là, mais avant, après ou même pendant le repas.

— Pierrette m'a dit pareil à peu de chose près en notant au passage que ce sont eux qui se sont chargés de la distribution des scones. C'est effectivement plausible. Dominique n'est pas seulement fort en poisons. Sans se mettre en avant comme certains, il a une analyse personnelle assez fouillée de la Reine du crime, non, pardon, de la Duchesse de la mort, puisque c'est lui qui nous a fait cette remarque pertinente.

— Ça pourrait tenir la route, non ?

— Oui, mais...

— Mais quoi ?

Archie la regarde avec indulgence.

— Je les aime bien, alors je n'arrive pas à y croire. C'est idiot, hein ?

Jo essaie de s'expliquer :

— Ils m'ont envoyé un mot charmant après mon audition. Je trouve un peu facile aussi d'accuser les étrangers à notre cercle comme Denise ou les plus faibles comme eux. Attention, je ne dis pas qu'ils sont faibles en raison de leur sexualité mais ils sont timides, pudibonds, introvertis. Je trouve aussi qu'ils forment un couple parfait, peut-être parce qu'ils ont attendu si longtemps, qu'ils ont souffert, enfin je ne sais pas, mais il existe entre eux une sorte de complicité secrète, d'indulgence qui force le respect.

— C'est vrai que tu devais « cuisiner » Bernard…

— J'ai cuisiné les deux, en fait, parce qu'ils sont inséparables. Pour les parents de Bernard le mot homosexualité n'existait pas. Quand, à treize ans, il leur a dit qu'il n'aimait pas les filles, ils ont cru qu'il plaisantait. Ce genre de révélation est toujours difficile, quand elle est mal reçue ou, pire peut-être, inconcevable. Sans le colloque, ils ne se seraient pas retrouvés, Dominique n'ayant pas pardonné le mariage de Bernard. Sa trahison comme il dit. Mais le pire, c'est que sans le drame du colloque, ils se seraient probablement encore séparés, réconciliés mais chacun reprenant sa vie d'avant. Aujourd'hui, ils ont décidé de rester ensemble, le lieu n'est pas encore fixé. Ce sera la pharmacie de Marcolès, je pense.

— Donc tu ne vois pas nos amoureux organiser sciemment cette machination pour la gloire du crime parfait.

— C'est un peu ça, oui...

Archie ne peut s'empêcher de lui passer la main dans les cheveux, en dérangeant son chignon un peu échevelé.

— C'est toi la romantique, aujourd'hui !

— Après ce que je t'ai raconté, tu dois comprendre que je n'ai plus beaucoup d'illusions de ce côté-là, réplique Jo en faisant une grimace.

— Tu es beaucoup mieux les cheveux défaits. La rigueur ne te convient pas, constate Archie d'un ton songeur en retirant les dernières épingles.

Jo essaie de cacher son trouble avec une plaisanterie :

— En fait de rigueur, notre enquête tourne de plus en plus en rond.

Archie semble perdu dans ses pensées, il sourit sans répondre. Il vient de réaliser que Jo a tout d'un chartreux, élégance, intelligence, indépendance et charisme. Ces chats n'ont pas besoin de miauler ou de sauter partout pour sortir du lot. On sent leur présence dès l'instant où ils entrent dans une pièce. Jo est de la même classe, captivante et insoumise à la fois. Quant à Odile, tellement prévisible, avec sa fidélité et sa bonne humeur, elle ressemble en tout point à ce bon vieux golden si terriblement attachant.

Mazette, c'est moi qui ne tourne pas rond, je suis en train de faire de l'anthropomorphisme à l'envers !

17

Archie est un homme heureux, du moins le croyait-il jusqu'ici.

Il a suffisamment vécu, bourlingué, dirait Pierrette, pour comprendre que son véritable bonheur est là, dans ce lieu de France préservé, ce château mélancolique, cette nature généreuse et ces immensités sauvages.

À l'heure des bilans, au mitan de la vie, il a choisi l'impossible, jouer les barrages, arrêter le cours des jours. La vraie grandeur est celle de l'ascèse. Accomplissement rime avec renoncement. Et seul le dépouillement, au propre comme au figuré, permet d'entendre les battements de son cœur. Avoir du temps représente désormais pour lui le privilège sublime, celui qui justifie tous ses renoncements. Bien plus que son ascendance ou son titre, cette façon de vivre le différencie de la plupart de ses contemporains. C'est pour cette raison qu'il a refusé de s'engager dans un emploi, une cause ou une famille. Avoir du temps quand on est encore jeune, sans attendre la retraite, suppose de n'accorder aucune importance véritable aux contraintes matérielles. Avoir du temps pour sentir le meilleur du jour avant qu'il n'appartienne aux autres, apprécier la sensation des heures qui s'étirent, vivre loin des endroits où tout le monde s'agglutine et se contenter de déguster les lumières fugaces, les brumes évanescentes et les nuances impalpables de vert, de gris et d'or qu'offre la nature. Ses principaux revenus proviennent des loyers d'un immeuble parisien qui appartient depuis des générations à sa famille, mis par lui en gestion locative pour éviter tout désagrément. Même *a minima*, l'entretien du château entame l'essentiel de ses ressources.

Vivre ici est une grâce qui mérite bien quelques sacrifices.

Dans le Cantal, le printemps est souvent court mais violent, balayé d'odeurs de rosée et de narcisses blancs, de lumières ivres, de meuglements poignants et de brumes silencieuses. Archie apprécie particulièrement cette dualité du mois d'avril qui garde encore un pied dans l'hiver. L'odeur du bois brûlé s'échappant des cheminées qui fument a quelque chose d'intemporel, de rassurant, qui le replonge facilement dans l'enfance. Des arbres en fleurs, comme un nuage de fraîcheur, flottent sous le mauve bleuté du ciel. Cette journée sera belle. La nature se moque du tourment des hommes.

Archie a encore été convoqué à la gendarmerie. Les auditions se succèdent, s'empilent, se multiplient, se croisent, sans succès apparent. Ces interrogatoires sans fin lassent tout le monde, y compris Hugon lui-même, qui persiste, cherche la faille et les contradictions. Tous tiennent bon, même le meurtrier malheureusement, puisqu'on ne progresse guère. Faute de mobiles évidents, le major Hugon semble avoir fait sienne la théorie de John. Réussir un meurtre parfait pour damer le pion aux assassins de papier.

Il leur a demandé de réfléchir aux romans de Christie qui s'apparenteraient le plus à la situation actuelle. *Un meurtre sera commis le...* et *La Plume empoisonnée*[1] arrivent en tête des réponses.

Archie se fait un malin plaisir à imaginer le major en train de lire ces bouquins pour essayer d'y trouver un lien quelconque avec son enquête.

N'est pas Poirot qui veut !

Il s'en veut un peu de ressasser cette formule simplette qui ne le lâche pas, ses propres cellules grises devant faire un complexe d'infériorité.

Toutefois, si Hugon avec son casque roux ne rivalise pas avec l'élégance d'Hercule, c'est un tenace et Archie se demande combien de temps il lui faudra pour déceler le mensonge de Joanne.

Parce qu'il le découvrira, Pierrette est trop bavarde, elle finira par se couper.

Le danger peut d'ailleurs tout aussi bien venir d'Odile, qui est incapable de mentir, même pour la bonne cause, sans perdre ses moyens.

En bredouillant, les bras pendants, les yeux baissés et rouge de confusion, elle est revenue sur son témoignage en inventant une histoire de montre déréglée.

Elle était lamentable à se tortiller ainsi, bouleversée par le remords d'avoir causé des ennuis à Joanne et honteuse de devoir mentir.

Pauvre bouillotte, tiraillée entre amitié et devoir.

---

1. Ce roman d'Agatha Christie, qui met en scène Miss Marple, tourne autour d'une affaire de lettres anonymes.

Archie l'admire pour cette innocence d'esprit. Hugon, lui, ne sera pas dupe longtemps.

Trouver la vérité par eux-mêmes s'impose donc chaque minute davantage. Joanne est solide mais elle supporterait mal de voir ses affaires de famille, comme elle dit, étalées au grand jour. Ce n'est souhaitable ni pour elle, ni pour Eliot.

La silhouette longiligne de l'adolescent se découpe justement sur le pignon du pigeonnier, ponctuel au rendez-vous fixé malgré l'heure matinale. Il affiche un peu la panoplie de l'époque, jean, pull à capuche, cigarette électronique et smartphone. En même temps, sa coupe de cheveux un peu longue, son regard doux et sa barbe juvénile s'accordent bien avec l'ambiance romantique et un peu surannée du parc.

— On ne croyait pas si bien dire en pensant que le concile pouvait durer une semaine, rappelle-t-il à Archie avec un clin d'œil en désignant la maigre réserve du tas de bois.

Le châtelain approuve en bougonnant.

— Que veux-tu, ces messieurs-dames de la ville sont fragiles, les cheminées de la cuisine, de la bibliothèque et du salon fonctionnent à plein régime, ce qui est un peu paradoxal en cette période de l'année où je me contente en général d'une petite flambée le soir.

— C'est parce qu'ils ont peur.

— Peur ?

— Oui, quand on a peur, on a froid, assure Eliot en retroussant ses manches pour s'attaquer aux bûches. C'est une réaction bien connue. Les frissons sont une réponse au stress. La décharge d'adrénaline peut être à l'origine de la chair de poule.

— Tu sais ça, toi ? Tu crois qu'ils ont vraiment la frousse à ce point-là ? s'empresse d'ajouter Archie qui réalise que le garçon doit malheureusement parler en connaissance de cause. Pour ma part, je n'ai rien remarqué même si l'ambiance n'est pas particulièrement folichonne.

— Peut-être pas tous, reconnaît Eliot. En tout cas, Irène Tropor avec sa phobie de l'empoisonnement plombe l'atmosphère des autres. Tu ne trouves pas qu'ils sont agressifs ?

— On le devient malheureusement tous plus ou moins. Il y a une sacrée hostilité et un sentiment d'angoisse refoulé qui n'arrangent pas les rapports. C'est difficile de garder son sang-froid en sachant qu'un meurtrier se balade peut-être parmi nous. Alors tu penses bien que personne, sauf Odile peut-être, ne fait le moindre effort de courtoisie ou de politesse.

— C'est sûrement une bonne idée, Tropor va jouer des sketches samedi soir. Ça détendra un peu tout le monde.

— Quoi ?

Sidéré, Archie en laisse tomber sa hache, qui rebondit avec un bruit sourd sur le sol, avant d'ajouter : Comment tu sais ça, toi ?

Eliot répond à son étonnement par une grimace comique.

— C'est une surprise, mais j'étais sûr qu'il valait mieux te mettre au courant. Au départ, c'est une idée d'Odile pour apporter un peu de lien, tu sais comment elle est. Ça aura le mérite au moins d'occuper Tropor qui doit choisir et répéter les textes. Comme Irène était costumière, elle va s'atteler aux accessoires avec Odile. John lui-même a promis de donner un coup de main.

Archie plisse les yeux en imaginant sans peine le pire, ses vieux rideaux de brocart découpés pour faire un slip de théâtre au petit homme. Le côté absurde de la situation prêterait plutôt à sourire s'il pouvait occulter le danger toujours possible d'une telle représentation.

— Je viendrai avec Jo. Philippe sera là également. Nous sommes tous invités, en fait, renchérit Eliot sans se rendre compte de l'étrange silence de son comparse.

Une fois de plus, Archie se sent floué.

C'est mon château ! Je suis déjà obligé de supporter ces imbéciles, comment peuvent-ils avoir le culot d'organiser des « divertissements » aussi stupides sans m'en parler ! Sans compter que ça peut être dangereux ! Super dangereux, même !

Curieusement, Eliot, sans l'avoir entendu, reprend cet argument.

— Nous serons tous réunis comme le soir du crime, Denise est persuadée qu'il se passera quelque chose.

Allons bon, il ne manquait plus qu'elle !

— Tu as parlé avec Denise ?

Sans montrer le moindre embarras, Eliot explique qu'il a même passé un bon moment avec elle.

— Tu étais bien tout l'après-midi avec ma sœur !

— Excuse-moi, mon vieux, mais la compagnie de Jo est plus agréable.

Le garçon rit de bon cœur, sans rancune.

Plongés chacun dans leurs pensées, absorbés par leur travail, ils restent un long moment sans prononcer une parole, un silence léger qui les rapproche, une espèce de complicité née des mêmes gestes, des mêmes soucis, des mêmes certitudes.

— Cette fois, ça devrait suffire, estime Archie en lançant un œil connaisseur au bûcher. On a de quoi tenir quinze jours et je refuse absolument d'envisager qu'il puisse y avoir une prolongation au-delà. Remets ton pull et viens t'asseoir sur le banc de repentir pour me raconter tout ça.

— Pourquoi le banc de repentir ?

— Une mesure éducative existant depuis plusieurs générations au château de La Rochette. Pour chaque bêtise faite, il me fallait rester un quart d'heure sur cette pierre, quelle que soit la météo du moment. Un quart d'heure, c'est à la fois peu et beaucoup. Tu as le temps de refaire le monde dans ta tête ou d'attraper une pneumonie en plein hiver.

— Ça t'est arrivé ?

— Les deux, oui. J'ai aussi piqué ici de terribles colères et pris d'audacieuses résolutions, si bien que ce banc et moi sommes maintenant de vieux amis.

— Tu étais très différent quand tu étais jeune ? demande Eliot ingénument. Je me demande si on change vraiment avec l'âge.

Sans s'embarrasser de considérations métaphysiques, Archie comprend que l'adolescent a besoin d'être rassuré.

— Décidément, toi et ta sœur aimez bien me classer dans les vieux ! répond-il d'abord sur le ton de la plaisanterie, avant d'ajouter plus sérieusement : Tu sais, rares sont les gens qui perdent leur qualité première en vieillissant. La plupart sont comme les arbres en automne qui, sans leurs feuilles, montrent encore mieux leur ramure.

— Je te demande ça parce que Denise, justement, m'a dit qu'elle n'avait pas changé. Toute petite, même avec les autres, elle s'est toujours sentie solitaire. Ça m'a fait tout drôle quand elle m'a fait cet aveu. Revendiquer d'être toujours la même alors que tout le monde ici lui reproche son attitude passée, j'ai trouvé que c'était fort de sa part.

— Pour être forte, elle est forte, grommelle Archie, qui voit toujours dans la secrétaire une dangereuse intrigante, même s'il commence à croire de plus en plus sérieusement à son innocence concernant les griefs du passé. Qu'est-ce qu'elle t'a dit d'autre ? Elle craint un nouvel empoisonnement, elle aussi ?

Eliot commence à croire que le banc de repentir dispose de réels pouvoirs magiques qui poussent à la confidence, car il s'était juré de garder pour lui son expérience un peu périlleuse de la veille.

— Justement, s'entend-il dire sans trop de réticence. Avec Denise, hier, on a décidé de faire un test avec la ciguë vireuse, pour voir si c'était facile à extraire et pour mieux comprendre comment le meurtrier a pu procéder.

Archie se retient pour ne pas exploser de colère.

— Vous avez fait quoi ?

— Une expérience. Ne t'inquiète pas, on a tout nettoyé après, il n'y a aucun risque. On avait pris des gants, on s'est installés dans la vieille serre et on a brûlé tous nos essais.

— Ne me dis pas que tu es allé cueillir de la ciguë !!!

— Comment veux-tu qu'on fasse autrement ? J'ai prélevé un pied dans la vase sur le bord du petit étang et je peux te dire que cette première phase de l'opération est drôlement facile. J'avais peur de m'enfoncer, mais, près du bord, le sol n'est pas trop détrempé. Je craignais aussi que la plante ne s'arrache mal, mais après un petit splash elle est venue toute seule.

Archie serre les dents pour ne pas hurler. Il ne peut se retenir cependant de secouer le bras d'Eliot.

— C'est irresponsable et super dangereux, parvient-il à marmonner.

— Pas du tout, on avait des gants, je te dis !

— Qui a eu cette brillante idée ? Denise, je suppose ?

— Bah non, c'est moi. Elle non plus ne comprenait pas comment c'était possible. Alors on s'est dit que le mieux était de refaire le test. Rien ne vaut le vécu, comme elle dit. Tu comprends, c'est important de savoir si c'est à la portée de tout le monde ou pas. Rien que pour la cueillette, on peut déjà éliminer Pierrette.

— Raconte ! soupire Archie, résigné et poussé malgré lui par l'envie d'en apprendre davantage.

— La racine est plus dure qu'on ne le pensait, il faut un petit marteau pour la casser, la force des doigts ne suffit pas. L'intérieur est creux avec un suc jaunâtre qui a vraiment une très mauvaise odeur. Denise ne sent rien rapport à son Covid, mais moi je peux te dire que ça pue ! Il faut donc l'éliminer soigneusement pour éviter que l'odeur ne soit détectable et repoussante. Ça nous a pris dix minutes pour curer correctement les racines. On a prélevé ensuite un petit morceau, débarrassé de son écorce, qu'on a broyé au mortier puis passé dans un tamis, mélangé avec de l'eau et mis dans une seringue. C'est la partie la plus difficile et la plus délicate, il a fallu vingt bonnes minutes. À ce niveau de l'essai, on peut dire qu'il faut disposer au moins d'une bonne demi-heure sans être dérangé, ce qui signifie que cette étape a obligatoirement eu lieu bien avant la préparation du dîner, car dès 18 heures il y a eu un va-et-vient permanent dans la cuisine.

— C'est sûrement vrai, consent Archie en fronçant les sourcils. On peut même aller plus loin et en déduire qu'avec le colloque il était quasiment impossible pendant toute la journée de disposer d'une demi-heure de tranquillité absolue dans la cuisine. Le poison a donc été préparé par avance et ailleurs.

— C'est aussi ce qu'on a conclu. Restait à tester le dernier point : injecter le poison. Denise avait apporté des bouts de pain pour simuler les scones. Mettre un coup de seringue est facile, le faire sans être repéré demande plus de dextérité. Pour ma part, j'ai été assez maladroit. Une chose est sûre, celui qui a fait le coup devait avoir la seringue à portée de main dans une poche ou dans un sac et, malheureusement, je crois bien que tout le monde avait l'un, l'autre ou les deux. Il faudrait se rappeler en détail les vêtements de chacun. Il est par exemple difficile et peu discret de sortir une seringue de la poche d'un jean trop serré. Dans celle d'une veste, c'est tout de suite différent. Pour Denise, la maîtrise d'un tel geste demande de l'entraînement, des répétitions, si tu veux, et surtout de l'aplomb, du sang-froid et un empire sur soi-même. Pour cela, elle élimine Tropor en raison de ses tremblements et Odile pour son émotivité. Je suis assez de son avis. En revanche, elle met Bernard en haut de la liste. C'est celui qui avait le plus de possibilités d'agir puisqu'il a disposé les scones dans les assiettes. On doit prendre également en compte le fait qu'il est bien pourvu en matière de seringues grâce à sa pharmacie. Sinon, elle penche pour Philippe, parce qu'il n'a pas quitté Travers de la soirée et pouvait donc facilement injecter le poison. En troisième position, elle hésite, ça pourrait être toi, mais elle n'a pas osé me le dire car elle sait qu'on est potes.

Archie ne peut s'empêcher de vitupérer contre la secrétaire.

— Naturellement, pour donner son avis, elle est très forte. Et pour t'entraîner à faire des conneries aussi. Tu ne m'enlèveras pas de l'idée qu'avec un poison aussi dangereux, vous avez pris des risques stupides et inutiles. Montre-moi l'endroit de vos expériences dans la serre. Je voudrais avoir la certitude que tout est net et que les animaux ne craignent rien.

— J'avais enfermé Lechien avant ! J'aimerais autant que tu n'en parles pas à Jo…

— Il fallait y penser avant, mon vieux. Tu crois qu'elle n'a pas assez d'ennuis comme ça en ce moment ?

Le garçon prend un air penaud qui ne trompe pas Archie pour autant. D'ailleurs, peu de temps après, Eliot revient déjà sur le sujet.

— Par contre, j'aimerais bien en discuter avec Bernard et Dominique. Ils ont peut-être des astuces pour liquéfier plus rapidement les racines.

— Eh bien moi, j'aimerais autant que tu n'en parles à personne. Tu m'as l'air d'oublier un peu vite que le vrai empoisonneur est parmi nous et qu'il n'apprécie peut-être pas tes petites expériences. Bon sang, mon gars, tu ne te rends pas compte. Ce n'est pas un jeu, il y a un meurtrier qui est aux abois, qui peut prendre peur et recommencer. Denise va m'entendre, crois-moi !

— Je ne pense pas que ça la gêne beaucoup.

Évidemment !

L'examen de la serre le rassure un peu, même les cendres du forfait ont été ramassées et jetées.

— Je t'ai dit qu'on avait pris toutes nos précautions.

— Tes précautions et surtout celles de Denise ne sont pas forcément les miennes. La prochaine fois qu'une idée de ce genre te passe par la tête, tu es prié de m'en parler avant de la mettre à exécution. Cette serre n'est pas un laboratoire à votre disposition.

Sans se laisser troubler outre mesure par ce rare accès de mauvaise humeur du châtelain, Eliot en profite pour rebondir sur un projet qu'il mûrit depuis la veille.

— Justement, je voulais te demander s'il était possible de l'utiliser.

— Utiliser quoi ?

— Ta serre. Tu sais qu'il ne faudrait pas grand-chose pour la remettre en état. Une douzaine de vitres neuves suffiraient, avec un peu de peinture. Il faudrait, bien sûr, apporter aussi de la terre et du fumier. Ce serait formidable, non ? J'adore l'odeur des serres, la terre humide, imagine tous les semis qu'on pourrait faire…

Agacé tout d'abord par l'idée insupportable qu'on veuille s'immiscer dans sa vie privée, Archie ne peut s'empêcher d'être touché et même bêtement flatté par l'emballement sincère que montre l'adolescent pour cette belle construction à l'ancienne qui a plutôt bien résisté aux affronts du temps. Un zeste de méfiance le pousse toutefois à se montrer presque cynique.

— Des semis de quoi, de cannabis ?

Sans se froisser de l'allusion, Eliot hausse les épaules.

— Ce ne serait pas très discret, tu ne crois pas ? C'est dingue, tu réagis exactement comme Jo quand je fais une proposition, elle cherche tout de suite le point faible.

Content de se retrouver pour une fois avec Jo dans le coin des vieux, car il ne se leurre pas, c'est bien ce que le garçon a insinué, Archie l'écoute d'une manière plus indulgente dérouler ses plans sur la comète.

— Je pensais à des semis de concombres, salades, courges, potirons, aubergines, melons et surtout tomates. On pourrait en planter près de vingt pieds sur la partie exposée au sud. Tu te rends compte de la récolte cet été ? C'est tellement beau de voir les petites pousses, sans parler de manger ses légumes. Tu n'as jamais eu envie de jardiner ?

Cette fois, Archie se sent un peu vexé, pire, ridicule de n'avoir jamais eu cette pensée ou plutôt ce courage, car un jardin ne se dompte pas facilement et demande beaucoup de patience et d'abnégation. Cependant, bizarrement, il comprend et admire la fascination du gamin pour la vie des plantes, et éprouve l'envie irrationnelle de l'aider.

— On avait un jardinier autrefois qui faisait à peu près tout ça. La serre était son domaine, interdiction absolue d'y mettre les pieds. C'est peut-être pour cette raison qu'à force de la voir je l'avais presque oubliée. Je te la prêterai volontiers, mais ce n'est pas aussi facile que tu le penses…

Sans s'arrêter sur les réserves émises par le châtelain, Eliot repart sur son vélo en sifflotant, dressant déjà dans sa tête la liste de toutes les fournitures nécessaires à la mise au point de ce fabuleux projet.

Qu'un jeune puisse trouver du plaisir dans une telle entreprise laisse Archie perplexe. Perplexe et presque gêné de ne pas se sentir à la hauteur d'un tel enthousiasme. À force d'apprendre à perdre son temps, il en avait presque oublié qu'une implication plus concrète pouvait aussi apporter le bonheur.

Il soupire.

Quel pataquès ! Entre Tropor qui veut rejouer à l'acteur et le duo improbable Eliot-Denise qui se lance dans des expérimentations à la noix, il est temps que tout ça s'arrête.

Cette situation explosive le décide sur-le-champ à rendre visite à Bernard. Entre les témoignages d'Odile, d'Eliot, de Philippe et maintenant de Denise, les passages prolongés du pharmacien dans le hall deviennent de plus en plus suspects.

Tant pis pour Jo qui se laisse enrubanner par le côté glamour de la romance tardive des deux connaissances.

Bernard l'accueille dans le logement qu'il occupe au-dessus de la pharmacie. Un peu moins voûté peut-être, mais toujours aussi confus.

— C'est l'heure du ménage, tu excuseras le désordre.

Dominique le salue d'un bonjour alerte. D'après ce qu'Archie peut en voir, le ménage, assez particulier, consiste à mettre en cartons ou dans des sacs-poubelles les vestiges de la vie antérieure de son cousin : photos de mariage de celui-ci, photos de vacances ou de réunions de famille, bibelots et vêtements féminins, nombreux canevas au point de croix dont la dame devait être friande. Apparemment, depuis son veuvage, le pharmacien n'avait pas réussi à faire le vide, on sent que l'heure est enfin venue.

— Il faut éclaircir pour aller de l'avant, note Dominique.

Archie en profite pour rebondir sur l'enquête, la même analogie de désherbage pouvant s'appliquer à celle-ci. Avec force circonvolutions, pour ne pas éveiller la susceptibilité chatouilleuse du pharmacien, il parvient à lui demander des explications sur sa présence répétée et repérée dans le hall.

Bernard fait d'abord semblant de ne pas comprendre, puis il nie être sorti de la bibliothèque pendant le laps de temps que constitue son alibi. Acculé par les témoignages précis d'au moins Odile et Philippe, il revient sur ses dires en invoquant la nécessité de se dégourdir les jambes.

Archie n'est pas Poirot, ni même Hugon, il n'ose pas aller au bout de cet interrogatoire ridicule. Il ne s'en sent guère le droit, en fait. Toutefois les réponses ambiguës et les mensonges évidents de Bernard ne plaident pas en sa faveur.

— Comprends-moi bien, le meurtrier d'Iris est obligatoirement passé par le hall aux alentours de 20 heures. La police scientifique n'a rien relevé de probant dans le placard permettant de nous donner un indice. Nous ne pouvons nous appuyer que sur l'heure du crime. Dès lors, tout va-et-vient sans motif dans le hall devient suspect.

Dominique, resté jusque-là silencieux, semble s'impatienter.

— Écoute, Bernard, intervient-il d'une voix ferme, je crois qu'il n'est plus possible de te taire, il faut exposer ton problème.

Il l'encourage d'un regard appuyé et d'un balancement de tête.

Archie se rend compte qu'il est en train de prendre sur son cousin une forme d'ascendant.

Pour autant, Bernard hésite toujours, torturé entre le désir de se justifier et celui, plus légitime à ses yeux, de préserver sa pudeur.

— Eh bien, en fait, je souffre de parurésie, avoue-t-il enfin en bredouillant.

Archie n'a pas bien compris le terme mais n'ose pas trop le faire répéter, vu la difficulté pour obtenir une telle révélation.

Heureusement, Dominique, plus pragmatique, lui donne l'explication adéquate.

— Si tu préfères, on appelle ça aussi le « syndrome de la vessie timide » ou une « rétention urinaire psychogène ». Elle se définit par des difficultés à uriner allant jusqu'à l'incapacité totale dès lors qu'on peut être vu ou entendu par autrui, mais aussi quand on anticipe cette éventualité, et plus largement dans diverses situations vécues comme un stress, notamment quand on est pressé par le temps. Un trouble anxieux apparenté à une phobie sociale est souvent à l'origine de ce blocage urinaire.

— C'est très handicapant, ajoute Bernard, que la réaction muette d'Archie commence à rassurer. Comme je travaille sur place à la pharmacie, ça ne me gêne pas au quotidien, mais j'ai dû renoncer à des sorties ou des voyages, et ça m'oblige à mettre en place des stratégies comme chercher des lieux isolés, inventer des stratagèmes pour me retrouver seul et surtout éviter de boire dans la journée. C'est ce que j'ai fait pour le colloque, mais le soir je ne tenais plus, or les toilettes sont dans le hall et il y avait toujours quelqu'un dans le coin, j'ai cru que ma vessie allait exploser.

— Moi, je te le dis, grogne Dominique, tu finiras par avoir de sérieux problèmes urinaires. Il est temps de réagir. Ta phobie n'a que trop affecté ta vie personnelle et sociale. Je pense qu'aujourd'hui le plus dur est fait puisque tu acceptes de parler de ton handicap, on va pouvoir le traiter. L'hypnose a montré son efficacité chez certaines personnes, tout comme une technique respiratoire. À nous deux, on y arrivera.

Une espèce de contentement béat se lit sur le visage d'Archie qui se mord les lèvres pour retenir une furieuse envie de sourire. Il pense à Jo, elle sera contente, ses amoureux sont sauvés grâce à la « vessie timide ».

Je ne suis pas charitable, mais c'est trop drôle tout de même !

Il est tellement soulagé qu'il en oublierait presque de poser la seule question qui vaille.

— Maintenant, Bernard, réfléchis bien, pendant tes passages dans le hall, qui as-tu vu et à quelle heure ?

Le pharmacien comprend l'importance de sa réponse. Bouche ouverte, il essaie de se remémorer au mieux les différentes scènes. Cependant il s'avère très vite qu'il était trop préoccupé par son problème pour pouvoir préciser l'heure de ses différentes rencontres.

— Nous sommes sortis de la bibliothèque à 20 h 30, lui rappelle Dominique.

— Je suis sorti plusieurs fois avant 20 h 30. La première, j'ai croisé Odile qui venait de se changer. Après, j'ai vu au moins deux fois Denise. Celle-ci m'a parlé un moment, elle avait ramassé les photocopies inutilisées pendant la conférence de Dominique et m'a tenu un discours réprobateur sur le gâchis de papier.

À cette évocation, il blêmit et s'embrouille sans que les autres comprennent pourquoi.

Cette saleté, elle a essayé de me rabaisser comme avant.

Les mots méprisants, « Alors, mon petit Couillu du ciboulot, on est toujours aussi farouche avec les filles ! », résonnent encore à ses oreilles. Il déglutit et reprend, pressé maintenant d'en finir.

— J'ai aussi rencontré Philippe qui descendait l'escalier en prenant tout son temps. Je me suis caché derrière la statue pour l'éviter, ou peut-être après, pour Odile. Oh, je ne sais plus. C'est tout, je crois. Oh non, j'oubliais, j'ai vu Jean-Paul, le mari d'Iris. On a discuté deux minutes car il était en retard pour récupérer les enfants chez sa belle-mère. Je m'en souviens parce qu'il pensait retrouver sa femme là-bas. « Elle y est, je le sens », qu'il m'a dit. Ça me fait de la peine pour lui, c'est un bon copain.

— Tu le connaissais ? ne peut s'empêcher de demander Archie, qui réalise que sans horaire toutes ces informations sont inutilisables.

— On était tous dans la même bande, répond laconiquement Bernard.

Archie ne part qu'après avoir exigé des cousins qu'ils reprennent à tête reposée la totalité de ces rencontres en essayant de leur attribuer un créneau horaire. Dominique, prétendant qu'il était « plongé dans le temps des archives » et incapable de prêter la moindre attention aux contingences matérielles, doute d'être capable de lui être d'aucun secours.

Archie les quitte, guère rassuré sur le succès de sa demande.

Ils font vraiment la paire, tous les deux. Ils sont pourtant capables, sans s'en rendre compte, de détenir la clé de l'affaire.

18

Le plus bel édifice de Marcolès est sans nul doute l'église Saint-Martin, édifiée au XVe siècle dans le genre gothique imposant mais avec déjà cette petite nuance méridionale qui en atténue subtilement l'austérité.

Joanne ne saurait dire quelle impulsion mystérieuse l'a conduite à pousser sa porte, elle qui n'est pas particulièrement portée vers la religion. Elle a toujours admiré les élégantes nervures de la voûte un peu basse et la rosace colorée, cependant, aujourd'hui, c'est la chaire de vérité qui attire son regard.

Cette tribune utilisée autrefois pour les sermons est ici une véritable œuvre d'art avec ses pans concaves, la finesse de son soubassement et ses sculptures aux polychromies éclatantes.

« Chaire de vérité », quelle dénomination symbolique ! Si seulement on pouvait réunir tous les protagonistes du colloque sous cette tribune pour leur soutirer des aveux !

Agatha Christie a construit ses romans sur le principe de la dissimulation générale plus que sur tout autre. C'est vrai. On a tous quelque chose à cacher, moi la première, parce qu'on craint le regard des autres. Il faudrait pouvoir s'en extraire, dans un lieu comme ici par exemple, ce serait peut-être plus facile.

Pas le moindre touriste en ce clair matin d'avril pour déambuler dans l'église. Un silence envoûtant protège les vieilles pierres, laissant comme un écho répondre au tumulte impétueux des pensées de la jeune femme. Toutefois, au moment de sortir, elle croise Denise Leblanc, qui semble si peu étonnée de la voir qu'elle devait avoir repéré ou même cherché auparavant sa présence.

— Tu connais le banc d'Archie le Ténébreux ? demande celle-ci sans s'embarrasser de préambule.

À peine Jo a-t-elle secoué la tête en signe de négation que l'alerte secrétaire l'entraîne déjà vers une des chapelles latérales accolées de part et d'autre de la nef. Elle se lance alors dans une explication aussi fournie que malveillante.

— Jusque dans la mort et la religion, les nobles ont toujours cherché les privilèges. Ces chapelles furent érigées par les personnalités de la ville afin d'y avoir droit de banc et de sépulture. À l'origine, elles constituaient même un bâti indépendant. Ce n'est qu'au XIXe siècle qu'elles furent englobées dans l'édifice. La plus belle n'est peut-être pas celle des La Rochette, mais moi, leur banc m'a toujours impressionnée, avec ses beaux médaillons en relief de la Renaissance. Maintenant, imagine un peu ton Archie, assis entre ses parents, le comte altier et la comtesse des bonnes œuvres, comme on l'appelait, et dans les travées du milieu, là, sur les bancs de bois grossiers, nous, les gosses du village en train d'essayer de capter un regard.

Jo préfère en rire. Ce tableau est grotesque et le « ton Archie » la met mal à l'aise.

— Je crois que tu exagères, on croirait l'histoire de Cendrillon. Tes souvenirs remontent à vingt-cinq ans, pas au déluge. Je ne suis même pas sûre qu'à l'époque dont tu parles, les gens du château s'asseyaient à part.

— Je peux te le certifier !

— En tout cas, franchement, ce banc trop pompeux n'a rien de plus confortable que les autres. À quoi ça sert d'ailleurs d'envier toujours ce qu'on n'a pas ? Il est préférable de se battre pour conquérir sa propre place.

— C'est ce que j'ai fait, rétorque Denise de son ton toujours un peu acerbe, mais je voulais te montrer ce détail car la jalousie commence par des choses aussi futiles que ça, pour la plupart des gens, du moins. C'est vrai, reconnaît-elle peu après d'une voix plus conciliante, que toi, tu ne sembles pas du même bois et tu n'es pas d'ici de toute façon.

— J'en ai assez d'entendre toujours cet argument chauvin, se rebiffe Jo. Cela fait trois ans que je vis et que je travaille ici. Je suis autant d'ici que toi qui n'y es pas venue depuis vingt-cinq ans. C'est quoi « être d'ici » d'ailleurs ? Aimer ce pays me donne autant de droits que celui qui y est né ou que celui qui, comme toi, y a passé une partie de ses vacances.

— Ce n'est pas si facile, persiste Denise en la prenant par le bras pour se diriger vers la sortie. Il faut qu'on cause toutes les deux.

Jo se laisse faire, plus curieuse que réticente.

Si Archie me voyait bras dessus, bras dessous avec son ennemie jurée !

Causer ? C'est vrai qu'à part les politesses d'usage, je ne pense pas lui avoir adressé une seule parole depuis son arrivée.

Sans avoir besoin de se concerter, elles se dirigent vers le charmant petit square situé juste derrière l'église qui domine les toits gris bleu coiffant la partie basse du bourg.

— Tu comprends pourquoi j'aime ce village ?

Pour une fois, Denise n'a l'air ni en représentation, ni sur la défensive. Sur ce terrain-là, Jo n'a aucun mal à abonder dans son sens.

— Comment ne pas être conquise ? Il faudrait être sacrément blasée pour ne pas être touchée. Tout ici semble tellement à sa juste place.

La remarque n'est peut-être pas bien choisie, vu leur précédente conversation. Pourtant, des carrieroux, ces ruelles typiques de l'époque médiévale, jusqu'aux porches, murets, lauzes, pierres, celliers aux marches abruptes et portes fortifiées aux archères cruciformes, rien ne jure, tout s'assemble, se fond et se déploie dans un gris pailleté unique, couleur d'écorce, de nuage et de brouillard mouillé.

— Il faut que la petite plaisanterie s'arrête, affirme brusquement Denise en revenant à des considérations plus prosaïques.

— J'ai du mal à parler de plaisanterie avec deux meurtres, rétorque Jo froidement. Iris était une amie, ça ne me fait pas rire. À ce propos, je voulais te demander d'arrêter de jouer avec Eliot aux apprentis toxicologues.

— J'aime bien ton frère, c'est le seul qui n'a pas d'a priori à mon égard.

La riposte de Jo ne se fait pas attendre.

— Reconnais que tu n'as rien fait pour te faire apprécier.

— C'est vrai, avoue Denise sans montrer la moindre contrariété. Je voulais me venger d'eux, mais maintenant je trouve qu'on a assez rigolé. Excuse-moi d'être dans le même registre, mais la mine de tous ces empotés m'a consolée de bien des peines.

Jo réprime difficilement une invective du même genre.

— J'imagine que les « empotés », c'est nous.

— Seulement ceux que je connaissais, Odile, Bernard, Pierrette et ton Archie. J'ignorais qu'Iris ne ferait plus partie de la fête. Quant à Philippe, inconnu mais tellement infatué de lui-même, ça a été un vrai plaisir de le remettre à sa place.

Qu'est-ce qu'elle cherche ? À se dédouaner, à s'innocenter, à m'entortiller…

Jo décide de se montrer ferme.

— D'abord, ce n'est pas « mon » Archie. Ensuite, je crois savoir que tu utilisais pour chacun d'eux des sobriquets si méprisants que tu ne pouvais pas t'attendre à un accueil dithyrambique.

Denise ne s'offusque pas, bien au contraire, elle semble réellement s'amuser.

— Tu sais, je ne suis pas née de la dernière pluie. Archie le Ténébreux guigne peut-être du côté de la Nigaude, mais il a bien plus d'accointances avec toi. Tu peux me croire, ce garçon, égoïste à l'extrême, semble enfin s'intéresser à autre chose qu'à lui-même. Quant aux surnoms, reconnais au moins qu'ils sont bien choisis. C'était pour moi une façon de me défendre.

J'imagine qu'ils ont oublié de te dire qu'ils m'appelaient « la Pelade ».

— Pourquoi ?

Jo sent ses convictions vaciller.

— À cause de ça.

Denise fait glisser ses gants pour lui montrer ses mains recouvertes d'énormes taches blanches comme de la craie, aux contours bien définis par une bande de peau plus foncée.

— Depuis mon enfance, je suis atteinte de vitiligo. C'est une dépigmentation de la peau qui la rend extrêmement sensible au soleil et provoque rougeurs et démangeaisons. Dieu soit loué, chez moi, ça s'est concentré sur les mains. Dans certains cas, ça peut s'étendre aussi aux bras ou au visage. J'imagine sans peine alors ce qu'on m'aurait dit ! C'est une maladie inoffensive qui ne se guérit pas, mais avec les crèmes teintées et mes gants, évidemment, je m'en sors mieux que lorsque j'étais gamine.

— Je comprends, ça ne rend pas la vie facile, murmure Jo, glacée.

On croit connaître les gens et on ne sait rien d'eux.

On peut être tellement injuste dans un sens ou dans l'autre...

Pourquoi se confie-t-elle ? Cet aveu change-t-il quelque chose ?

— Oh, ça a forgé mon caractère, et les gosses de Marcolès n'étaient pas plus cruels que les petits Parisiens. Seulement, il ne faut pas les faire passer pour des enfants de chœur.

— Ils t'ont tous appelée ainsi ? Pas tout le temps, tout de même... ?

— Soyons honnêtes : Archie jamais, tout simplement parce qu'il ne l'a probablement pas remarqué ; son égoïsme m'a sauvée. Pierrette seulement quand elle était en colère parce que j'avais joué à la vendeuse chez elle quand elle avait le dos tourné. Bernard parfois, quand il avait peur de se faire embrasser. Iris et Odile toujours. C'étaient des filles, la beauté compte peut-être davantage pour elles.

Denise enfile tranquillement ses gants.

— Je n'avais rien remarqué, constate Jo embarrassée.

— À cause du fond de teint, mais à la longue ça me donne des démangeaisons. J'évite quand je peux. Annabelle Fontange ne supporte pas, alors je travaille avec des gants. J'ai l'habitude maintenant.

— Elle n'a pas le droit d'imposer…

— Non, mais c'est ma patronne, alors… Plus bête que méchante d'ailleurs, et belle, bien sûr, ça aide. Comme dit justement Agatha Christie dans *L'Homme au complet marron* : « La vie est bien difficile. Les hommes ne sont pas gentils avec vous si vous n'êtes pas jolie et les femmes ne sont pas gentilles avec vous si vous l'êtes. »

— C'est très sexiste !

— Mais toujours vrai, même à notre époque. Je suis bien certaine, sans me vanter, d'en connaître plus que la belle Fontange sur Agatha et pourtant, c'est elle la vedette ! D'un autre côté, elle a conscience de ce qu'elle me doit et je m'en contente. Tu vois, contrairement à ce que tu laissais entendre avec ta remarque dans l'église, je sais parfois apprécier ma situation.

— En tant que spécialiste, que penses-tu de la théorie de John McGregor ?

Le sourire méprisant de Denise annonce par avance sa réponse.

— Quoi ? Le meurtre parfait, sans mobile, pour prouver sa supériorité par rapport aux romans ? De la foutaise, rien de moins ! L'hypothèse d'un intello coincé dans sa bulle. Tu n'y crois pas, tout de même ?

— Formulé comme ça, non, mais la possibilité que ce soit l'œuvre d'une personne déséquilibrée par sa passion d'Agatha, pourquoi pas ? Même le major Hugon commence à évoquer cette piste.

— Tu me déçois. Le major, c'est compréhensible, il n'a jamais ouvert un seul roman d'elle, mais toi et toute votre bande du Club du mardi, vous connaissez ses principaux préceptes.

1. Chacun de nous est un meurtrier en puissance.

2. Les gens bien sous tous rapports ont quand même de misérables petits secrets, que ce soit le pasteur charitable, le médecin de famille, la jeune fille candide, le pharmacien dévoué ou le beau lord conservateur. Retiens bien ces trois derniers, des assassins sans qualité particulière, si tu préfères.

3. Le principal mobile est celui de la passion triste : jalousie, envie, spoliation, domination, humiliation, vengeance...

4. La violence pour la violence ne présente aucun intérêt.

5. Ne pas confondre série de crimes et crimes en série.

Pour moi, ce dernier point est essentiel.

Joanne écoute, les sourcils froncés, en opinant de la tête. Elle avait presque oublié que Denise était une pointure du genre et pas seulement le pâle sosie de Fontange. Elle regrette que sa conférence n'ait pu avoir lieu, elle aurait sûrement été la plus passionnante de tous.

— Je vois ce que tu veux dire, même dans des romans tels que *Dix petits nègres*, ou plutôt *Ils étaient dix* puisque la cancel culture a changé le titre, le mobile des nombreux meurtres répond à une motivation rationnelle et non pas obsessionnelle comme dans le cas d'un tueur en série. Or, dans la théorie présentée par John, le mobile correspondrait à une obsession, « être meilleur qu'Agatha ».

Denise approuve en complétant.

— Il nous faut travailler sur les mobiles classiques, jalousie, vengeance, etc., les aligner en face des différents suspects.

Jo ne peut s'empêcher d'être franche.

— Dont nous faisons partie ! C'est peut-être dangereux de se faire confiance.

Denise répond à sa manière toujours un peu péremptoire et brutale.

— Je ne t'en voudrais pas de me suspecter. En revanche, j'aimerais que tu n'exclues personne, j'ai bien dit personne.

— Tu penses à Archie ?

— Je pense ce que je veux et je le garde pour moi tant que je n'aurai pas avancé.

— Tu as une piste, alors ?

— Naturellement !

— Tu ne peux vraiment pas m'en dire plus ? N'oublie pas que, dans les romans, celui qui garde un secret devient souvent une nouvelle victime, s'exclame Jo désireuse d'en apprendre davantage.

Denise se met à rire doucement en fouillant dans son sac.

— Tout d'abord, tu sais comme moi que, dans les romans d'Agatha, le meurtrier est souvent le premier dont on barre le nom parmi les suspects. Si tu as éliminé quelqu'un d'office, regardes-y à deux fois.

Archie, c'est lui qu'elle désigne depuis tout à l'heure, c'est le seul que j'ai éliminé sans réfléchir, avec mon frère évidemment.

Denise exhibe deux feuillets arrachés d'un carnet à spirales.

— Attends, j'ai noté aussi deux citations qui peuvent nous servir. Laisse-moi les retrouver. Voyons, dans *La Maison biscornue,* Agatha dit à propos des riches : « Ils étaient, ils avaient toujours été riches et nantis. Ils n'avaient aucune idée de ce qui faisait rêver les malheureux. » L'autre citation est peut-être encore plus intéressante, on la trouve cette fois dans *Un meurtre sera commis le...*, elle porte sur l'absence de chance : « Les gens qui en veulent à la terre entière sont toujours dangereux. Ils semblent croire que la vie a une dette envers eux. » Voilà, qu'est-ce que tu en penses ? conclut-elle en manipulant prestement les feuillets d'une main à l'autre, comme le ferait dans l'isoloir un électeur indécis avec deux bulletins de vote.

Jo ne pense rien, elle ouvre subitement des yeux exorbités, met la main sur ses lèvres, se tape le front et se traite de triple planche à repasser, ce qui chez elle correspond à triple buse, car elle a toujours trouvé stupide cet objet aussi laid qu'encombrant.

— Comment n'y ai-je pas pensé plus tôt ! s'exclame-t-elle enfin. C'est toi qui étais visée, bien sûr !

Denise montre quelque agacement devant ces propos totalement incompréhensibles et ces gestes pour le moins incohérents.

— Explique-toi !

— C'est simple, presque trop, soupire Jo qui semble avoir repris ses esprits. Le soir du colloque, je t'ai vue échanger les cartons nominatifs, probablement parce que tu ne voulais pas te retrouver en bout de table à côté de Pierrette. C'est toi qui aurais dû être à la place de Travers ! C'est donc toi qui...

— Aurais dû être empoisonnée, termine Denise en pâlissant légèrement. C'est pourtant vrai, ça m'avait complètement échappé. Tu es bien sûre que c'est avec Travers que j'ai interverti mon carton ? Je voulais juste me rapprocher du « bout d'honneur ». Ce plan de table était tellement déséquilibré, je n'ai pas fait réellement attention aux noms.

— Je peux te l'assurer, j'étais juste en face, répond Jo aussi catégorique que songeuse.

C'est énorme, il faut que je me calme.

Est-ce que ça change quelque chose ? Oui, évidemment, parce que Denise est la seule invitée qu'on connaissait. Ce ne serait donc plus un empoisonnement au hasard mais un meurtre délibéré, comme celui d'Iris !

Il ne faut pas longtemps à Denise pour faire le même raisonnement. Elle sifflote doucement entre ses dents.

— Excellent, ça. C'est peut-être l'élément qui me manquait. Je le détenais sans le savoir, je m'en veux un peu, tu sais.

— Qui aurait voulu sciemment te supprimer ? risque Jo d'un air préoccupé.

— Cherche plutôt pourquoi, suggère Denise en tripotant ses gants. Et dire que, comme une idiote, j'ai parlé plusieurs fois devant tout le monde de ma perte du goût et de l'odorat suite au Covid. C'était donner des armes à l'empoisonneur. Celui qui a ce trouble peut avaler n'importe quoi, ça facilite bien les choses.

— Maud Travers semble n'avoir rien remarqué.

— Cette femme était une imbécile, paix à son âme. Elle a mis ça sur le compte de la cuisine anglaise. L'amertume n'est peut-être pas si exécrable, mais il y a toujours un risque de rejet sauf avec une personne comme moi. Avoue que c'était drôlement bien combiné !

Jo perd toutes ses certitudes, elle a tellement cru que Denise, avec ses manigances, était impliquée dans l'affaire. La retrouver maintenant au rang de victime nécessite de reconsidérer complètement le problème.

— Dis-moi, si tu proclames ton innocence sur les stupides événements passés, ce que j'ai tendance à croire, tu dois bien avoir une idée sur le responsable.

Au lieu de répondre, l'insaisissable Denise se contente de tapoter la main de Jo d'un air grave.

— Je pense tout savoir, maintenant. Fais donc fonctionner aussi tes cellules grises, la vérité n'est pas loin et même cruelle, il faut la prendre comme telle. Mais savoir n'est pas une preuve, il faut que tu m'aides, Jo.

— Je ne vois vraiment pas comment ! Je t'assure que je suis toujours dans le noir absolu, je ne comprends plus rien.

— Parce que tu ne fais pas d'effort. Écoute, il faut que tu persuades Archie d'autoriser la soirée sketches demain soir.

— Sûrement pas ! se récrie Jo. Je suis la première à lui avoir conseillé de l'annuler, c'est inutilement dangereux.

— Dangereux mais nécessaire. C'est le seul moyen qui nous reste pour coincer le meurtrier.

— Parce qu'il va recommencer ?

— Je l'espère, mais il est peut-être plus fort que dans les romans et, dans ce cas, il se tiendra à carreau. À sa place, j'en resterais là, j'espère qu'il est moins malin que moi.

Jo regarde sans aménité cette petite femme grassouillette et imbue de sa personne, frappée de constater qu'elle dégage malgré tout une sacrée autorité nimbée d'une étrange aura.

Elle se coiffe et s'habille comme une vieille, se maquille lourdement, et, malgré tout, elle n'est pas ridicule.

— S'il recommence, l'assassin va frapper au hasard ? s'enquiert Jo sur la défensive.

— Bien sûr que non, ta remarque montre que tu n'as rien compris, soupire Denise visiblement consternée.

— Dans ce cas, si l'un d'entre nous est spécialement visé, il faut absolument le prévenir. Tu dois...

— C'est toi !

— Moi ?

— Oui, confirme Denise sombrement. Ça t'aidera peutêtre à trouver le coupable. Maintenant, il faut que tu obtiennes l'accord d'Archie pour la soirée de demain, sans rien lui révéler de plus, cela va de soi.

Dans l'instant, Joanne demeure atterrée, les yeux vagues, inquiète de cette menace sournoise qui plane soi-disant sur elle, sentant tout son corps et son âme envahis d'une indéfinissable appréhension.

— De toute façon, le major Hugon l'interdira, lance-t-elle bravement en dernier recours.

— Ne t'en fais pas, quand je lui aurai parlé, il ne s'y opposera pas.

— Tu es bien sûre de toi, grommelle Jo, incapable de débattre davantage.

Pour toute réponse, Denise se lève prestement.

— Écoute, tu m'as été d'un grand secours. Je compte sur toi. Tu comprends bien que ça ne peut plus durer. Réfléchis à tout ce que je t'ai dit, il n'y a pas cinquante solutions possibles.

Cinquante, non, mais quatre !

Jo suit des yeux la silhouette massive de Denise qui disparaît sans se retourner derrière le pignon de l'église.

Quelle figure redoutable ! Dans quelle mesure puis-je lui faire confiance ?

Désormais seule, la jeune femme se met à douter de la véracité des allégations proférées.

Et si elle avait fait semblant de ne pas savoir pour l'échange de cartons ?

Si c'était elle qui avait voulu se venger des autres ?

Pas de Travers, évidemment. Oh, zut, c'est ça qui ne colle pas.

Faut-il la croire pour autant ?

Joanne repasse en revue toute cette conversation aberrante. Denise a commencé par le banc des notables pour lui faire sentir l'importance de la jalousie, idée qu'elle a reprise ensuite avec sa citation sur les riches qui ignorent tout des autres.

La jalousie et l'humiliation seraient donc les bases du mobile ?

Elle essaie ensuite de reprendre la proposition de Denise en cherchant un motif pertinent pour chaque suspect. Si tout le monde semble jalouser, d'une façon ou d'une autre, le châtelain, elle ne trouve aucune raison vraisemblable à celui-ci pour éliminer son entourage.

Archie est loyal, ça ne peut pas être lui ! Tout ça ne tient pas debout.

Une petite voix lui susurre qu'il est le seul à n'avoir aucun alibi et qu'il a fait preuve bien souvent d'un égoïsme insupportable. Une autre voix lui ordonne de se taire, d'arrêter, de chercher ailleurs. Pour les trois autres, elle ne sait pas. La deuxième citation mise en exergue, signifiant que les gens qui en veulent à tout le monde sont dangereux, s'appliquerait tellement plus à Denise qu'à ses amis de la médiathèque, qu'elle préfère la repousser. Quant à Philippe, apparemment elle doit l'exclure puisqu'il ne connaissait pas Denise enfant.

Bizarrement, elle n'a aucun mal à se les imaginer tous à cette époque. Déjà amoureux, séducteurs, pleins de rêves et d'espoirs d'adolescents, mais aussi probablement bien mal dans leur peau, jaloux, envieux, prêts à en découdre, à se faire remarquer ou à s'imposer, avec Pierrette comme figure centrale, le magasin devenant le lieu de tous les interdits, rencontres et convoitises.

Joanne n'en peut plus, toutes ces suppositions ne mènent à rien. Elle a l'impression d'être montée dans un manège infernal qui secoue ses tripes bien plus fort que ne le ferait une véritable attraction foraine. La jeune femme n'est pas loin de haïr Denise pour lui avoir mis toutes ces idées oiseuses dans le crâne. Une fois de plus, elle se pose la question de la fiabilité de la secrétaire.

Et si tout cela n'était qu'un piège ?

L'idée de les retrouver tous pour la soirée sketches la panique réellement. Ne pas pouvoir en discuter comme d'habitude avec Archie la plonge dans un désarroi encore plus profond. Elle a envie de hurler. Le charme du square et de sa vue sur les toits bleutés n'a pas changé, pourtant Jo, dans cette forêt de lauzes, ne discerne plus que du gris sombre comme la nuit et la noirceur des hommes.

19

Marple se pourlèche avec ostentation avant de venir se frotter contre son maître avec une dignité toute féline. Elle se met sur le dos, saisit sa main entre ses pattes et ronronne à pleine gorge en plissant ses yeux d'or. Archie aimerait avoir cette capacité de pouvoir, comme elle, rester de longues heures immobile, les paupières mi-closes, à suivre, sans en avoir l'air, le spectacle du monde. D'une intransigeante liberté, aussi familière qu'insaisissable, elle n'apprécie guère les envahisseurs de son domaine et joue avec eux comme elle joue avec de vulgaires souris, se laissant approcher, ondoyant, se cachant, s'enfuyant ensuite pour mieux réapparaître de façon énigmatique quand bon lui semble. Chaque moment passé avec elle ou sa descendance est devenu pour Archie un luxe, une sorte d'équilibre feutré hors du temps, un instant de grâce qui le renvoie à l'enfance en oblitérant ses angoisses absurdes et ses tracas actuels.

En pénétrant dans le colombier, Jo comprend qu'elle le dérange et en éprouve une peine indicible. Pour un peu, elle se sentirait presque étrangère, de l'autre côté de la vitre, comme disait

Pierrette fort justement à propos des enfants du bourg. Archie aujourd'hui est plus châtelain que jamais. Jo, qui n'est pas là pour jouer la femme du pape, décide de forcer sa carapace.

— Alors, Odile me dit que tu fuis les humains ?

Il la regarde d'un air absent.

— Je fuis surtout leur imbécillité. Tout ce remue-ménage autour de la soirée sketches est ridicule. C'est ta faute, aussi.

— Je n'en suis pas l'instigatrice, se défend Joanne, toujours prompte à s'enflammer, je t'ai simplement demandé de l'accepter.

— Je me demande bien pourquoi.

Archie consent enfin à la regarder.

À la regarder vraiment.

Il soupire.

— J'ai l'impression que tout m'échappe, je n'aime pas cela. Qu'est-ce que tu trames derrière mon dos ? Je croyais qu'on se faisait confiance.

Jo sent que son cœur va exploser, elle déteste cette situation ambiguë. Pour autant elle a promis. Archie reste l'un des principaux suspects. Il ne doit rien savoir, c'est ce qu'Hugon a dit, sinon le plan mis au point entre lui et Denise ne servirait à rien.

Mais comment croire qu'Archie puisse être mêlé en quoi que ce soit à toute cette horreur ? Il en est peut-être la cause involontaire, et encore...

Alors Joanne décide, contre toute logique et précaution, de donner libre cours à ce sentiment inextinguible qui la pousse toujours à s'épancher et à s'appuyer sur lui.

Tant pis !

Elle lui raconte presque tout, depuis la permutation des cartons en passant par les digressions de Denise, la crainte d'une récidive, le plan pour la contrer et la probabilité qu'elle, Jo, soit la prochaine victime et lui, Archie, l'odieux coupable.

— Enfin, Jo, tu sais bien que je ne pourrais jamais te faire de mal !

De tout ce fatras, il ne semble avoir retenu que ça. Bouleversé, Archie ne peut s'empêcher de lui prendre la main, de la serrer à la broyer comme pour lui insuffler sa force, recevoir la sienne en retour et transmettre sans plus de parole tous ces sentiments tumultueux qui bouleversent son cœur. Son regard est grave et sa voix enrouée. Le châtelain a bel et bien perdu son indifférence, plus secoué qu'il ne voudrait l'avouer par toutes ces révélations en cascade et par l'opinion peu flatteuse qu'ont les autres de sa personne.

Ils sortent dans le parc, ils ont besoin de marcher pour calmer leur esprit. Archie lui tient le bras, avec juste ce qu'il faut de pression pour qu'elle comprenne qu'il est là, qu'il ne la lâchera pas, qu'elle peut compter sur lui. Le silence entre eux est comme une clairière, un recueillement avant d'entrer dans l'arène.

— C'est peut-être moins spectaculaire, mais j'ai aussi du nouveau de mon côté.

Joanne lève la tête vers lui d'un air interrogateur. Elle se sent soulagée. Décidément, affectation, cachotterie, dissimulation et mystère ne feront jamais partie de son personnage.

— Je me suis souvenu, fort à propos, que notre fameuse lettre anonyme avait aussi été publiée sous forme d'annonce, annonce plutôt ambiguë dans sa formulation d'ailleurs, dans *La Dépêche*.

— C'est pourtant vrai ! s'exclame Jo. Je l'avais oublié moi aussi, ça a de l'importance ?

— Pas vraiment, mais ça confirme ce que nous soupçonnions. Iris était bien au courant pour la bonne raison que c'est elle, en personne, qui a déposé l'annonce deux jours avant à Aurillac, au siège du journal. J'y suis allé, la description de la déposante ne laisse aucun doute.

Jo essaie de ramasser ces informations qui semblent s'échapper de son cerveau aussi vite que les feuilles d'automne dans les dents d'un râteau.

— Iris est donc bien à l'origine de la mystification dont parlait Pierrette ! Mince, qu'est-ce que ça pourrait être ?

— Tu ne m'ôteras pas de l'idée qu'il y a un rapport avec le titre du roman, donc la panne de courant. Une fois la cuisine plongée dans le noir, il y a fort à parier qu'Iris devait faire son apparition, j'avoue que là s'arrête mon imagination.

Celle de Jo, plus fébrile, fournit immédiatement une proposition.

— Apparaître comme dans le roman, une torche à la main, un pistolet dans l'autre.

Archie n'est guère convaincu.

— Ça aurait servi à quoi ? Amuser nos intervenants ? Franchement, aucun d'eux n'est du genre à apprécier ce type de gag lourdingue.

— C'est quand même la solution la plus logique et n'oublie pas qu'elle n'était pas seule puisqu'elle a été éliminée. Car, tu es bien d'accord avec moi, elle avait obligatoirement un complice qui devait lui fournir la réplique pour que la simulation d'un hold-up marche à fond. Facétieuse dans l'âme, elle y a vraiment cru et a mis scrupuleusement en scène la première partie de son rôle. Malheureusement, l'autre s'est joué d'elle et l'a éliminée avant que le canular ne puisse avoir lieu.

— Dans ce cas, à quoi aurait servi la fausse panne de courant puisqu'il n'y avait plus personne pour se présenter à la porte ?

— À découvrir le corps, bien sûr ! C'est ça, la vraie mystification dans l'esprit de l'assassin, mais Iris, la pauvre, l'ignorait.

Archie se laisse tomber sur le banc de repentir en l'invitant à faire de même.

— Ça se tient, mais « l'autre », comme tu dis, serait quand même un beau salaud. Iris était un peu plan-plan, mais c'était une gentille fille avec quatre gosses, serviable, dynamique, que pouvait-on lui reprocher ? Rien qui ne justifie ce geste en tout cas.

— Elle était romantique !

— Et alors ?

— Qui dit romantique peut vouloir dire passion, amant, femme bafouée, mari jaloux…

— Si j'ai bien compris votre théorie à Denise, Hugon et toi, il s'agit d'un crime rationnel, tout comme l'empoisonnement de Travers, sauf qu'il y a eu dans celui-ci erreur sur la personne. Bon, admettons. Dans ce cas, l'assassin connaissait les deux victimes, ce qui place Odile, Pierrette, Bernard et moi-même en pole position, c'est ça ? Alors trouve-moi un seul motif rationnel pour chacun d'entre nous.

Curieusement, une ébauche de sourire traverse le visage crispé de Jo.

— Tu ne te fâcheras pas ?

Leurs yeux se rencontrent. Comme par magie, Lechien qui furetait dans le parc vient se frotter contre eux, quémandant caresses et encouragements, leurs mains se rejoignent dans les poils soyeux.

— Je t'écoute.

La voix d'Archie est grave, c'est un moment de lisière, de calme avant la tempête, de tendresse avant l'affrontement.

— En préalable, commence Jo en tentant de se concentrer, on doit partir d'une supposition qui s'applique à tous les cas. L'assassin, disons X, monte cette machination avec Iris pour « égayer la soirée » en lui faisant jurer de garder le secret. Celle-ci doit se cacher dans le placard un peu avant le dîner et apparaître au moment voulu pour créer la surprise. Premier cas : tu décides d'éliminer Iris car elle se refuse à toi ou a été ta maîtresse et ne veut plus te lâcher. Quant à Denise, tu vas profiter de la soirée pour lui faire payer le coup de la volière et les diffamations dont elle t'affuble.

Archie ne peut s'empêcher de rire. Jo reprend :

— Arrête de faire cette tête, ça me casse tout mon raisonnement, pour une fois que je suis bien partie. Deuxième cas : Bernard élimine Iris parce qu'il a couché avec elle et ne veut pas que son ami l'apprenne. De la même manière, il veut en finir avec Denise qui lui a pourri la vie avec ses sobriquets à la con. Troisième cas : Odile élimine Iris par jalousie parce qu'elle s'est mariée avec son ex-fiancé. Pour ce qui est de Denise, ce sera le même raisonnement qu'avec Bernard, lui faire payer l'humiliation d'un surnom ridicule. Quatrième cas : Pierrette. Eh bien, avec elle, rien ne va. Impossible de cueillir la ciguë avec son fauteuil et presque aussi difficile de penser qu'elle puisse s'engouffrer dans le placard avec celui-ci sans que personne la remarque. Désolée, je la mets hors-jeu. Remarque que ce n'est pas forcément la position de la gendarmerie, je n'en sais rien en fait.

— Évidemment ! C'est déjà assez difficile à concevoir pour nous autres, alors elle, n'en parlons pas ! Je suis bien entendu d'accord avec toi pour l'écarter, convient Archie. Nous ne sommes donc plus que trois.

— Deux, puisque je te fais confiance.

Archie ne répond pas, son visage est décomposé.

— Jo, réfléchis, ce n'est tout simplement pas possible. Ce sont les meilleurs d'entre nous, les plus inoffensifs, les plus timides. Je comprends que le major et Denise mettent ça sur mon dos, mais Odile, c'est tout simplement intolérable. Elle est la bienveillance même. Quant à Bernard, il ne ferait pas de mal à une mouche. Quelque chose doit nous échapper ! Dans la théorie de John, le meurtre obsessionnel, Philippe et Denise élargissaient le champ des suspects. Ne peut-on pas admettre que cette Denise ait profité de l'échange de cartons pour injecter le poison dans le scone de Travers ?

— Possible, en effet. Pour les tours de passe-passe, elle semble à la hauteur, mais n'oublie pas que la lettre est arrivée avant elle.

— Tu as raison, quel imbroglio épouvantable.

Jo est redevenue très sérieuse. Comme à chaque fois qu'elle évoque cette affaire avec les uns ou les autres, elle finit toujours par se heurter à un mur insurmontable. Une sorte de mur d'escalade invincible avec seulement quelques prises en bas pour donner l'impression de progresser, mais sans aucune aspérité pour la suite et sans corde d'assurance. De son côté, Archie semble de nouveau bouleversé, il se lève du banc en repoussant Lechien d'un geste énervé.

— Il faut mettre à part Odile, la protéger même, tu comprends ? Elle représente pour moi la meilleure personne au monde, on peut se moquer de sa naïveté mais sa bienveillance est sans limite. Je la considère un peu comme une mère, tu vois, une sorte de lumière apaisante. Il y a tant d'empathie en elle. L'imaginer une seule seconde dans le clan des coupables me donne la nausée.

Normal, c'est ce que j'ai ressenti pour lui ! Quel plaidoyer ! Une mère ! Il me prend pour une gourde ou il s'aveugle lui-même ?

Jo ne peut s'empêcher de conclure d'un ton acerbe.

— Pauvre Bernard, alors ! Son sort est jeté.

Elle voulait se montrer ironique, mais sa remarque ne sert qu'à relancer Archie.

— Tu te rappelles qu'il existe depuis le début de sérieux indices contre lui. Il est pharmacien, féru de toxicologie, il a distribué les scones et son histoire de vessie timide tombe un peu trop à propos. Rien ne prouve qu'il n'ait pas tout inventé !

— Il y a deux minutes, tu disais toi-même qu'il faisait partie des meilleurs. On a vite fait de charger le mulet quand on veut sauver la douce ânesse !

— Tu peux m'expliquer cette expression ? demande Archie sourcilleux.

— Tu sais très bien ce que ça signifie, répond Jo en se levant à son tour. Bon, tout ça, une fois de plus, ne nous mène à rien. Il ne nous reste plus qu'à espérer que le plan de Butternut fonctionne.

— Tu ne m'as pas raconté en quoi il consistait.

— Je n'en connais que les grandes lignes, l'idée étant que, tout le monde se trouvant à nouveau réuni, le meurtrier, se pensant invincible, risquera, disons... pour le fun, de récidiver.

— S'il n'a pas d'autre mobile que ça, il faudrait qu'il soit fou. Ça me semble bien aléatoire. Et pourquoi serais-tu la victime plutôt qu'un autre ?

Jo hausse les épaules d'un air désinvolte en cachant le bouillonnement de colère qui monte en elle.

— Je me le demande aussi ! Voyons, qu'est-ce que ce pauvre Bernard pourrait avoir à me reprocher ? Je ne l'ai jamais stigmatisé, ni dragué... humiliation ou jalousie ne marchent donc pas. Il est peut-être tout simplement contre le genre féminin, après tout. Dans ce cas, Miss Bienveillance ferait bien de se tenir, elle aussi, sur ses gardes.

— Je n'aime pas tellement ce ton, Jo, qu'est-ce que tu insinues ?

Ils se font maintenant face comme deux ennemis, il aura suffi d'un mot pour que s'ouvre entre eux une nouvelle brèche amère au goût de solitude. Cette fois, la jeune femme préfère l'esquive.

— Rien, laisse tomber, on tourne en rond, on discute sans savoir. On finirait par se détester. Je n'ai pas la bienveillance d'une sainte, je le reconnais. Quand je pense au nombre d'heures passées sur cette affaire, on pourra dire qu'on aura perdu un temps précieux !

Archie montre son désaccord en frappant du pied dans une motte de terre grasse.

— On avance peut-être à pas de fourmi vers la solution, mais on a tout de même appris à mieux se connaître, non ? Ce n'est pas ce que j'appelle, moi, du temps perdu.

Jo sait qu'elle va être méchante, mais elle s'est tellement exposée qu'elle en a besoin, une sorte de dernière goupille pour reculer, renoncer, se protéger.

— Parce que tu ne travailles pas, c'est un peu dans la continuité de ta précieuse paresse habituelle. Moi, mon temps est compté, il sert à produire.

Elle montre ses mains, ses mains de femme et de travailleuse, fines, sensuelles et calleuses à la fois. Archie encaisse. Cette femme est son tourment, le mépris dans sa voix est insupportable. Il pourrait lui rétorquer des horreurs, lui rappeler qu'elle n'a pas toujours travaillé avec ses mains. Il se tait, la blesser serait encore pire, il préfère se draper dans sa dignité. En fait, ses yeux remplis de questions sont si tristes que Jo ressent sa blessure au plus profond d'elle-même. Sans réfléchir, elle lui tend la main pour la laisser retomber aussitôt le long de son corps, car la statue en face d'elle n'a pas bougé.

— Excuse-moi, Archie, c'était méchant. Je ne sais pas être charitable. Je ferais mieux de retourner voir Irène, elle a besoin d'une aide pour les déguisements.

— Quels déguisements ? grogne-t-il en s'éloignant. Pour le coup, tu vas perdre ton temps si précieux.

Jo se retourne, ouvre la bouche pour répliquer et s'arrête sous le coup de la stupéfaction.

— Archie, attend ! C'est dingue, je crois que j'ai trouvé en quoi consistait véritablement la mystification !

Elle le rejoint en trois pas, oubliant aussi vite tous leurs différends.

— Pierrette m'a dit qu'Iris, petite fille, adorait se déguiser. Alors, pour quelqu'un qui la connaissait bien, ça n'a pas dû être très difficile de la convaincre.

Archie lève les yeux au ciel.

— Si c'est ça, ta trouvaille !

— J'y viens, rétorque Jo sans se laisser décourager par son ton sarcastique. Maintenant, écoute-moi bien. Si je te dis : tailleur sombre, collier de perles et chapeau, tu penses à quoi ou plutôt à qui ?

— Agatha Christie ?

Jo tape dans ses mains avec un air de jubilation.

— Bien sûr ! Je ne sais pas pour toi, mais moi, je n'ai jamais vu Iris avec un tailleur, surtout un truc gris informe comme celui dont elle était vêtue ce samedi-là. Rappelle-toi comme elle aimait les vêtements cintrés et colorés !

— Et les perles ? propose Archie qui commence à entrevoir où elle veut en venir.

— À ma connaissance, Iris n'en a jamais eu, or c'est un élément majeur dans la description d'Agatha qui les portait constamment. On ne l'imagine pas sans. Le plus sûr moyen, à mon avis, pour s'identifier à elle, comme le nez rouge du clown, le cigare de Churchill ou le crochet du capitaine du même nom.

— Il manquait le collier qui a dû se casser pendant l'agression, mais on a retrouvé des perles un peu partout dans le placard. J'ai même marché dessus en l'ouvrant. Je crois que tu as raison.

— Le collier cassé, tu dis. Alors on a peut-être une autre explication. On s'interroge depuis le début sur la position étrange d'Iris quand elle a été frappée. Pourquoi aurait-elle été à plat ventre dans le placard ? Elle n'était pas à plat ventre mais tout simplement à quatre pattes, accroupie, en somme, et pour quoi faire ? Je te le donne en mille : pour ramasser les perles du collier, pardi !

— Oui, c'est ça, complète Archie en fronçant les sourcils. Dans une telle posture, elle était beaucoup plus vulnérable. Tout s'enchaîne à présent, il nous manque juste le chapeau, mais ma main à couper qu'on le retrouvera dans la collection de vieux couvre-chefs accrochés aux portemanteaux du placard.

— Même si un seul coup a été mortel, elle a dû crier. Pourquoi n'a-t-on rien entendu ?

— Il aurait fallu être dans le hall pour l'entendre. Malgré le délabrement de ma demeure dont j'ai conscience, les portes sont toutes capitonnées pour isoler du froid. C'est peut-être bien le dernier investissement de mes parents. Ma mère considérait par ailleurs que ça renforçait considérablement l'esthétisme.

— Le capiton, ça sert aussi à l'insonorisation ?

— C'est même sa première utilité.

— On a progressé un peu, tout de même, énonce Jo d'une voix précautionneuse.

— Sur la façon de faire, oui, sans aucun doute, admet Archie un peu à contrecœur. Pour le reste, il faudra s'en remettre à Butternut. Jusqu'ici, il était pénible mais compétent, j'avoue que je commence à douter de ses méthodes. Compter sur notre ami Tropor pour découvrir la vérité me semble pour le moins hasardeux. Toi qui es au courant de leurs secrets, tu sais ce qu'il va jouer ?

— Il va présenter des extraits d'un enregistrement de *La Souricière*, la pièce phare d'Agatha dans laquelle il a joué. Cette pièce totalise le plus grand nombre de représentations consécutives au monde, pas loin de 30 000, je crois. Il ne pouvait pas faire moins.

Archie sifflote doucement entre ses dents.

— Dis donc, c'est bien vu, ça ! Dans mes souvenirs, les différents protagonistes de l'histoire finissent par subir la pression du sergent… Trotter, je crois, qui va réussir à semer le doute au sein du groupe[1]. C'est exactement ce qui nous arrive. Bravo, Butternut, on se soupçonne, on ment, on se dispute, on ne croit plus en personne, super résultat !

C'est un peu vrai, mais Joanne n'a pas envie d'entrer dans son jeu. Archie est un sentimental qui s'ignore, il tourne le dos à la réalité et aux faits pour ne croire que ce qui l'arrange. Elle sent avec acuité et tristesse que leurs chemins se séparent ici, au propre comme au figuré. Lui va arpenter la campagne de son pas large et décidé, flanqué de ce chien qui ne le quitte plus, qu'il traînera comme un souvenir de cette période houleuse. Une marche pour noyer ses craintes, ancrer ses certitudes et s'éloigner encore plus de ce monde qui ne sera jamais vraiment le sien. Elle va rejoindre le château, retrouver le major

1. Dans cette pièce, Maureen Lyon est assassinée dans le manoir Monkswell, un hôtel. L'enquête parmi les clients de l'établissement est prise en main par le sergent détective Trotter.

pour forcer le destin, prendre des risques afin de découvrir la vérité et se libérer de ses dernières incertitudes. Décidée à l'avenir, quoi qu'il en coûte, à toujours envisager le pire. C'est le conseil que donnait sa grand-mère à la petite Agatha, c'est celui que la grande Joanne, adulte et meurtrie, va devoir appliquer.

20

— En quoi cette comédie est-elle nécessaire ? s'insurge Joanne d'un ton las, puisque tous nos soupçons concordent.

— Ma pauvre enfant, s'exclame Denise, nous savons mais n'avons aucune preuve.

Le major Hugon, qui guette la jeune femme du coin de l'œil, pense qu'il est temps pour lui d'intervenir.

— Comprenons-nous bien. Votre participation, madame Servier, est nécessaire pour le scénario mis au point mais pas obligatoire. Vous pouvez refuser et je ne vous en tiendrai pas rigueur. Madame Leblanc a eu cette idée qui, je l'avoue, ne rentre pas vraiment dans les codes habituels de la police judiciaire. Seulement voilà, sans aveu, sans témoignage probant et sans l'arme du crime, nous sommes dans une impasse. Vous connaissez, et pour cause, mes méthodes. Mes interrogatoires peuvent être un peu musclés. Pour autant, ils n'ont rien donné. Notre adversaire est coriace, et s'il faut croire les spécialistes que vous êtes, il est largement à la hauteur des romans qui vous passionnent.

— Et si ça ne marche pas ? Ça me semble tellement compliqué.

— Au moins, nous aurons essayé. Je ne vous cache pas que le montage est fragile et qu'il faut peu de choses pour le faire échouer. Quant aux risques encourus par vous-même, ils sont très faibles, sinon je n'aurais pas eu l'aval de mes supérieurs. Attention, ils ne sont pas négligeables pour autant, vous devez les prendre en compte.

— J'ai donné mon accord, rappelle Jo d'un ton coupant. Je ne vais pas revenir dessus maintenant. Je me demandais juste si on ne pouvait pas faire plus simple.

— Malheureusement, vous êtes la seule en mesure de nous aider. Une confrontation directe ne servirait à rien, votre témoignage serait par ailleurs, vous le savez, sujet à caution.

— Une dernière question, pourquoi la cuisine et pourquoi 20 heures ? Vous ne craignez pas que quelqu'un vienne nous déranger ?

Hugon marche de long en large pour calmer son excitation. La petite est intelligente, il peut compter sur elle. Ayant compris depuis le début que le procureur voit dans cette affaire un tremplin, le major espère beaucoup du « coup » qui aura lieu ce soir, en vue de la résolution de l'enquête comme de son avancement de carrière. Grâce aux relations du magistrat, ils ont réussi pour l'instant à obtenir plus ou moins l'indifférence des médias, mais ça ne saurait durer. Or, si les journalistes s'en mêlent, tout sera beaucoup plus compliqué. Hugon apporte à Joanne les explications qu'elle réclame en essayant de la rassurer.

— Le château a beau être grand, vous savez comme moi que peu de pièces sont réellement hospitalières. La bibliothèque est trop petite, le salon sera occupé par la représentation théâtrale, reste donc la cuisine, plus accessible que les chambres pour intervenir rapidement. N'oubliez pas que le brigadier Bernier, comme on vous l'a dit, sera pendant toute la durée de l'opération caché dans la pendule.

Le major passe insensiblement une main sur son ventre rebondi. Nul doute que sans un léger souci de corpulence, il aurait souhaité pouvoir remplacer le brigadier à ce poste capital. Il poursuit :

— Quant à l'horaire, il répond à deux impératifs : coller le plus près possible aux circonstances du crime, pour recréer l'ambiance en quelque sorte, et surtout vous assurer une relative tranquillité. Normalement, à cette heure-là, ils seront tous occupés à visionner la seconde scène.

Joanne approuve et pense à Archie. C'est douloureux, à la limite du supportable.

S'il savait ce que je vais faire ! Nul doute qu'il s'y opposerait.

Elle repousse ces pensées démoralisantes pour se concentrer sur le plan présenté par Denise qui est justement en train d'en rappeler les grandes lignes.

— La soirée sketches commencera à 19 heures et sera composée de trois parties d'une heure de format identique, à savoir : projection sur écran d'une scène de la pièce *La Souricière* pendant vingt minutes, devant tous les participants sauf « deux cobayes » tirés au sort qui n'y assisteront pas. À leur retour dans la salle, ceux-ci devront trouver la réplique exacte aux tirades de l'acteur René Tropor. Ils pourront interroger les spectateurs présents qui feront appel à leur mémoire pour les aider. Ce divertissement interactif, mis au point par le professeur John McGregor pour ses étudiants à l'université d'Édimbourg, donne, selon son expérience, d'excellents résultats en permettant une participation générale.

Joanne, pour sa part, trouve cette distraction totalement infantilisante. S'il n'y avait pas cet enjeu terrible, elle l'aurait sans nul doute boycottée.

— Ces deux cobayes, dit-elle d'une voix écœurée tant ce terme lui fait horreur, ceux de la partie qui commence à 20 heures, seront donc, je présume, Odile et moi. Comment ferez-vous pour truquer le tirage au sort ?

— Je m'arrangerai pour être la main innocente, précise Denise d'un ton mordant. Aucun souci de ce côté-là. N'oublie pas que tu disposeras de vingt minutes de tête-à-tête, c'est peu, sois la plus directe possible.

— Comment empêcher quelqu'un de nous suivre ? se renseigne Jo prudemment. Je suis à peu près certaine qu'Archie ne voudra pas prendre part à ce truc.

— Tu te trompes, Odile est tellement fière de cette initiative qu'elle a fini par obtenir son accord et sa participation. Il faut dire que je l'ai poussée un peu dans ce sens. Nos soirées sont si mornes que tout changement paraît grandement salutaire.

Naturellement ! Si elle le lui a demandé…

— Bien, dit Jo, déterminée maintenant à aller jusqu'au bout, tout semble calé, il ne me reste plus qu'à jouer en finesse.

Oublier Archie, ne penser qu'à Iris et à sa mort affreuse pour me donner le courage de combattre son assassin.

Comme il fallait s'y attendre, la première partie qui réunissait Eliot et Irène Tropor a pris un peu de retard, le jeu interactif se révélant en fin de compte bien plus amusant qu'espéré. Il est 20 h 10 quand les deux cobayes de la seconde partie pénètrent dans la cuisine.

Jo évite de lorgner vers la grosse pendule, la situation l'oppresse terriblement, elle se sent tendue à l'extrême, prête à craquer. Odile rit comme une enfant, égayée par ce divertissement plaisant, qu'elle imagine déjà mettre en place plus tard dans le cadre de sa médiathèque.

— C'est bien, non ? On avait besoin de ça pour se détendre un peu.

Joanne pose les mains à plat sur la table, elle avale sa salive, prend sa respiration. Sa voix est si solennelle qu'elle a du mal à la reconnaître elle-même.

— Odile, il faut que je te parle. Quelque chose me tracasse à propos de ton témoignage sur l'heure de mon départ.

— Laisse tomber, je me suis confiée au major sans réfléchir aux conséquences, mais je suis revenue dessus après, j'espère qu'il ne t'embête plus avec ça.

— C'est ton premier témoignage qui m'intéresse, poursuit Jo en prenant plus d'assurance. Tu as déclaré que tu m'avais remis les clés autour de 20 heures dans cette cuisine, mais c'est faux et tu le sais bien puisque tu étais dans le hall quand je suis revenue au château. Tu m'as dit que tu t'inquiétais de ne pas me voir, que tu venais à ma rencontre, tu te souviens ?

Odile prend un visage plus grave, elle arrête de tressauter de droite à gauche à sa manière habituelle et regarde Jo avec attention.

— Qu'est-ce que ça peut faire puisque je me suis rétractée après ?

— Je me fiche de ta rétractation, oublions-la, c'est ce qui s'est réellement passé qui m'intéresse. Je suis rentrée vers 20 heures et toi tu étais dans le hall, tu comprends ce que ça signifie, j'imagine.

— C'est aussi ton cas, je ne vois pas où tu veux en venir.

Odile ne rit plus, ses yeux bleus sont ce soir aussi coupants que l'acier.

— J'étais sur le seuil, nuance ! Je crois que tu as gardé mes clés toute la journée dans ta poche sans t'en souvenir et tu as sauté sur ce prétexte pour expliquer ta présence. Tu m'aurais soi-disant cherchée dehors mais c'est faux, tu revenais toi-même de l'extérieur car tu avais porté quelque chose dans ta voiture...

— Ma pauvre, tu divagues, tu racontes n'importe quoi !

— Odile, tu étais dans le hall à 20 heures, c'est un fait certain, je vais être obligée de le dire au major.

— À quoi ça t'avancera ? Tu te mouilleras en même temps et, crois-moi, avec ton passé tu as tout à perdre. Moi, je suis respectable. Je te préviens, je te chargerai au maximum, une putain ne me donnera pas de leçon ! Eh oui, je sais tout, c'était facile de cuisiner Eliot, de se renseigner, je savais bien que ça me servirait un jour.

Jo respire un peu mieux, ce sont les premières paroles d'Odile qui sortent de son champ lexical habituel. Le mur de bienveillance est en train de s'effriter.

— Iris mérite la vérité, poursuit Jo plus assurée. Les flics feront ce qu'ils jugent bon, des perquisitions, des expertises judiciaires, chez toi, chez moi, dans ma voiture, dans la tienne. Je n'ai rien à cacher. Si tu as mis l'arme du crime ce soir-là, comme je le crois, dans la tienne, on trouvera forcément quelque chose. Désolée, Odile, mais je ne peux plus me taire, je sais que tu as tué Iris.

— Pauvre folle !

Odile saisit le bras de Jo et le tord avec une force incroyable pour une femme aussi menue. Jo retient un cri de douleur en s'efforçant de la repousser. Elle est plus grande, plus lourde, plus manuelle, prendre le dessus ne devrait poser aucun problème, sauf qu'Odile est tendue à l'extrême et pare les coups avec l'adresse et l'efficacité résultant de sa pratique intensive du judo. Les paroles de Pierrette semblent prendre alors tout leur sens. Jo réalise qu'Iris accroupie n'avait aucune chance face à un tel adversaire. Elle réussit tant bien que mal à se dégager en se calant contre le mur, les mains en avant pour se protéger de la prochaine attaque.

— Tu as tout manigancé, la lettre, le déguisement, l'apparition d'Agatha Christie. Iris t'a fait confiance et tu l'as tuée pendant qu'elle ramassait le collier de perles. Pourquoi ? Parce que ton fiancé est parti avec elle, parce que ton besoin insensé de reconnaissance te pousse toujours à manipuler la vie des autres, parce que tu ne sauras jamais retenir un homme, parce que plus on te connaît plus on te déteste avec tes mièvreries de gamine et tes faux airs de bonne sœur...

— Tais-toi donc ! Mais tais-toi donc, c'est toi que j'aurais dû massacrer !

Odile a saisi un couteau sur la desserte, son visage est blême, ses yeux exorbités respirent une aversion terrible, sourde, aveugle, implacable.

Jo, instinctivement, se recroqueville sous la force de cette haine incontrôlée qui la submerge.

— Ça suffit maintenant, calmez-vous, madame Lavergne !

Le brigadier Bernier, sorti prestement de la pendule à la manière d'un coucou suisse, ceinture Odile d'un bras assuré en la délestant de son arme. Trop abasourdie pour émettre la moindre protestation, celle-ci pousse des petits cris perçants, que les plus indulgents qualifieront d'oiseau et Joanne de complètement fous.

C'est fini ! On n'a plus rien à craindre maintenant.

Il faudra cependant encore de longues heures avant qu'elle ne puisse retrouver sa liberté de mouvement. Arrestation, dépositions, procès-verbaux, aveux et invectives parsèment cette nuit de cauchemar. Le visage d'Archie, figé dans l'incompréhension la plus totale et une folle inquiétude, ne cesse de la poursuivre, reléguant les cris d'Odile à de simples murmures inaudibles. L'affection immuable d'Eliot, la complicité inattendue de Denise, l'empathie réconfortante de Pierrette, la gentillesse sincère des Poisson, la distanciation naturelle de Philippe, l'incrédulité inquiète de John ou la déception artistique des Tropor ne forment que des images floutées qui défilent à travers la vitre d'un train dont elle demeure la seule passagère.

Quand elle sort de la gendarmerie, Joanne sait que l'explication la plus difficile reste à venir. Elle aurait voulu la retarder, se donner du temps pour dormir, réfléchir, cicatriser, trouver ses mots, mettre quelque distance, retrouver un peu d'humanité. Mais Archie est là, il l'attend sur le parking, les mains dans les poches, le visage fermé, impénétrable. L'épuisement qui se lit sur le visage de Jo le laisse de marbre. Malgré la fatigue, la jeune femme sent une espèce de rébellion revivifier ses veines. Elle avait plus ou moins prévu de se justifier, l'injustice de la situation la pousse à attaquer.

— Garde tes reproches pour Odile, c'est elle la meurtrière, elle vient d'avouer, c'est fini. Je te préviens que je suis trop épuisée pour supporter la moindre critique. Je comprends ce que tu ressens. Moi, j'ai cru qu'un père ne pouvait pas faire ça à sa fille, sa trahison m'a broyé le cœur. C'est terrible de réaliser qu'on ne peut plus faire confiance, mais ça évite bien des désagréments et des désillusions pour l'avenir. Je crois aussi que personne ne mérite de monter sur un piédestal. Tu avais placé Odile trop haut, la chute est d'autant plus difficile, je le conçois.

L'allusion aux violences faites par son père sort Archie de sa réserve.

— Arrête, Jo, ne mélangeons pas tout. Tu es généreuse, mais la trahison de ton père n'a rien à voir avec la mienne. Je me suis englué dans un pot de confiture. Ce ne sera pas trop dur d'en sortir, seulement j'ai l'impression d'être un imbécile tombé d'un escabeau sans savoir pourquoi, je ne comprends rien, néant total. Il faut que tu m'expliques.

Ils se glissent sur le siège de la voiture en sachant que ce trajet de retour restera à jamais gravé dans leur mémoire.

Jo s'attarde un instant avant de se lancer dans un long monologue qu'il interrompra de temps à autre d'une voix brève pour obtenir des explications supplémentaires. Elle n'a pas la force ce soir de panser des blessures qu'elle a du mal à admettre, mais elle pose sa main sur celle d'Archie en signe de réconfort. C'est tout ce qu'elle peut faire.

— C'est à cause de son premier témoignage contre moi que j'ai fini par réaliser qu'Odile devait être coupable. Il faut dire que Denise m'avait un peu mise sur la voie. Pourquoi Odile disait-elle qu'elle m'avait rendu les clés dans la cuisine, alors qu'elle était en train de monter une mayonnaise, donc avec des précisions incroyables, alors que je l'avais rencontrée sur le seuil du hall ? Cette question montrait qu'elle mentait. Par ailleurs, j'étais bien certaine, pour ne pas l'avoir croisée dans le parc, qu'elle ne m'avait jamais cherchée. Elle avait dû oublier ma présence, si bien qu'elle s'est trouvée très ennuyée de me croiser dans le hall. Comprenant que j'avais trompé le major sur l'heure de mon départ, elle s'est empressée de lui raconter une partie de la vérité en prenant soin de dire que l'échange des clés avait eu lieu dans la cuisine. C'était bien vu, car sur le coup, je n'ai pensé qu'à me sortir de mon propre boniment sans chercher à contester la deuxième partie de l'histoire.

— C'est tout ce que tu avais contre elle ? C'est bien mince.

— Oui, c'est la seule preuve tangible, tangible mais mince, comme tu dis, c'est pour ça qu'il fallait la pousser dans ses retranchements avec la petite comédie qu'on a montée ce soir.

— Pourquoi a-t-elle tué Iris, parce qu'elle s'était mariée avec son ancien fiancé ? Je n'ai jamais rien remarqué entre elle et Jean-Paul...

— C'est beaucoup plus compliqué que ça. Sa haine envers les autres, pas seulement Iris, note bien, trouve ses racines profondes dans son enfance. Odile est petite, insignifiante, bafouée, harcelée par les gamins comme Denise, qui l'appelle « la Nigaude ». Son père est exigeant, jamais satisfait, elle se sent rabrouée, diminuée, il l'oblige à pratiquer le judo et insiste sur la musculation car il la trouve chétive. Cette impression d'être toujours rabaissée développe chez elle un sentiment de frustration, de jalousie et d'humiliation qui ne fera que croître. Quand Denise l'enferme dans les toilettes pour embrasser à sa place le vainqueur de la course cycliste, elle ne dit rien mais se vengera quelques jours plus tard en volant l'argent de la quête, en le cachant chez Denise, puis en ouvrant la volière de ta mère. Une sacrée vengeance qui, loin de lui donner du remords, va l'encourager à toujours agir en douce, à donner le change. Odile apparaît spontanément gentille, serviable, terriblement bienveillante, c'est le mot que tu employais sans cesse à son propos, pourtant la plupart des gens se détournent rapidement d'elle parce que dans

« trop gentille », il y a « trop ». En voulant faire plaisir à tout prix, en particulier aux personnes importantes, comme toi, Archie, qui représente le château et tout ce qui va avec, elle montrait une attente, une insatisfaction, un besoin pesant de reconnaissance qui pouvait se traduire par de la dépendance, de l'ingérence même et de la manipulation. Cette apparence de gentillesse marquait en fait une douleur émotionnelle, un besoin de revanche, une forme d'anxiété profonde et même de dépression. Le fait d'être repoussée par Jean-Paul au profit d'Iris va relancer son désir de vengeance. Elle est adulte maintenant, elle peut attendre le meilleur moment. Honnêtement, j'ignore si elle nourrissait ce projet depuis quinze ans, ça me semble encore plus déstabilisant, mais la psychologue qui assistait à l'interrogatoire avait l'air de l'envisager.

— Pourquoi attendre le colloque pour agir ? Il doit bien y avoir un déclencheur tout de même !

— C'est le colloque, justement. La réussite du colloque, c'était sa revanche, tu comprends, sa gloire ! Une réussite extraordinaire pour la petite médiathécaire de Marcolès. Dès le début, je me suis méfiée de cette affaire, on voyait bien qu'elle y mettait trop d'elle-même, qu'elle ne pouvait aller qu'au-devant de désillusions. D'une déception dévastatrice même. Je crois que le sort d'Iris a été réglé le jour où elle a compris qu'aucun intervenant prestigieux ne viendrait jusqu'ici et en particulier personne de la famille Christie. Odile s'est vengée contre Agatha, contre Iris et contre elle-même, contre Denise ensuite quand celle-ci est apparue à la place de Fontange, ravivant au plus mauvais moment de bien douloureux souvenirs.

— Elle a donc mis en place la soi-disant « mystification » avec la lettre et le déguisement, et Iris a accepté de jouer le rôle...

— Iris était crédule, romantique et bavarde. Mais il aurait été tentant pour elle de se confier à l'un de nous ou à son mari, d'où l'urgence de la faire disparaître la veille du colloque et non pendant celui-ci comme prévu, ce qui était encore une fois bien joué de la part d'Odile.

— Elle vous a dit comment ça s'est passé ?

— À peu près comme on le pensait. Iris l'attendait dans le placard comme prévu. Odile a tiré sur le collier par mégarde, enfin fausse mégarde, les perles se sont répandues et elle l'a massacrée avec un haltère de sport de trois kilos, qu'elle avait caché au préalable dans le placard et qu'elle a ensuite déposé dans sa voiture. C'est ça qu'elle venait de faire quand on s'est croisées dans le hall. Tout était minutieusement préparé jusqu'au collier de perles. Normalement, il y a un nœud entre chacune d'entre elles pour éviter qu'elles ne s'échappent si le fil se brise, Odile les avait soigneusement renfilées en enlevant les nœuds. Tu imagines un peu cette patience, cette perversité. Je crois qu'en fait, elle était très contente d'elle. Elle avait réussi une espèce de meurtre parfait digne de son écrivaine préférée. Elle éprouvait enfin un sentiment de puissance, comme lorsqu'elle avait réussi à faire accuser Denise et à l'exclure du village.

— Et Travers, alors ? C'était vraiment une erreur de personne ?

— L'idée de ce deuxième meurtre lui est venue le vendredi soir, quand Denise lui a tendu le bouquet de la réconciliation. Elle a préparé le poison le matin dans ta serre.

— Décidément !

— Elle l'a injecté dans les scones en faisant semblant de vérifier le plan de table et en prenant soin de se tenir ensuite tout le temps à l'écart, tout à l'autre bout, pour éviter d'être soupçonnée. Elle était suffisamment éloignée pour ne pas remarquer la permutation des cartons. Quand les convives se sont installés autour de la table, il était trop tard pour intervenir, le sort de Travers était jeté et Denise sauvée de la ciguë, si on peut dire.

— La lampe ?

— Simple. Quand on a lu Agatha, tout le monde sait qu'il suffit d'effilocher le fil. En déposant une carafe d'eau si près, il y avait fort à parier que la première bousculade renverserait le tout.

— Tout s'explique en effet, mais j'ai toujours l'impression désagréable d'être hébété en bas de mon escabeau. La comédie jouée ce soir me paraît tout aussi incroyable, comment le major a-t-il pu te faire prendre ce risque insensé ?

— N'exagérons rien, son meilleur brigadier était sur place à moins d'un mètre, prêt à intervenir. Je crois que Butternut commence à apprécier Agatha. Tu sais qu'elle utilise à peu de chose près la même ruse dans *Un meurtre sera commis le...*[1] pour forcer le meurtrier à se dévoiler et obtenir ses aveux.

---

1. Miss Marple se cache dans un placard à balais et surgit à point nommé pour empêcher un nouveau meurtre dans la cuisine de Letitia Blacklock.

Ils se sont garés depuis un bon moment dans l'allée du château, mais aucun d'eux n'éprouve le besoin de sortir. Joanne ferme les yeux. Ils sont arrivés au bout du cauchemar, au bout du voyage. Archie, brusquement, emprisonne sa main dans la sienne. Sa voix est sourde, voilée, sensuelle, sa main est chaude, rassurante, protectrice.

Joanne ouvre les yeux, ceux d'Archie sont humides. C'est la première fois qu'elle le voit ainsi, vulnérable et sensible.

— Tout à l'heure, quand ces cris horribles sont sortis de la cuisine, les gendarmes en barraient l'accès, on ne savait pas ce qui se passait, on entendait Odile hurler, mais toi, Joanne, on ne t'entendait pas. J'ai eu peur, terriblement peur, le genre d'angoisse que je n'ai jamais connue, qui n'a jamais troublé mon tranquille égoïsme et ma précieuse paresse, comme tu dis. Ce n'était pas pour Odile que j'avais peur, mais pour toi, uniquement toi, Jo, je n'ai pensé qu'à toi.

Elle rit doucement, ses pires craintes se sont envolées.

— C'est une bonne intention, je trouve, c'est même la meilleure que tu aies eue depuis longtemps.

Ils descendent de la voiture, Lechien tourne autour d'eux, rasséréné et protecteur. Ça fait du bien de le revoir. Ça fait du bien aussi de revenir ici.

Plusieurs lumières brillent aux fenêtres, transformant le château ressuscité en une espèce de ventre chaud accueillant, d'ange gardien salutaire qui leur tend les bras.

— Malgré l'heure tardive, tout le monde semble nous attendre, constate Jo, émue, en caressant Lechien. Un peu comme une famille, c'est réconfortant.

Archie l'entoure de ses bras, la fait pivoter. Le trouble l'empêche de parler, il voudrait lui dire sa peur, son amour, ses projets.

Joanne reste immobile, brusquement affaiblie, un tumulte s'empare d'elle. Tout doucement, il lève la main pour lui caresser la joue et doit lire dans son regard troublé les mots qu'il souhaitait entendre, car il l'embrasse avec une infinie tendresse en murmurant d'une voix douce :

— C'est le château entier qui t'attend et tu en feras ce que tu veux, mon amour. Tout, sauf un lieu de colloque, bien entendu.

Note de l'autrice

Ce roman est une fiction et toute ressemblance avec des personnes ou des situations existantes ou ayant existé ne saurait être que fortuite.

Le village de Marcolès, bucolique petite cité de caractère dans la Châtaigneraie cantalienne, sert de cadre à cette histoire. Vous y trouverez bien La Galoche du Cantal, l'Auberge de la Tour, l'église Saint-Martin, les carrieroux, tout près les rochers de Faulat et au loin les monts du Cantal.

Pour la médiathèque, la pharmacie et le château de La Rochette, il faudra patienter…

Un grand merci à Joël Laborie, ancien commandant de communauté de brigades de gendarmerie pour ses précieux conseils et à mon ami prêtre Jean-Louis Ducamp, psychiatre, pour sa profonde connaissance de l'âme humaine.

Ma reconnaissance à toute l'équipe de Calmann-Lévy et en particulier à Vincent Brochard pour sa perspicacité et son soutien.

Tous mes hommages enfin à Agatha Christie, sans qui ce roman n'aurait évidemment pas eu lieu d'être.

Bibliographie

François Rivière, *Agatha Christie. La romance du crime*, Éditions de La Martinière, 2012.

Huguette Bouchardeau, *Agatha dans tous ses états*, Flammarion, 1999.

John Curran, *Les Carnets secrets d'Agatha Christie*, Le Livre de Poche, 2012.

Agatha Christie, *Une autobiographie*, Le Livre de Poche, 2007.

Marie-Hélène Baylac, *Agatha Christie*, Perrin, 2022.

Kathryn Harkup, *A comme Arsenic. Les Poisons d'Agatha Christie*, Éditions du Masque, 2016.

« Agatha Christie », *Lire Magazine Littéraire*, « Les Collections », n° 27.

Béatrix de l'Aulnoit, *Les Mille Vies d'Agatha Christie*, Tallandier, 2022.

Anne Martinetti et Guillaume Lebeau, *Agatha Christie de A à Z*, Télémaque, 2014.

Bernard Croisile, *Tout sur la mémoire*, Odile Jacob, 2009.

Damien Bruneau, « Voyager dans un fauteuil ? Les lieux d'Agatha Christie », HAL Id : hal-03320248 ; https://hal.archives-ouvertes.fr/hal-03320248.

Sonia Feertchak, *La vérité tue. Agatha Christie et la famille*, Philosophie Magazine éditeur, 2021.

Anne Martinetti et François Rivière, *Crèmes et châtiments. Les recettes d'Agatha Christie*, Éditions du Masque, 2023.

Albert, Françoise, Germaine, Mathilde, Pierre et Yvonne Cazal, *Marcolès autrefois. Une épicerie de village*, BOD, 2019.

Romans d'Agatha Christie cités dans ce roman (Éditions du Masque)

Le Train de 16 h 50
Cinq petits cochons
Rendez-vous avec la mort
Drame en trois actes
Je ne suis pas coupable
Témoin muet
Le Cheval pâle
Un meurtre sera commis le...
La Plume empoisonnée
Le Cheval à bascule
Le Vallon
L'Homme au complet marron
Les Pendules
Un cadavre dans la bibliothèque
L'Heure zéro
Le Flux et le Reflux
Miss Marple au club du mardi
Le Crime de l'Orient-Express
ABC contre Poirot
Mort sur le Nil
Ils étaient dix (ex-*Dix petits nègres*)
Une poignée de seigle
Meurtre au soleil

À l'hôtel Bertram
Le major parlait trop
Trois souris (plusieurs textes dont la pièce de théâtre *La Souricière*)

14184

Composition
NORD COMPO

Achevé d'imprimer à Barcelone
par CPI Black Print
le 11 août 2024

Dépôt légal août 2024
EAN 9782290394595
OTP L21EPLN003580-612516

ÉDITIONS J'AI LU
82, rue Saint-Lazare, 75009 Paris

Diffusion France et étranger : Flammarion